나를 좋아하는 건 **너**뿐이냐④

o'e
teny
nwo
lksie

라쿠다 지음
브리키 일러스트
한신남 옮김

탄포포 / 카마타 키미에

야구부 매니저이자 1학년. 별명의 유래
는 풀네임인 카마타(蒲田) 키미에(公
英)에서 '田'자를 빼면 '탄포포(蒲公
英)'가 되기 때문. 야구부를 코시엔에
출장시키기 위해 썬과 팬지를 맺어 주
려는 모양이다. 그 이유도 생뚱맞지만,
하필이면 내게 의논을 하다니….

"우후후, 이걸로 제 인기는 급상승! 세상에 솜털바라기가 넘쳐 나겠죠!"

"이거 좋은 기사를 쓸 수 있겠습니다!"

아스나로 / 하네타치 히나

신문부의 민완 편집부원. 허둥대면 사투리가 튀어나온다.

"아주 예쁜 옷이었으니까 기대해!"

"죠로, 뭔가 실례되는 생각을 한 것 같은데?"

츠바키 / 요우키 치하루

내가 아르바이트하는 '따끈따끈한 튀김꼬치 가게'의 점장. 얼마 전에 니시키즈타 고등학교로 전학 왔다.

히마와리 / 히나타 아오이

내 소꿉친구로, 운동 신경만큼은 뛰어난 무자각 bitch.

"그렇게 뜨거운 시선으로 바라보다니 부끄러워."

"죠로, 일이 좀 난처해졌어."

코스모스 / 아키노 사쿠라

학생회장. 겉으로는 쿨하지만, 사실은 꽤나 덜렁대고 소녀틱.

팬지 / 산쇼쿠인 스미레코

어째서인지 나에게만 엄청난 독설을 퍼붓는, 땋은 머리에 안경을 쓴 도서관의 주인.

"아까부터
넌 왜 그리
쏠리는
시선을
보내는
거야?"

"곤란할
때는 서로
도와야지."

호스 / 하즈키 야스오

토쇼부 고등학교 2학년, 도서위원.
묘하게 나와 파장이 맞는 신기한
학생.

???

…저기, 누구신가요?

"호스는 바보. 너무 올곧아서 항상 주위를 안 봐."
"죠로찌는 스미레코찌를 좋아해?"
츠키미 / 쿠사미 루나
토쇼부 고등학교 2학년. 작은 체구에 어른스러운 가슴의 자기 주장이 격심한 학생.
체리 / 사쿠라바라 모모
토쇼부 고등학교의 학생회장. 밝은 분위기에 만사를 확실히 말하는 타입의 학생.

c o n t e n t s

나를 좋아하는 건 너뿐이냐

You're the only one who likes me

4

라쿠다 지음
브리키 일러스트
한신남 옮김

eXtreme novel

나한테 너무 많이 시켰다

제 **1** 장

지금까지 나, 죠로＝키사라기 아마츠유는 수많은 비극(벤치)에 마주쳐(앉아) 왔다.

어떤 때는 소꿉친구와 학생회장의 사랑의 서포트를. 어떤 때는 스토커에게서 사랑 고백을. 어떤 때는 친구의 사랑의 서포트를. 어떤 때는 신문부원에게서 세 다리 의혹을.

하지만 이번의 그것은 지금까지의 비극을 아득히 능가하는 비극이다.

그럼 아침에 식당에서 내가 무슨 이야기를 들었는가?

다시 내 오른편에 앉은 애가 그 이야기를 했을 때부터 이야기를 시작해 보자.

"오오가 선배와 산쇼쿠인 선배를 연인으로 만들게 도와주세요!"

이거다.

머시룸 보브 스타일에 귀여운 리본과 작은 빨간색 머리핀을 한 아이. 1학년이자 야구부 매니저를 맡은 여학생에게 나는 그런 말도 안 되는 부탁을 받았다.

오오가 타이요… 통칭 '썬'이라고 불리는 야구부의 에이스. 체격이 좋고, 밝고 씩씩한 성격이 매력적…이지만, 가끔 평소에는 상상도 할 수 없는 냉정함과 잔혹함을 발휘하는 경우가 있다.

４월에 있었던 사건으로 인해 붕괴됐던 사이를 간신히 수복했고, 지금은 이전보다 더 끈끈한 우정으로 맺어진 나의 소중한 친구다.

산쇼쿠인 스미레코… 통칭 '팬지'라고 불리는 도서위원. 평소에는 갈라땋은 머리에 안경을 쓰고 납작한 흉부와 밋밋한 외모지만, 그 모습은 가짜. 사실은 엄청나게 가슴이 큰 미인.

다만 그런 외견에 속아선 안 된다. 그 더러운 성격은 보증 수표.

나에게 야유와 독설을 날리는 것을 삶의 보람으로 삼고 있는, 최악의 여자다.

이 두 사람을 커플로 만들려고 하다니….

큰일인데. 이건 원래 내가 제일 개입해선 안 되는 이야기잖아….

애초에 나는 썬의 마음도, 팬지의 마음도 너무 많이 알고 있다.

이제까지 최대한 그런 쪽으로는 건드리지 않는 방향으로 해왔다고.

하지만 이 애는 그런 사정을 알 리 없으니까.

내가 돕는다는 게 전제인 듯한, 아주 반짝거리는 눈으로 이쪽을 보고 있군.

즉, 이제부터는 항상 하는 설명 파트인가. 그렇다면 나오는 것은….

"계기는 작년에 야구부가 도전했던 지역 대회의 결승전입니다!"

네! 특이점 씨도 무사히 통과했으니 계속해서 가 보지요!

"그때 중학생인 저는 3루 쪽 스탠드에서 지망 학교인 니시키즈타 고등학교를 응원하고 있었습니다. 시합은 아쉽게도 패했지만, 멋진 시합이라서 감동했습니다! 특히나 오오가 선배가요! 시합에 진 뒤에도 웃으면서 모두를 격려하는 모습에 제 마음이 얼마나 떨렸는지!"

…흐응. 이거 또 재미있는 소리를 하는군.

중학생이었는데 일부러 고교야구를 응원하러 오다니 신기한 녀석도 다 있군.

그런데 그건 한가운데 직구로 썬을 좋아하는 애의 발언이잖아?

"그래서 저는 '내년에는 제가 매니저로 입부해서 야구부를 돕겠습니다!'라고 전하기 위해 오오가 선배를 쫓아갔습니다! 그러다가 보았습니다! 남쪽 입구에서 오오가 선배가 엄청난 미인과 단둘이 있는 것을!"

과연. 작년 지역 대회에서는 동쪽에 코스모스, 서쪽에 히마와리, 남쪽에 팬지, 북쪽에는 나와 츠바키만 있었나 했는데…. 남쪽에 한 명 더 있었나.

"게다가 말이죠? 그 미인은 오오가 선배에게 고백을 하는 게 아닙니까!"

변화구가 왔습니다! 이건 이전에 옥상에서 일어난 비극과 비슷한 착각 패턴이군.

애석하게도 그 미인이 오오가 선배에게 고백한 게 아냐.

진실은 썬이 팬지에게 한눈에 반한 거지.

"다만 그 여성은 오오가 선배에게 차였지만…. 그렇게 예쁜 여성의 고백을 거절하다니, 정말 대단한 사람이라고 존경도 했습니다. 하지만 그 여성이 너무 가여워서 계속 걱정하고 있었지요."

제일 가여운 건 그런 너의 착각에 휘말려 들려는 내가 아닐까? 나의 미래가 걱정스럽기 짝이 없다.

"아! 그러고 보니 자기소개가 아직이었네요. 저는 1학년 카마타 키미에(蒲田公英). 모두에게는 풀네임에서 '田' 자를 뺀 '탄포포(蒲公英)*'라고 불리는 미소녀입니다! 고백받은 회수는 초중고를 합쳐서 97번! 앞으로 세 번만 고백을 더 받으면 드디어 세 자릿수에 돌입합니다! 우후후!"

우와! 나왔다! 나왔어요! 자기 입으로 자기를 귀엽다고 말하는 녀석!

고백받은 회수를 다 세다니 뭐니, 얘! 분명히 귀찮은 여자다!

"그래. 나는… 아니, 알고 있나."

※탄포포(蒲公英) : 일본어로 민들레.

"네! 시궁쥐의 아종으로 항간에 소문이 자자한 키사라기 선배지요!"

그건 또 어디의 항간이야?! 그런 평판은 처음 들었어!

지, 진정해…. 내 평판이 하수도인 것은 비교적 항상 있는 일이야. 꾹 참고 이야기를 계속하자.

"그런데 카마타는 왜….."

"'탄포포'면 돼요. 아까부터 애칭으로 부르려다가 머뭇거리고 있잖아요~ 특별히 허락해 줄게요! 저는 귀엽기만 한 게 아니라 마음이 넓으니까요!"

감사합니다. 하지만 그 넓은 마음으로 얼른 내 눈앞에서 좀 사라져 주세요.

"…탄포포는 왜 또 오오가와 산쇼쿠인… 음, 썬하고 팬지를 연인으로 만들고 싶다고 생각하게 된 거야?"

"대단하네요, 키사라기 선배. 설마 제가 좋아하는 음식이나 취미도 묻지 않고 바로 그 점을 묻다니…. 아주 깜짝 놀랐습니다."

그런 선택지가 있었던 것에 나는 아주 깜짝 놀랐어.

"그럼 설명하겠는데요, 제가 두 사람을 연인으로 만들려는 이유는 올해 화무전 때문입니다!"

화무전? 왜 그게 썬과 팬지를 연인으로 만들려는 이유… 설마….

"정말로 놀랐어요. 설마 화무전 때의 예쁜 여성이 나타나다니!

16

다른 사람들은 누군지 몰라서 허둥대는 모양이었지만, 저는 금방 알았습니다! 그건 도서실에 자주 가 있는 산쇼쿠인 선배라는 걸!"

역시나! 이 녀석, 팬지의 정체를 알고 있었냐!

화무전… 남자 한 명을 상대로 여자 세 명이 교대로 파트너를 맡아 춤추는 댄스 이벤트에 정체를 감추고 참가한 팬지를 알아차렸다!

아, 참고로 화무전에 참가했던 건, 남자는 나고 여자는 팬지, 씩씩하고 귀여운 내 소꿉친구 히마와리, 가슴이 크고 미인인 학생회장 코스모스야.

썬은 원래 참가 멤버였지만, 남자이기에 여장 남자를 목표로 슬쩍 여자들 사이에 섞였던 거라서 팬지가 마지막에 교대했지.

큰일인데. 팬지의 정체를 숨기지 않으면 들켰을 때 내가 분명히 호된 꼴을 당해….

"아니…. 그 애는 팬지가… 아닌데?"

오른손 엄지와 검지를 비비면서 얼버무리려고 도전. …성공할 수 있을까?

"우후훗! 키사라기 선배, 저는 정직한 남자를 좋아하거든요? 화무전 참가자는 다들 곧잘 도서실에 모였던 사람들이잖아요."

"크윽! …어떻게 우리가 도서실에 곧잘 모였다는 걸 아는 거지?"

"항간에서 유명해요. 도서실에는 우리 학교의 인기인이나 시궁쥐가 있다고."

어이, 팬지는 어디에 포함되는데? 시궁쥐냐?

시궁쥐는 나 혼자가 아니라고 판단하면 되는 거야?

"즉, 화무전에 참가한 마지막 여성은 도서실에 곧잘 모이는 여성 중 한 명…. 산쇼쿠인 선배 이외에는 불가능합니다! 오히려 다른 사람들이 왜 모르는 건지 신기하기 짝이 없는 레벨입니다!"

너무나도 지당한 말씀이라서 전혀 부정할 수가 없어! 그야 보통은 알아차리는 녀석이 나오겠지!

도서실을 제대로 이용하는 사람은 우리 외에 전혀 없거든!

"그리고 댄스가 끝난 뒤에 스테이지에서 산쇼쿠인 선배를 바라보는 오오가 선배의 눈동자. 그건 틀림없이 사랑하는 남자의 눈이었습니다."

아주 멋진 말을 하는군! 제일 중요한 곳 이외에는 아주 정확한 대답이야!

"산쇼쿠인 선배도 댄스가 끝난 뒤에, 어딘가 부끄러운 듯이 오오가 선배를 바라보며 미소를 지었고요! 아무리 봐도 그건 아직 작년의 마음이 남아 있는 얼굴이었어요! 지금까지 수많은 고백 이벤트를 경험해 온 제 눈에는 확실합니다!"

아냐! 그건 썬을 처음으로 별명으로 부르고 부끄러워했을 뿐이야!

스테이지 위에서 자초지종을 다 보고 들은 내 눈에는 확실합니다!

"거기서 도출되는 답은 하나! 지금 오오가 선배와 산쇼쿠인 선배는 사실 서로 좋아하지만, 서로의 마음을 터놓을 수 없어서 답답한 상태라고밖에 생각할 수 없습니다!"

진실은 하나인데 도출 방향에 잘못이 있어서 오답이 나오는 건에 대하여.

"그건 탄포포의 주관 아닐까? 그냥 착각일 뿐이지 다른 가능성도….."

"키사라기 선배. 저를 얕보지 말아 주시겠어요?"

지금으로서는 얕볼 요소가 너무 많아서 오히려 대단하다, 너.

그런 느낌은 들었지만, 예상대로 내 이야기를 귓등으로도 안 들을 모양이다.

"제가 지금까지 몇 번 고백을 받았다고 생각하나요? 수많은 고백을 경험한 저는 상대의 눈만 봐도 그 사람의 마음을 압니다! 참고로 키사라기 선배의 지금 마음은 제게 고백해야 할지 고민하는 얼굴이네요! 어떤가요? 정확하죠? 우훗!"

이건 '너는 귀엽긴 한데, 짜증나니까 엮이고 싶지 않다'는 얼굴이야.

왜 내 주위에는 스스로에 대한 신뢰도가 장난 아닌 여자만 있는 거지?

"그런 제가 하는 말이니까 틀림없습니다! 그 두 사람은 분명히 서로 좋아합니다!"

"아니, 두 사람이 서로 좋아한다면, 딱히 우리가 어쩌고저쩌고 할 문제가 아닐 것 같은데?"

"우후훗! 그건 커다란 착각입니다!"

우와아~ 커다란 착각을 하는 녀석한테 커다란 착각이라는 지적을 받았다.

왜지? 얼굴이 제법 가까운데도 전혀 두근거리질 않아.

아, 하지만 떠도는 바닐라향 같은 향기는 나쁘지 않아.

"아시나요? 연애에서 가장 일어나기 쉬운 트러블은 남녀 사이의 착각에 의한 것입니다!"

잘 알고 계시는군요. 절찬리 착각 중인 탄포포 씨.

"서로 좋아하는데도 어딘가에서 어긋나서 결국 맺어지지 못하고 끝난다. 그런 비극을 저는 지금까지 몇 번이나 봐 왔습니다! …수많은 순정만화에서!"

수많은 고백 이벤트의 경험은 어디로 갔냐? 수많은 순정만화에서 일어나는 시추에이션이 현실에서 일어날 확률을 조사한 뒤에 좀 말해라.

"그런 비극을 일으키지 않기 위해서 드디어 제가 일어섰습니다! 시궁쥐를 거느릴 용기를 가지고!"

"혼자서 열심히 잘해 보시면 안 될까요찍?"

"키사라기 선배, 자신이 없다고 그렇게 위협하지 말아 주세요. '궁지에 몰린 쥐, 고양이에게 덤빈다'는 말이 있지요? 즉, 그런 겁니다!"

즉, 무슨 소립니까찍? 내가 궁지에 몰리는 것 이외에는 전혀 모르겠는데?

말이 안 통할 것 같으니까 쥐처럼 말해 봤는데, 역시나 안 통했어.

"그렇게 됐으니 키사라기 선배. 이전에 저에게 화무전 멤버로 권유하러 왔을 때에 아주 실례되는 소리를 했으니, 그 사죄의 기회로 저를 돕게 해 드리지요!"

"사죄라니…. 너도 나한테 심한 소리 했잖아?"

말똥을 이겨서 만든 경단 같은 눈이라고 한 건 아직도 마음에 맺혀 있으니까.

"그랬던가요? 뭐, 저처럼 귀여운 여자한테 들은 말이라면 어떤 내용이든지 남자에게는 포상이겠죠?"

대체 이 녀석의 머릿속에서 남자란 어떻게 되어 먹은 거야?

"혹시 키사라기 선배는 불만인가요? 이렇게 귀여운 제가 부탁하는데?"

혹시가 아니라 불만입니다. 그렇게 귀여운 네가 부탁하는데.

"아! 그럼 실패했을 때를 생각하고 있나요? 그거라면 괜찮습니다! 실패했을 때는 키사라기 선배의 협박 때문에 억지로 하게 되었다고 귀여운 제가 눈물을 흘리면서 말해 모든 죄를 선배 혼자의 것으로 만들 예정이니까! 에헷!"

와아! 괜찮을 요소가 하나도 보이지 않아! 아핫!

"아니, 나도 죄를 뒤집어쓰고 싶진 않아."

"그럼 노력해서 성공시키는 수밖에 없네요! 자기 자신만 챙기는 남자는 꼴불견이고요!"

괜찮아. 나는 자기 자신을 챙기고 자시고 이전의 문제로 꼴불견이다.

"어쩔까요? 지금부터 시작할까요? 아니면 오늘 밤부터 시작할까요?"

이게 뭐야, 무슨 업데이트 같은 이 여자는 뭔데? 무슨 강제 이벤트를 하고 싶은 거야?

"아니, 왜 난데? 다른 녀석에게 부탁해도 되는 거잖아?"

"무슨 소린가요! 키사라기 선배는 오오가 선배의 절친이고, 산쇼쿠인 선배와는 도서실에서 마주 만나고 있는 지금 상황에 딱 맞는 인재입니다! 게다가 저 같은 미소녀의 부탁이라면 분명히 들어주는 가벼운 인간 아닌가요!"

호오. 내가 가볍다고? 완전히 사람을 얕보고 있군.

아무리 마음이 넓다고 자부하는 나라도 이런 말까지 듣고 협력할 리 없잖아.

"물론 키사라기 선배에게도 대가는 있지요! 협력해 준다면 특별히 제가 직접 만든 탄포포 브로마이드를 선물하겠습니다! 자, 이건 선물로 드리는 '탄포포 천사 같은 사복 버전'입니다! 받으세요!

필요 없어어어어어! 웃는 얼굴로 품에서 그런 사진을 꺼내 건네더라도 즉각 돌려… 어머나, 애는 의외로 입으면 말라 보이는 타입이잖아.

귀여운 미소와 살짝 야한 계곡이 어필되는, 주옥같은 셀피잖아.

"어떤가요? 제 말이라면 뭐든지 듣고 싶어지죠? 참고로 두 장째, 세 장째 가면 입은 옷의 종류가 바뀌어서 서서히 노출이 많아… 아아! 이 이상은 창피해서 말할 수 없습니다! 우후후후!"

…거절하는 건 사정을 잘 들은 뒤에 생각해도 되겠지. 바로 거절하지는 말자.

어, 이 사진은 구겨지는 데가 없도록 잘 챙겨야지. 좋아, 그럼 계속 이야기를 해 볼까.

"애초에 탄포포는 왜 좋아하지도 않는 썬을 위해서 그렇게 애쓰는 거야?"

그래, 그거다. 이게 미스터리다. 지금까지의 이야기를 들어 보기로는 탄포포는 썬에게 반한 게 아니다. 그런데 왜 이렇게 자기중심적인 여자가 이런 짓을 하는지 모르겠다.

"그야 물론 올해 우리 야구부가 코시엔에 가기 위해서입니다!"

"뭐? 그게 썬과 팬지를 커플로 만드는 거랑 무슨 관계가…."

"눈치가 없네요~ 뭐, 좋아요. 그럼 설명하지요! 우리 야구부에서 가장 중요한 사람은 에이스이자 4번을 맡은 오오가 선배일 게 틀림없지 않습니까?"

"뭐, 그야 그렇지."

썬이 있느냐 없느냐로 우리 야구부의 실력은 크게 달라지겠지.

"말하자면 오오가 선배의 실력 상승은 야구부 전체의 실력이 상승하는 것과 직결됩니다! 오오가 선배는 멘탈이 플레이에 크게 영향을 미치는 사람이니까요. 좋아하는 사람과 사귀게 되면 사랑의 힘으로 지금 이상의 힘을 발휘하겠죠! 그러면 코시엔 진출도 틀림없이 가능합니다!"

…흠. 분명히 그건 일리가 있지. 의외로 납득이 가는 이유였다.

즉, 매니저로서 야구부 전체를 위해 노력하려는 건가.

"그리고 코시엔 진출이 확정되면 제 인기는 급상승! 세상에 솜털바라기가 넘쳐 나겠죠!"

한순간이나마 이 녀석이 야구부를 위해서 행동한다고 생각했던 내가 바보였다….

아마 '솜털바라기'란 이 녀석을 사랑하는 존재를 가리키는 조어일 것이다. 탄포포(민들레)니까.

"왜 야구부가 코시엔에 가는 것과 탄포포의 인기 상승이 관계 있는데?"

"하아~ 정말로 눈치 없긴…. 키사라기 선배는 둔감하네요….."

어! 나는 둔감했어?! 그렇지 않다는 자신이 꽤 있었는데….

"키사라기 선배, 코시엔에서 가장 빛나는 것. 그게 뭔지 아나요?"

"빛나는 것이라니…. 야구 소년들의 땀일까?"

"땡입니다! 코시엔에서 가장 빛나는 것. 그것은 코시엔에서 우승을 목표로 필사적으로 건투하는 야구 소년들…을 보며 감동한 나머지 저라는 미소녀 매니저의 눈동자에서 흘러내리는 눈물입니다!"

그건 덤이라고 하기엔 너무하잖아!

"코시엔 경기라면 전국 중계방송! 거기서 눈물짓는 제가 방송에 나오는 것을 상상해 보세요! 확실히 반하겠지요! 이렇게 귀엽고 사랑스러운 제가 눈물을 흘리잖아요? 그런 걸 보면 남녀노소 불문하고 두근거림이 멋지 않겠죠!"

"그, 그런가~?"

"그렇습니다! 미소녀 매니저의 눈물이 없는 코시엔은, 장어덮밥을 시켰더니 소스랑 밥밖에 안 나오는 거랑 같은 의미입니다!"

지금까지 코시엔의 주역을 맡은 매니저가 있었나? 전인미답의 영역이다.

"그리고 수많은 주목을 받아 학교를 넘어선 전국 네트워크의 아이돌로 진보를 이룬 저는 초특급 아이돌 그룹의 멤버로 일본… 아니, 전 세계로 날갯짓합니다! 그룹 이름은 제 별명을 따서 '탄포포'로 결정! 시대의 최첨단다운 이름이고요!"

그 그룹 이름은 마지막에 ' 。'이 붙는 아이돌로부터 파생된 그룹 내부 유닛으로 존재했다. 즉, 오히려 시대를 역행했다고.[*]

"뭐, 이유는 이런 겁니다. 어떤가요, 키사라기 선배? 헌신적이고 애처로운 제게 감동하여 돕고 싶어졌지요?"

이기적이고 약삭빠른 네가 기가 막혀서 돕고 싶지 않아졌습니다.

말하자면 네가 주위로부터 떠받들리고 싶으니까 도우라는 말이잖아?

이런 하찮은 부탁이라면 무조건 거절…하고 싶은데….

"탄포포는 혹시 내가 거절한다면 어쩔 거야?"

"으음…. 이렇게 귀여운 제 부탁이 거절당하는 건 있을 수 없다고 생각하지만, 그 경우엔 다른 사람에게 사정을 전부 설명하고 부탁할 건데요?"

네! 왔습니다! 자각 없는 협박 타임!

말하자면 여기서 내가 거절하면 이 녀석은 다른 녀석에게 사정을 전부 설명하고 협력을 요청한다는 얘기.

즉… 그 부탁받은 녀석은 팬지의 정체를 알게 될 가능성이 있

※그 그룹 이름은~ : '탄포포'는 1988년에 모닝무스메의 멤버 중 3명으로 결성되었던 파생 유닛. 모닝무스메의 정확한 표기는 'モーニング娘。'.

다는 소리다….

그것은 내가 가장 피해야 할 사태인 것으로…. 제길, 귀찮게 말이야….

"알았어. 그럼 탄포포에게 협력해 주지."

오른손 엄지와 검지를 비비면서 한마디.

탄포포는 내 말이 기뻤는지, 밝은 미소를 보였다. 분하지만 귀엽다.

"와아! 부탁을 들어줘서 고맙습니다! 그럼 사례로 머리를 쓰다듬어 줄게요! 아, 아니면 꼭 껴안아 줄까요?"

"양쪽 다 됐어."

"그, 그런가요…. 또 놀랐습니다. 설마 필요 없다니…."

으그그그그…! 자존심을 우선하다가 무심코 거절했다….

따, 딱히 안기고 싶었던 건 아니고! 나는 남자다우니까 그런 것엔 흥미 없고!

"우후후후! 그럼 얼른 앞으로의 작전을 생각할까요!"

"잘됐네요! 이거 좋은 기사를 쓸 수 있겠습니다!"

…어라? 왜 지금 탄포포 이외의 다른 녀석이 경어로 말을 걸어온 것 같지?

아니, 뒤에서 갑자기….

"효옷?! 누군가요, 당신?!"

"우와앗! 너는… 아스나로?!"

"네! 그렇습니다!"

갑작스러운 목소리에 돌아보자, 거기에는 감정적이 되면 사투리로 말하는 신문부의 에이스, 아스나로=하네타치 히나가 있었다. 오늘도 차밍 포인트인 포니테일을 흔들면서 애용하는 **빨간 펜**을 한 손에 들고 우리에게 소박한 미소를 보내고 있었다.

아니, 왜 이 녀석이 이런 곳에 있지?!

"후후훗! 오늘 아침에 죠로가 왠지 온순한 얼굴로 교실을 나서기에 미행했더니, 아주 큰 걸 건졌습니다~"

아무래도 원인은 나에게 있었던 모양이다….

"하와, 하와와…. 어어, 이건 키사라기 선배가 중요하게 할 이야기가 있다고 협박해서…."

우와, 우와와…. 탄포포 군사(軍師)가 벌써부터 내게 모든 죄를 덮어씌우려고 합니다!

"탄포포, 저한테 그런 거짓말이 통할 리가 없잖습니까. 다 들었거든요? 당신이 죠로와 협력해서 썬과 산쇼쿠인을 연인으로 만들려고 한다고."

"그, 그런 말을 했나요? 아니, 왜 당신이 제 애칭을…."

"저의 정보망을 얕보지 말아 주시겠습니까. 카마타 키미에… 통칭 '탄포포'라고 불리는 당신은 그 귀여운 외모와 밝은 성격으로 인기 많은 학생 아닌가요."

"뭐, 뭐어, 그렇지요…. 에헤헤. …아, 사인해 드릴까요?"

기뻐서 괜한 친절을 베풀 때가 아니잖아! 아스나로에게 다 들 켰다고?!

이대로 가다간 나와 네가 멋대로 썬과 팬지를 커플로 엮으려 고 한다는 신문이 배포되고 앞으로의 학교생활이 끝장날 가능성 마저…. 아아! 생각만 해도 무섭다!

"아뇨, 사인은 됐습니다! 제가 아니라 교내의 솜털바라기들에 게 해 주세요!"

"핫! 분명히 그러는 편이…! 귀중한 의견, 감사합니다!"

아스나로, 솜털바라기를 알고 있나! 정말로 네 정보망은 대단 하군!

"그래서, 너는 어쩌려는 거야?"

"그렇게 무서운 얼굴로 노려보지 마세요~ 부탁이 하나 있을 뿐이니까요!"

그 부탁 하나에 공포를 느끼고 무서운 얼굴을 한다는 사실을 알아주었으면 싶은 오늘.

"그건 바로! 제가 두 사람의 행동을 취재하게 해 달라는 것입 니다!"

"뭐?" "네?"

"으음, 실은 최근 우리 학교 내에서 연애 기사가 부족해서. 여 름 방학 전에 한 번 정도 '커플 성립!'이라는 밝은 뉴스가 필요했 습니다! 혹시 탄포포와 죠로의 계획이 성공하면 저는 커플 성립의 알파부터 오메가까지의 기삿거리를 손에 넣을 수 있잖아요? 그러니까 저도 끼워 주세요!"

아하, 그런 건가. 말하자면 커플이 이루어지는 모습을 처음부터 끝까지 지켜보고 싶단 말이지.

신문부다운 발상이라고 보자면 그렇긴 한데….

"그건 좀…."

뭐, 탄포포로서는 재미가 없겠지.

선배라고 해도 취재만 하는 녀석이 같이 있는 건 아무래도 행동하기 껄끄러울 테고.

"물론 공짜라고는 안 합니다! 제가 가진 정보를 최대한 두 사람에게 제공하기로 약속하지요!"

"그건 든든하지만… 그래도…."

"거기에 탄포포가 얼마나 헌신적이고 귀엽게 행동하는지 특집 기사를 더해서 당신의 인기를 한층 반석으로…."

"꼭 참가해 주세요! 기사의 비율은 연인 이야기 3 : 제 특집 기사 7로 부탁합니다!"

가벼워! 가벼운 데다가 쪼잔해! 순식간에 손바닥을 뒤집었다!

"어어…. 선배의 성함이…."

"하네타치 히나요! 잘 부탁해요, 탄포포!"

"네, 잘 부탁드립니다! 하네타치 선배!"

나는 아스나로가 끼는 것에 한마디도 찬성하지 않았는데, 어느 틈에 아스나로의 취재가 결정되었다. 뭐지? 왜 결정권이 전혀 없지?

"우후후! 이걸로 눈에 거슬리던 히나타 선배와 아키노 선배와의 차이를 성대하게 벌릴 수 있습니다! 그 두 사람 때문에 학교 안에서의 제 아이돌의 길이 얼마나 지장을 받았는지…."

"후후후. 이걸로 산쇼쿠인과 썬이 커플이 되면 죠로는…."

게다가 사이비 아이돌과 사투리 여자도 사리사욕을 위해 움직이고 있고.

왜 나는 이런 발언을 듣고 있지? 가끔은 좀 흘려들으면 좋겠다.

"키사라기 선배, 알고 있으리라 생각하지만, 이 일은 누구에게도 말하면 안 됩니다? 이렇게 귀여운 저와 엮였다는 걸 누군가가 알면 질투로 당신의 목숨이 위험하니까요."

하앙? 어디에나 있는 평범한 주인공을 얕보는 거냐?

미소녀와 실컷 엮이는 것에 대해 뭐라고 하는 놈은 아무도 없다고!

다만 어째서인지 모르겠지만 복도를 걸으면 혀 차는 소리가 들리거나, 가끔은 쪼잔한 남학생들이 발을 밟는 정도지.

…하지만 만일을 위해 입을 다물까. 만일이란 것도 있어, 만일이란 것도.

"알고 있어. 너랑 엮였다고는 아무한테도 말 안 해."

"말귀가 밝아서 다행입니다! 그럼 슬슬 조례가 시작될 테니, 1교시 후의 쉬는 시간에 계속 하지요. 아, 저는 2반이니까, 수업이 끝나거든 교실로 와 주세요!"

저기, 왜 돕는 쪽인 내가 일부러 1학년 교실까지 가야만 하는데?

바보야? 바보지? 바보일 게 틀림없다.

"그럼 실례하겠습니다아아! 어머? 지금 '습니다아아'의 '아' 발음은 괜찮았을지도! 역시 나는 귀여워! 우후후후!"

우와아~ 마지막까지 자화자찬을 계속하면서 식당에서 천연덕스럽게 가 버렸어.

뭐라고 할까, 포지티브 싱킹이나 가끔씩 들어가는 독설이 팬지랑 비슷하면서도 방향성이 다른 녀석이군, 귀찮다는 점에서는 똑같지만….

"…그리고 넌 무슨 꿍꿍이야?"

탄포포가 사라진 식당에서 아스나로를 째릿 노려보았지만 효과 없음.

생글생글 소박한 미소로 나를 바라볼 뿐이다.

"딱히 꿍꿍이 같은 건 없거든요. 그저 기삿거리가 필요할 뿐이라고요!"

"그럴 리 없잖아. 네가 그런…. 뭐야, 갑자기 다가오고?"

너무 가까이 오면 아스나로 특유의 사과향 비슷한 샴푸 향기가 말이지….

"최대한 당신과 함께 있을 구실이 필요했다…고 하면 납득해 줄 건가요?"

"…먼저 교실로 갈란다."

"아, 기다리세요! 그렇게 서둘러 가지 않아도…. 저도 같이 갈 거라고요!"

※

"죠로, 어디 갔었던 거야?!"

교실로 돌아오자 내 소꿉친구인 히마와리＝히나타 아오이가 귀여운 얼굴을 불룩이면서 다가왔다. 왠지 모르겠지만 기분이 상한 눈치다.

"같이 이야기하고 싶었는데! 멋대로 어딘가 가 버리다니 너무해!"

화내는 이유가 너무 귀여워서 큰일이다. 어디의 속 시꺼먼 아이돌도 좀 보고 배웠으면 좋겠다.

"미안해. 그럼 지금부터 이야기할까. 아직 조례까지는 시간이 좀 있고."

"와아! 죠로랑 이야기!"

순식간에 기분이 나아져서 내 팔에 밀착! 아아, 무자각 bitch는 훌륭하다.

역시 히마와리구나. 내 심신을 치유해 주는 멋진 bitch는.

"있잖아! 죠로는 뭐 했어?"

아, 그걸 묻는 거야? 그걸 화젯거리로 삼는 거야?

아니, 거기서는 오늘 아침으로 뭘 먹었는지를 이야기하도록 하자.

"어, 조금."

"응?"

이런. 히마와리의 바보털이 꿈틀 흔들렸다.

이건 뭔가 탐지하고 나를 추궁하려는 패턴이 아닌가?

"조금이 뭔데? 가르쳐 줘!"

역시나…. 천진난만한 미소라서 전혀 화내는 걸로 보이지 않지만, 이 미소는 '내가 가르쳐 준다'는 전제로 성립된 것이라서 그걸 무너뜨리는 것은 좋지 않다.

"어어, 그게 말이지. 조금은 조금이야. 신경 쓰지 마."

"신경 쓰여! 신경쓰여신경쓰여! 그러니까 가르쳐 줘! 에헤헤!"

왠지 밀착도가 올랐다~ 우헤헤!

그런데 어떻게 얼버무리지? 히마와리에게 내 거짓말은 안 통하는데.

"여엉차! …히마와리, 제가 죠로 대신 가르쳐 주겠습니다!"

아스나로, 내 대신 얼버무려 주려는 것은 기쁘지만, 일부러 나와 히마와리를 떼어 놓지 않아도…. 아니, 그렇게 노려봐도 말이죠…. 아, 네, 죄송합니다.

"정말?! 그럼 아스나로, 가르쳐 줘!"

"죠로는 1학년 여자애랑 친하게 이야기하고 있었습니다!"

"뭐? 뭐어어어어어?!"

아스나로오오오오오! 전혀 얼버무리는 게 아니잖아!

"죠로, 무슨 소리야?! 난 그런 거 못 들었어!"

그야 말을 안 했으니까요! 나도 그렇게 될 거라고는 생각 못했으니까요!

"아스나로! 그 애 예뻤어? 착한 애였어?"

"그렇습니다. 아주 귀엽고 헌신적인 착한 아이였습니다."

아냐! 자신을 위해 헌신적인 모습을 어필하는, 짜증나고 귀여운 아이돌 같은 애야.

"너무해너무해너무해! 죠로, 왜 바로 여자한테 손을 대는데!"

"아무 짓도 안 했어! 멋대로 내가 손을 댔다는 전제로 이야기하지 마!"

"우우…. 정말로?"

"정말. 애초에 내 취향이 아니고. 나는 청초한 여자애가 타입이야."

"그래?! 와아아아아아! 기뻐! 기뻐기뻐기뻐!"

납득해 준 건 좋은데, 왜 그렇게 신나서 좋아하는 거야?

"그, 그건… 나 같은 애가 취향이라는 소리네?"

잠깐. 기대하면서 올려다보는 모습은 귀엽지만, 네게 그런 요소가 어디에 있다고?

"아니, 청초하다는 건… 청아하고 상냥한 느낌으로, 뭐랄까, 품위 있는 분위기가 있는 애를 말하는 거라서…."

"그럼그럼, 역시 나네! 와아!"

얘 진심인가? 청아하다는 걸로 볼 때 이미 아웃인데?

"……청초라니…. 토할 거 같아."

어라? 왼쪽에서 무슨 소리가 들린 것 같은데, 분명 환청이겠지.

응, 그게 분명해. 분명히 그쪽은 안 볼 거니까.

※

1교시 수업이 끝나고 쉬는 시간이 되었기에 1학년 교실로.

그런 내 옆에는 포니테일을 이리저리 흔들며 따라오는 아스나로가 있었다.

"왠지 이렇게 둘이서 걷고 있으니 이전 일이 떠오르네요."

그러고 보면 전에도 아스나로와 함께 1학년 교실에 온 적이 있었지.

이 녀석이 내게 세 다리 의혹을 씌우고 밀착 취재를 해서….

"나로서는 별로 좋은 기억이 아닌데."

"제게는 아주 좋은 기억입니다! 죠로와 함께 있을 수 있었으니까요!"

"…그러십니까…."

나는 이전에 이 녀석에게 꽤 심한 말을 했지. 그런데… 아니, 얼른 탄포포를 부르자. 어어, 분명히 2반이라고 했지.

오, 마침 잘됐군. 저기 있는 여학생에게 탄포포를 불러 달라고 하자.

"아, 미안. 난 2학년 키사라기라고 하는데, 탄포포를…."

"꺄아아아아! 시궁쥐의 아종이야!"

호오. 이게 소문의 항간이란 곳인가. 그럼 바로 선배의 바람을 태풍처럼 몰아쳐서….

"키사라기 선배, 하네타치 선배, 오래 기다리셨습니다!"

칫. 탄포포가 온 이상, 항간을 날려 버리는 건 나중이 되겠군. 기억해 둬라….

"여기서 이야기하면 다른 사람들의 귀에 들어갈 테니까 자리를 옮길까요."

"그래, 알았어."

"죠로, 탄포포. 그거라면 저의 비밀 이야기 스폿으로 안내하지요. 거기라면 누구의 눈에도 띄지 않을 테고, 누구 귀에 들어갈 걱정도 없으니까요!"

그런 스폿이 우리 학교에 존재했나. 이건 새로운 사실의 발견이군.

…아니, 신문부 동아리방인가! 분명히 이 시간이라면 절대로 누구 귀에 들어가지도, 누가 오지도 않겠지만, 조금 더… 비밀스러운 장소라면 개인적으로 기뻤겠어.

"그럼 바로 작전 회의를 하고 싶은데… 그 전에 하네타치 선배에게 한 가지 질문이 있습니다!"

"네, 뭔가요?"

"산쇼쿠인 선배는… 좋아하는 사람, 있나요?"

멋대로 결정하고 넘어갈 줄 알았는데, 의외로 신중한 면도 있는 모양이군. 감탄했어.

좋아, 아스나로. 여기선 '네, 있습니다~! 썸은 아니지만요!'라고 말해서 이 녀석의 착각을 정정해 줘. 그러면 나도 귀찮은 일에서 해방된다.

"네. 있습니다~!"

제일 중요한 부분이 커트됐어! 맞는 말이긴 한데, 아니라는 느낌이 장난 아냐!

"역시나! 참고로 그건 누구입니까?"

"미안하지만 이 이상은 말할 수 없습니다. 좋아하는 사람을 제삼자가 말하는 건 별로 기분 좋은 일이 아니겠지요?"

이거 확신범이다! 멋진 말로 착각을 조장하고 있어!

"윽! 그건…. 뭐, 그렇지요. 하지만… 우후훗! 이건 틀림없네요! 키사라기 선배, 산쇼쿠인 선배가 좋아하는 사람은 틀림없이 **그 사람**이네요!"

"그래. 틀림없이 **그 사람**이야."

"그렇죠. 역시나로군요, 키사라기 선배!"

"그렇지? 맡겨 줘."

우리의 대화, 서로 어긋나고 있지만.

"즉, 저의 코시엔 데뷔는 눈앞! 눈물을 빛낼 때까지 앞으로 한 걸음 남은 상태라고 해도 과언이 아닙니다!"

"무슨 소리야, 탄포포. 너는 앞으로 한 걸음이 아니라 이미 백 걸음 정도 더 갔어."

엉뚱한 방향으로.

"그런가요? 우후후후! 그렇게 말해 주니 기쁘네요~! 감사합니다!"

"인사는 필요 없어. 나도 두근거림이 멈추지 않으니까 피차 마찬가지야."

정말이지 내 미래는 대체 어떻게 되는 걸까?

"우훗! 기합이 들어갔네요! 그럼 키사라기 선배에게 얼른 두 팔 걷어붙이게 하겠습니다!"

네네. 보나마나 말도 안 되는 일이겠지? 이미 각오는 되었다고.

팬지와 썬을 최대한 친하게 만들라든가, 그런 걸….

"오늘 점심시간에 산쇼쿠인 선배에게 안겨 주세요!"

"대체 왜?!"

나의 K점*, 여유롭게 돌파! 뭐가 어떻게 되면 그렇게 되는데?

"참나! 키사라기 선배는 여전히 둔감하네요~! 가엾으니까 어깨를 툭툭 두들겨 주겠습니다. 너무 기뻐하면 안 돼요? 자, 툭툭!"

시끄러어어어어! 전혀 기쁘지 않거든?!

"알겠나요? 지금 산쇼쿠인 선배는 십중팔구 서로 좋아하고 있습니다. 즉, 이제 계기만 생기면 일이 잘 굴러갑니다! 그걸 만들어 내는 것은 키사라기 선배… 당신밖에 없습니다!"

그러니까 진실은 십중일이라니까!

"제가 읽은 수많은 순정만화에서도 그랬습니다. 두 사람이 서로 사귀기 시작하기 전에 마지막에 트러블을 일으키는 건 대부분 들러리 남자! 키사라기 선배, 당신에게 그 역할을 맡기겠습니다!"

"안 맡을 겁니다! 결정 사항인 것처럼 말하지 마! 나는 절대로

※K점 : 스키 점프 경기에서 점프대의 건축 기준점.

안 할 거니까!"

"왜?! 키사라기 선배는 제 눈물을 코시엔에서 빛내고 싶지 않은가요?!"

"그 대가로 내가 엄청나게 불행해지잖아!"

"으음…. 어쩔 수 없군요. 그럼 산쇼쿠인 선배에게 키스하는 걸로 타협해 드리지요!"

"타협이 안 되잖아! 난이도가 올랐어! 애초에 그럴 거면 네가 해! 썬한테 안기든가, 뭔 짓을 하든 할 수도 있잖아!"

"아하하하! 무슨 멍청한 소리를 하는 건가요? 그런 짓을 하면 제게 호의를 품었던 사람들이 상처를 입을 테고, 특정 남자에게 호의를 품는다면 아이돌로서 평판이 떨어지잖아요. 그러니까 저는 어디까지나 키사라기 선배에게 지시를 내릴 뿐이에요."

이 녀석, 확 날려 버려도 되나? 무진장 활짝 웃으면서 나를 희생양으로 삼으려고 하는데.

"아무튼 그 두 가지는 절대로 안 할 거니까!"

"히익! 그렇게 소리 지르지 마세요…."

고함친 걸 뭐라고 하기 전에 그 원인을 좀 생각하라고, 멍청아.

"하아…. 알겠습니다. 그렇게까지 말한다면 온후하고 마음씨 착하고 겸허한 제가 한발 양보하지요."

아흔아홉 걸음만 더 물러나. 반대 방향으로 백 걸음 갔으니까 그러면 스타트 지점으로 돌아온다.

"키사라기 선배, '당신이 할 수 있는 최고의 어프로치'를 산쇼 쿠인 선배에게 해 주세요! 그 사람의 하트를 확실히 꿰뚫을 수 있는 멋진 것을 말이지요! 최악의 경우, 그대로 두 사람이 사귀어도 괜찮으니까요!"

"싫어. 아까부터 너무 일방적이잖아. 돕기야 하겠지만, 다른 방법으로⋯."

"브로마이드, 필요 없나요? 두 번째 것은 '탄포포, 조금 야한 간호사 버전'이라서, 노출이 다소 많은 건데요⋯."

"기대는 하지 마라? 나름대로 노력이야 해 보겠는데."

껴안는다든가 키스가 아니라 나에게 선택지를 준다면 괜찮겠지.

어쩔 수 없으니까 해 주마. 브로마이드도 어쩔 수 없으니까 받아 주지.

"와아! 그럼 잘해 주신다면 사례로 두 번째 브로마이드를 드리겠습니다! 그리고 다음에 모이는 건 오후 쉬는 시간으로! 결과 보고, 기대하고 있을 테니까요! 우후후후후!"

이렇게 작전 입안에 만족한 착각 악마는 경쾌한 걸음으로 신문부 동아리방을 떠났다.

⋯이런. 그만 무심코 하겠다는 말을 했지만, 어쩌면 좋다?

"뭐라고 할까, 죠로와 탄포포의 관계는 주인과 몸종이라는 게 가장 적합한 표현일지도 모르겠네요~ 에잇에잇."

탄포포가 떠나가자, 아스나로가 킥킥 웃으면서 빨간 펜으로 내 뺨을 꾹꾹.

하는 짓은 귀여울지 모르지만, 솔직히 짜증난다.

"그건 어느 쪽이 주인이고 어느 쪽이 몸종이라는 의미야?"

"무슨 당연한 소리를 하는 건가요? 그거야 말할 것도 없겠죠…. 아! 죠로! 포니테일 잡아대리지 말라요!"

포니테일을 잡아 보았는데 상상 이상으로 허둥거려서 재미있었다.

재미있었으니까 이번은 봐주지.

※

점심시간. 평소처럼 도시락 통을 한 손에 들고 도서실로.

썬이 매점에서 빵을 사 와서 합류했으니 식사 시작이다.

"으음, 이제 곧 지역 대회가 시작되니까, 가슴이 두근거려!"

"썬은 대단하다고 할까. 전혀 긴장하지 않잖아. 그러고 보니 이제 곧 기말시험인데, 그쪽은 괜찮을까?"

의기양양한 썬에게 내가 알바하는 가게의 주인이자 보이시한 외모의 미녀, 츠바키=요우키 치하루가 감탄하며 한마디.

오늘도 여전히 낮은 체지방률을 자랑하는 납작….

"죠로, 뭔가 실례되는 생각을 한 것 같은데?"

"기분 탓이겠지. 나는 **가**정 요리는 역시 **슴**슴한 게 좋다는 생각을 하고 있었어."

"그래. 그럼 됐어."

위험해, 위험해. 츠바키는 거기 화제에 민감하니까. 주의해야지.

"헤헷! 괜찮아! 야구부는 작년 결과도 있어서 특별 대우를 받았어. 여름 예선 전에는 시험 전에도 야구부 활동을 할 수 있고, 낙제점을 받아도 활동 금지도 보충 수업도 없어!"

썬. 그건 결코 시험에서 낙제점을 받아도 되는 이유가 안 돼.

야구가 우선인 건 잘 알지만, 그래도 공부도 좀 했으면 한다.

뭐, 츠바키와 썬은 그렇다고 치고. 아까부터 신경 쓰이는 게 하나 있다.

""""…….""""

왠지 모르지만, 나와 츠바키와 썬을 제외한 세 명… 팬지, 히마와리, 코스모스의 낌새가 명백하게 이상하다. 나란히 한마디 말도 없이 묵묵히 밥을 먹고 있다.

"좋았어! 난 열심히 할래!"

그렇게 생각하는데, 히마와리가 영문 모를 소리와 함께 시선을 내 쪽으로.

흥흥 콧소리도 요란스러운 것이 뭔가 결심한 게 잘 느껴지는 태도다.

"있잖아! 죠로! 나 어때? 찰랑!"

그래. 일단 질문의 의미를 모르겠다.

그리고 머리를 쓸어 올리면서 찰랑찰랑 소리를 내는 건 더 의미를 모르겠다.

"어떠냐니… 평소랑 같잖아?"

"우우! 아냐! 오늘의 나는… 평소보다 청초해! 찰랑!"

과연. 내 소꿉친구는 머리를 쓸어 올리며 '찰랑!'이라고 말하면 청초해진다고 생각했나. 오래 알고 지냈지만 모르는 게 아직 많은 모양이다.

"머리를 쓸어 올리며 '찰랑'이라고 말하는 건 청초가 아니라고 생각하는데? 얌전하고 다소곳한 여자를 청초하다고 표현할 텐데."

"그렇지 않아! 죠로! 바보랑!"

어이, 은근슬쩍 '바보'와 '찰랑'을 섞은 이상한 말을 만들어 내는 거냐?

"저기, 죠로."

히마와리의 행동에 의아해하는데, 이번에는 옆에서 땋은 머리에 안경… 팬지의 담담한 목소리.

오늘도 평소처럼 수수함의 갑옷을 입고 있어서 전혀 귀엽지 않다.

"뭐야…. 팬지?"

"지금까지 입 다물고 있었는데, 사실 나는 항간에서는 얌전하고 다소곳하다는 평판이야."

Oh…. 변화구 하나도 없이 한가운데 직구로 비집고 들어온다, 얘는.

"그런가. 참고로 나는 항간에서 시궁쥐의 아종이라는 평판이야."

"그럴 수가…. 가엾잖아. ……시궁쥐가."

"OK. 일단 거기에 대해 차분하게 이야기를 해 볼까."

"어머. 나와 차분하게 이야기를 하고 싶다니 얼마나 구속하려는 걸까. 큰일이야."

나는 네 독설과 포지티브 싱킹이 큰일이라서 어떻게 해야 할지 모르겠다.

"후…. 이겼군."

이번에는 코스모스=아키노 사쿠라가 손을 모아서 입가를 가리며 자신만만하게 한마디 했다.

특무기관의 총사령관* 흉내인가? 분명히 폭주는 두 번 정도 일어났는데.

※특무기관의~ : 애니메이션 〈신세기 에반게리온〉에 등장하는 특무 조직 NERV와 사령관 이카리 겐도.

"후…. 히마와리도, 팬지도, 그라문 안 되지이예."

코스모스, 당신이 제일 그라문 안 되는 거 아임까?

여전히 멋진 가슴을 생각 없이 두 팔꿈치로 꾹 누르면서 어필하는 건 좋지만, 그 색기와 묘한 말씨가 어우러져서 엄청나게 미묘한 기분이 되잖아.

"와 그라나요, 죠로? 고민 있거든 나한테 얘기해 보시이지예."

목하 최대의 고민은 요상한 사투리로 말을 걸어오는 '이지예 씨'에 대한 것입니다.

이 학생회장의 다양한 캐릭터에는 놀라움을 뛰어넘어서 아연해질 수밖에 없다.

"왠지 청초함을 착각하는 사람이 많은 모양이라서 고민하고 있습니다."

"그라쿠만이지예! 이거 우연이지예! 나도 같은 의견이지예!"

현재의 착각왕은 '이지예'의 사용법이 틀려먹었는데도 이상하게 포지티브다.

"죠로랑 내는 같은 마음…. 이지예헤헤…."

'이지예헤헤'라고 웃는 여자와 같은 장르로 엮이고 싶지 않다.

이건 오늘 아침에 내가 히마와리에게 '청초한 여자가 타입'이라고 말한 게 그대로 팬지와 코스모스에게 전달돼 청초함의 바겐세일이 개최된 걸까?

"응? 팬지와 코스모스 선배와 히마와리는 청초해지고 싶은 건가? 딱히 그런 짓 할 필요 없다니까! 셋 다 평소 모습인 편이 죠로도 기뻐할 거라 생각해!"

"그랬나?! 알았어…. 나 그만둘게….'"

"윽! 그런 건가…. 그럼 나도….'"

"…어쩔 수 없네. 썬이 그렇게 말한다면 나도 평소처럼 하기로 할게."

이 녀석들은 지난번의 '나를 기쁘게 하기 승부'에서 썬에게 완전 패배했으니까, 썬의 말이라면 잘 듣는군.

"저기, 죠로. 그러고 보니 여름 방학 아르바이트는 어떻게 할 거지? 아직 근무 시간을 결정할 시기는 아니지만, 일찍 알아 두면 좋겠는데."

그런 식으로 정체 모를 청초함 대화가 끝나는 동시에 츠바키가 내게 질문을.

뭐지? 혼자만 정체 모를 청초함을 선보이지 않았기 때문일까, 묘하게 마음이 놓인다.

"아…. 그렇지. 아직 확실히 예정을 정한 건 아니지만, 한 주에 서너 번 정도에, 여름 방학이니까 매일 여덟 시간 정도 할 수 있으면 좋겠는데, 괜찮을까?"

"음. 괜찮으려나. 그럼 자세한 예정이 정해지면 또 가르쳐 줄 수 있을까?"

"알았어. 미안해, 괜히 기다리게 해서."

"신경 안 써도 된달까. 죠로는 아주 편리하게 써먹을 수 있는 아르바이트생이니, 조금 편의를 봐주는 정도일까. 후후후."

정말이지 츠바키는 착하구나. 하지만 '편리하게 써먹을 수 있다'는 말이 가슴 아픈데~

"아, 그렇지. 그거랑 별개로 나는 모두와 함께 여름 방학에 어디 놀러 가고 싶은데."

이건 찬스 타임! 얼른 덤벼들 준비를 해 두도록 하겠습니다!

"그거 좋은데! 나도 찬성이야! 어디 갈까?"

다 같이 여름 방학에 놀러 간다면, 갈 장소라고는 하나밖에 없지 않습니까~!

물론 가는 장소는 바다고, 내가 모두의 수영복을 감상할 수밖에….

"여름 축제 같은 건 어떨까? 분명히 8월에 있지?"

그게 아냐! 그쪽은 그쪽대로 괜찮지만!

"아! 츠바키, 그거 좋겠다! 나 찬성! 다 같이 유카타 입고! 유카타!"

"여름 축제인가! 나는 친구랑 그런 곳에 간 적이 없으니까 꼭 가 보고 싶어!"

"나도 찬성이야."

"그럼 결정인가. 난 유카타가 없으니까 사야겠네. 후후후, 기대되네."

저기, 이 여름 축제 분위기 속에서 '바다에 가고 싶지 말이지 예~'라고 말하면 혼날까?

이럴 때에 어디에나 있는 평범한 주인공은 어떻게 하면 좋지?

애초에 여름 방학의 기획 입안은 여자 담당이지? 내가 아니지?

하지만 이런 분위기면 여름에 바다 이벤트 발생 확률이 내려 가고…. 저쪽에 계신 모두(독자)를 위해서라도 여기선 자연스럽 게 모두에게 바다에 가고 싶다는 마음을 심어 줘야!

"으음! 나도 그건 대찬성이야! 축제는 좋아! 불꽃놀이도 좋고, 노점들이… 아아! 특히나 빙수! 여름은 더우니까! 그래! 축제도 좋지만, 시원한 장소도 좋을지 모르겠네! 거기, 뭐랄까, 그거 있 잖아, 그거. 물이 이렇게 많고…."

"죠로는 절에 수행이라도 갈 예정이야? 난 같이 안 가."

"왜 내가 폭포 수행을 하러 가는데?! 완전 별로!"

"그래? 하지만 번뇌를 씻어 내기에 딱 좋을 것 같은데?"

이 땋은 머리 안경이! 내 목적을 바로 박살 내려고 들다니!

괜찮잖아! 나는 바다에 가서 모두의 수영복을 보고 싶다고요!

흥미 없는 척하면서 곁눈질로 힐끔힐끔 보고 싶어요!

"아! 알았다! 죠로, 나가시소면*을 먹고 싶은 거지! 재미있겠 다!"

※나가시소면 : 대나무 통을 타고 흐르는 국수를 젓가락으로 집어서 국물에 찍어 먹는 요리.

그래, 그래! 그거야, 히마와리! 나가시소면을 후루룩~…이 아 냐!

"풍류가 있지! 그거라면 어디 경치 좋은 산에서 하는 게 좋지 않을까? 산의 절경을 즐기면서 나가시소면을 먹는 것도 나쁘지 않을 거야."

나빠! 내가 만끽하고 싶은 산의 절경은 거기에 없어!

지금 마침 눈앞에 있는 코스모스 산의 절경을 바다에서 만끽하고 싶어요!

"산을 오르는 건 힘드니까, 대신 죠로의 방에서 하는 건 어떨까?"

대안이 너무 이상하잖아…. 왜 산 대신 내 방인데? 하다못해 정원으로 해 줘.

"팬지, 대단해! 난 대찬성!"

"그래! 그런 수가! …그래. 이전부터 죠로의 방의 절경에는 흥미가 있었고, 이 기회에… 나도 대찬성이야!"

"그럼 결정됐네. 죠로의 어머니에게 허락을 받을 수 있도록 손을 써 볼게."

【비보】 바다에 가려고 했더니 가택 수색을 당하는 꼴이 되었다. ㅋㅋㅋ

아니, ㅋㅋㅋ이라고 쓰고 있을 때가 아니잖아! 왜 이렇게 말도 안 되는 상황이 되는데!

제길! 왜 나는 여름 방학에 모두와 함께 바다에 가기 위해 이런 고생을 해야만 하지?

여름 축제에서 나가시소면으로 바뀌었는데, 여기서 어떻게 바다로 갈 수 있지?

그렇게 나랑 바다에 가기 싫은 거야? 모두의 수영복은 볼 수 없는 거야?

"왜 그래, 죠로? 그렇게 풀이 죽어서?"

"으음, 바다에 좀 가고 싶었는데, 마음처럼 안 돼서⋯."

"죠로, 바다에 가고 싶어?"

이런⋯. 무심코 본심을 흘려 버렸다⋯.

"그럼 나랑 가자! 나도 바다 가고 싶어! 그래, 다 같이 그러자!"

이것이 슈퍼 내추럴 얼티밋 갤럭시 엔젤 bitch다!

나의 번뇌 따윈 전혀 모른 채 신이 나서 바다를 제안! 게다가 신이 난 모양!

"바다라~ 다 같이 비치발리볼 하고 수박 깨고⋯ 재미있겠다~⋯웅! 히마와리, 나도 대찬성이야!"

솔직해지는 건 좋구나! 왜 처음부터 그러지 않았을까?

앞으로는 팍팍 솔직하게 사는 편이 좋겠군. 이건 틀림없어.

"다들 간다면 나도 갈게."

팬지도 오는 건가⋯. 언뜻 보면 멋진 이벤트라고 여겨지지만,

이건 함정이로군.

이 녀석은 내 기대를 배신한다는 점에서 세계 챔피언급이다. 아마도 그 모습은 볼 수 없을 거다.

"남자랑 같이 바다에 간다니…. 첫 경험 6일까. 죠로, 내 수영복을 봐도 웃지 않는다고 약속해 줄 수 있을까?"

어머나~ 츠바키가 그렇게 부끄럽고 불안해하는 얼굴을 하다니~

하지만 그 발언은 간다는 게 전제로군? 난 절대로 웃지 않는다고 약속할게!

"음, 그 정도야 쉽지."

"음. 그럼… 손가락 걸고 약속할까."

그러며 새끼손가락을 귀엽게 내밀다니. 약속할게, 약속할게!

"손가락 걸고 약속. 거짓말 하면 꼬치 천 개, **확실하게** 삼키겠습니다. 자, 약속했을까."

이상하네? 내가 아는 것보다 훨씬 무서운데….

"후후후. 이거면 안심일까."

"그, 그런가…."

이거 조금이라도 웃으면 진짜로 꼬치 천 개를 삼키게 하려는 거지?

"나는 야구가 있으니까 여름 방학 때 어쩔지는 잘 모르겠군! 갈 수 있게 되거든 끼워 줘!"

뭐, 썬은 야구 대회가 끝난 뒤라면 일정이 빌 것 같지만, 그 전이라면 힘들겠지. 어쩔 수 없다. …하지만 괜찮아! 난 청일점이라도 당당하게 있을 수 있는 타입이니까!

으음! 그렇긴 해도 벌써부터 여름 방학이 기대된다! 멋진 수영복에 유카타!

좋았어! 이야기는 이걸로 매듭지어졌고, 점심시간은 끝인 걸로… '부르르르'.

음? 왠지 내 스마트폰이 불온하기 짝이 없는 진동을 하는데….

「지금쯤 산쇼쿠인 선배에게 남자 친구가 생겼겠지요?」

안 생겼습니다. 급전개도 정도가 있습니다.

제길…. 이대로 잊어버린 척하고 넘어갈까 했는데….

애초에 '내가 할 수 있는 최고의 어프로치'라고 해도 말이지….

으음…. 아, 그렇지. 어프로치란 꼭 내가 안 해도 괜찮아.

애초에 팬지는 숨 쉬듯이 나에게 뭔가 어프로치를 한다.

평소라면 상대하지 않지만, 오늘만큼은 일부러 받아 주는 게 어떨까?

이거면 팬지도 두근거릴 테고, 옆에서 보는 썬도 마음이 조급해질 게 틀림없어!

좋아, 팬지. 지금 당장 내게 어프로치를 해라. 물끄럼….

"어머, 왜 그래, 죠로? 그렇게 뜨거운 시선으로 바라보다니 부끄러워."

정말로 기대에 부응해 주는 녀석이로군! 그럼 나도 확실히 기대에 부응해 주도록 하지!

"그거 다행이네. 나는 팬지가 부끄러워하는 모습을 보는 걸 좋아하니까."

좋았어! 특별 서비스로 '좋아한다'는 말까지 선사해 줬다.

흐흥. 어때, 팬지? 두근거리냐? 응? 응? …으응?

어라? 팬지가 주머니에서 뭔가 주섬주섬 꺼내는데?

시꺼멓고 사각형에 손바닥 사이즈. ㅁ와 옆으로 누운 △ 버튼이 있는 물체다.

저건… 'IC 레코더'라고 불리는, 녹음 같은 것을 하는 물건이 아닐까?

아니, 설마~! 그렇게 만전의 준비를 하다니, 아무리 팬지라고 해도 말이지,

"이런 일도 있을까 싶어 준비해 두길 잘했네."

아, 옆으로 누운 △ 버튼을 꾹 누르시는군요.

[나는 팬지…… 좋아하니까.]

녹음되었다아아아아! 게다가 핀포인트로 귀찮은 부분만!

무슨 상정을 하고 온 거야! 정말이지 너는 준비성이 너무 좋아!

"내놔! 그 IC 레코더를 지금 당장…."

"싫어. 내 순수한 마음에 눈치 없는 마음으로 답했는걸. 이 정

도 보수를 받지 않으면 납득할 수 없어."

나의 한심한 계획이 전부 들통난 데다가 지독한 꼴을 당했다!

"이건 어딘가에서 유용하게 써먹을 수 있겠네. 후후후…."

정말로 왜 이렇게 되었지! 일이 엄청나게 꼬였잖아!

"맞다, 팬지. 나중에 도서실 이용 상황에 대해 좀 가르쳐 줄수 있을까? 실은 학교 쪽에서 학생회에게 각 시설의 이용 빈도를 조사해 달라는 지시가 왔어."

"알겠습니다. 어떤 걸 말씀드리면 될까요?"

아! 어이, 팬지! IC 레코더를 집어넣고 코스모스와 다른 이야기하지 마!

"매달 도서실의 이용자 수. 그리고 어떤 책을 빌리는 학생이 많은지를 알면 되겠어. 조사라고는 해도 그렇게 대단한 것도 아냐."

하아…. 어프로치를 했지만 최대의 오점을 껴안고 끝났다….

전부 보고하기도 싫고, 이 일은 덮어 두고 탄포포에게 전하자. …뭐, 문제없어!

중요한 건 결과가 아니라 과정이라고, 분명 녀석도 알아주….

※

"뭘 하는 겁니까, 이 멍텅구리! 완전 틀려먹었잖습니까!"

전혀 알아주지 않았습니다.

오후의 쉬는 시간, 탄포포에게 연락을 해서 아스나로와 함께 신문부 동아리방에 가 일의 전말을 일부 감추고 보고했더니… 어프로치도 하지 않고 한심하게 점심시간을 보낸 멍텅구리가 되어서 엄청나게 꾸지람을 들었습니다.

"아니…. 나도 나름 애썼거든? 저기… 여러 오점을 껴안고… 구시렁구시렁…."

"작은 목소리로 무슨 알아듣지도 못할 말을 중얼거리는 건가요!"

"분명히 이건 죠로의 잘못이네요~ 푸푸풋…."

이 신문부가! 자기는 당사자가 아니라고 즐겁게 웃고 앉았어!

"알겠나요? 우리는 반드시 이번 작전을 성공시켜야만 합니다! 다른 모든 것을 희생해서라도! 키사라기 선배, 당신은 그런 각오가 분명히 돼 있습니까?"

다른 모든 것에 '탄포포'를 도입하고 나를 제외하고 싶은 오늘 이 순간이라서, 그런 각오는 없는데.

"으, 으음…. 그거야 대충…."

"할 때는 확실히 해 주세요! 남자는 한번 칼을 뽑았으면 썩은 무라도 잘라야 합니다!"

내가 알 바 아냐. 나는 칼을 뽑아야 할 때만 뽑는 남자야.

즉, 뽑기로 결심하지 않은 나는 한심하기 짝이 없지.

"저기, 탄포포."

"뭔가요?"

울컥한 얼굴로 리본을 만지작거리면서 내게 날카로운 시선을. 화내고 있는데 미안하지만, 이쪽도 할 말은 해야겠어.

"조금 더 천천히 진행하지 않겠어? 아무리 그래도 너무 서두르는 것 같은데?"

"안 됩니다. 이제 곧 여름 코시엔 대회를 위한 예선이 시작되니까, 그때까지는 꼭 결판을 내고 싶습니다."

"그렇다고 해도 말이지. 아직 조금 시간은 있으니까, 그동안할 수 있는 일을 생각하자고."

"그러니까! 키사라기 선배가 들러리가 돼서 움직이는 걸로 생각했습니다! 애초에 그런 말을 할 거면 키사라기 선배에게 뭔가 다른 생각이 있는 건가요?"

제일 먼저 그 방법을 떠올린 이 여자를 어떻게 좀 하고 싶긴 한데, 일단은 넘어가자.

너한테서 그런 질문이 올 거라고 예상했어. 대안은 다 생각해 놓았지.

"방과 후에 내가 팬지를 데리고 야구부 연습을 보러 가는 건 어때? 썬이 제일 멋질 때는 야구를 할 때니까."

근본적으로 팬지의 마음은 썬을 향하고 있지 않으니까, 일단 그걸 어떻게 하자는 사소한 배려다. 기대할 만한 가능성은 아니지만, 효과가 완전히 없는 건 아니겠지.

"나쁘지 않은 생각이지만, 이미 산쇼쿠인 선배가 연심을 품은 이상 이 이상 좋아하게 해도 의미는 없습니다."

"…그렇습니까."

그게 완전히 틀려먹었으니까, 그걸 좀 어떻게 하고 싶은 건데.

"그럼 같이 하교하는 건 어때? 내가 팬지를, 탄포포가 썬을 데리고 가서 두 사람이 합류한 뒤에 우리가 사라지면, 뒷일은 남은 두 사람에게 맡기고…."

"두 사람의 거리는 줄어들 것 같습니다만, 그런 짓을 하면 우리가 뭘 하려는지 알려집니다. 어디까지나 두 사람이 자연스럽게 사귀는 게 중요합니다!"

나한테 뭘 시키는 시점에서 부자연스럽기 짝이 없는데.

"그럼 나로서는 더 생각 없어. …부정만 해 대고 말이야."

"우웃! 그렇게 화내지 마세요…."

이 녀석은 사람 말을 안 듣지만 화를 내면 효과가 있어. 의외로 겁이 많나?

"저기…. 열심히 생각하는 걸 보면, 키사라기 선배도 열심히 애써 주고 있다는 걸 알겠습니다. 그러니까 저도 거기에 맞는 사례를 준비할 거고요…."

"사례란 건 뭔데?"

"물론 지난번 쉬는 시간에 이야기했던 두 번째 브로마이드지요! 자, 여기!"

"으, 음….."

흠. 이게 '탄포포, 조금 야한 간호사 버전'인가.

…간호사도 제법 괜찮군요.

"그리고 또 하나! 이번에는 특별 서비스를 붙이겠습니다!"

이쪽은 별로 기대가 안 되는데. 어차피 또 머리를 쓰다듬어 준다든가 어깨를 두드려 주는… 어라? 왜 탄포포가 얼굴을 붉히고 스커트를 붙잡고 있지?

"다른 사람에게는 비밀…이니까요?"

어? 서서히 스커트가 올라가는데, 이건… 진짜냐!

아니, 이 바보야! 그만둬!

그 이상 스커트를 올리면… 오오!

다리가 서서히! 드러나서!

"짜자안! 아쉽네요! 수영복이었습니다! 에헤헤헤!"

"……."

"저는 아이돌 지망이니까 그라비아 촬영을 염두에 두고 있지요! 수영복이 끝입니다! 오늘은 야구부에서 그라운드에 물을 뿌리니까, 일부러 밑에 입고 왔습니다! 아쉬웠… 어라? 왜 그러나요, 키사라기 선배? 아까부터 표정이 굳었는데요?"

"…아니. 어차피 그런 거려니 싶었어."

뭐, 기대한 내가 바보지. 팬티를 볼 수 있으면 좋겠지만, 결과

는 수영복이다.

분명히 말해도, 전혀…… 기뻤다고오오오오오오!

제기이이이일! 알고 있어! 수영복이란 건 알고 있어! 하지만 기뻤단 말이야아아!

기뻐하는 스스로가 한심하다! 제길! 젠장! 내일도 열심히 하자!

※

방과 후. 오늘은 도서실도 아르바이트도 아니라, 동네에서 네 역 떨어진 지역의 상점가. 본래 팬지에게는 볼일이 있고 나는 아르바이트가 없으니까 얼른 귀가할 예정이었지만, 수업이 끝남과 동시에 도착한 엄마의 메일이 내 예정을 망가뜨렸다.

「폭풍이 엄청나니까, 저녁밥 사 왕~☆」

창밖을 확인했지만 쾌청. 국지적인 호우라도 오는 건가 싶어서 「그렇게 심해? 이쪽은 그렇지도 않은데?」라고 확인 메일을 보냈더니….

「라이브 DVD가 정말 엄청나앙~!」

폭풍은 폭풍인데, 아이돌 쪽이라니 뜻밖. 엄마의 요상한 메일이었다. 오늘은 아빠가 회사 회식이라 저녁할 필요가 없게 되자, 가사를 방치하고 아이돌 DVD에 정신 빼놓을 줄은 몰랐다. 게다가 말이지….

「스미레코 몫도 부탁해~☆ 오늘은 같이 DVD 보는 날이니까!」

「난 네 역 떨어진 동네의 상점가에서 파는 돼지고기 생강구이를 먹고 싶어. 그거 좋아해♡」

설마 '돼지고기 생강구이'를 좋아한다고 말하는 여자가 있다니….

그런고로 쓸데없이 팬지의 기호 식품 지식을 얻게 된 나는 본인이 지명한 가게로.

아무래도 꽤나 인기 있는 가게인지, 기다란 행렬의 일부로 변한 곳이다.

팬지 녀석, 손도 많이 가는 가게를 골랐군… '부르르르'.

응? 전화인가? 팬지 녀석, 또 뭘… 아니, 아스나로잖아.

"여보세요, 무슨 일이야?"

[죠로! 지금 멋진 메일을 보낼 테니까 꼭 확인해 주세요!]

"왜 그걸 일일이 전화로 보고하는데? 메일은 상대가 언제든지 확인할 수…."

[물론 당신의 목소리를 듣고 싶었기 때문 아니겠습니까!]

"…알았어. 나중에 확인할게."

네이. 뚝. 아스나로 녀석, 이번에는 너무 힘쓰는 거 아닌가….

"오래 기다리셨습니다! 뭘로 주문하시겠습니까?"

줄을 서기 시작한 지 한 시간. 간신히 행렬의 맨 앞에 도달한 나에게 점원이 주문 확인.

가능하면 미소녀인 게 좋겠지만, 내 주인공력은 아직 신출내기이기 때문에 보통 아줌마다. 아쉬워라.

"생강구이 3인분 부탁합니다."

"네! 잠시만 기다려 주세요!"

아줌마가 나이스 스마일과 함께 익숙한 동작으로 팩에 돼지고기 생강구이를 척척.

"오래 기다리셨습니다! 1050엔입니다."

"알겠습니다. 그럼…… 음? 이런!"

…이런. 돈이 모자라….

돌발적으로 저녁밥을 사 오라는 말을 들은 내 지갑에 존재하는 건 달랑 천 엔짜리 지폐 하나뿐.

여기에 오기 전에 교통비를 충전한 게 문제였다….

잔돈 50엔이 부족해….

"왜 그러시나요?"

이런. 아줌마에게서 의아한 시선이 날아왔다.

어쩌지? 내가 미남이라면 여기서 나이스 스마일로 '죄송합니다. 돈이 부족하니까 깎아 주세요'라며 윙크를 날려서 공략했을지도 모르지만, 애석하게도 그렇지 않다.

그러면 ATM에서 돈을 뽑아 와서 다시 줄을 서는 게 무난한

수지만, 여기서 또 한 시간 줄을 설 근성은 내게 없다.

하아…. 어쩔 수 없지. 아줌마에게 사정을 설명하고 2인분으로 바꿔 달라고 하자.

내 오늘 저녁은 쌀밥만으로 끝이다. 제길…. 팬지만 안 왔으면….

"저기, 괜찮으면 이거 써."

"…어?"

왠지 뒤에서 부드러운 남자 목소리가 들린 것 같은데… 우와! 진짜냐!

힐끔 그쪽을 확인하니 눈동자에 신기하면서도 강한 빛을 띤 남자가 내게 50엔 동전을 하나 내밀고 있지 않은가. 다른 학교 교복을 입었고, 아마도 나이는 비슷할 것 같다.

"돈이 부족한 거지?"

"어어…. 그렇지만. …괜찮아?"

어이어이. 아무리 50엔이라고 해도 보통 모르는 남자에게 태연히 돈을 내미나?

내가 반대 입장이었으면 '상관없어'라고 생각하고 방치했을 텐데.

"괜찮아. 난 아직 여유가 있고. 곤란할 때는 서로 도와야지."

"어, 어어…. 고마워…."

얌전히 그 호의를 받아들여서 남자에게 50엔을 받고, 그걸로 무사히 계산을 마쳤다.

상품을 받고 줄에서 벗어나, 내 다음 손님인 그 남자가 물건을 사는 것을 기다렸다.

"저기, 아까 고마웠어. 땡큐."

"하하하, 별말씀을. 서로 사고 싶은 걸 샀으니 다행이네. 여기 생강구이, 금방 다 팔려 버리니까 위험했어."

크으! 미래의 희망이 넘치는, 광채가 넘치는 미소가 눈부시다.

게다가 뭔가 밸런스 좋은 외모로군. 키도 나보다 조금 큰 정도.

거기에 미남이라고 하자면 할 수 있을 만큼 단정한 얼굴.

질투를 사지 않을 절묘한 곳을 정확하게 찔렀단 느낌이다.

아마도 이 녀석은 평범한 미남보다도 인기 있을 거다. 다가가기 쉬운 느낌이야.

"돈이라면 지금 ATM에서 뽑아 올 테니까, 잠깐만 같이 가 주겠어?"

"어? 일부러 ATM에? 수고를 끼쳐서 미안하네. …하지만 고마워!"

아무리 생각해도 고맙다는 말을 할 쪽은 나인데, 정말로 겸허한 녀석이로군.

그 뒤에 그 남자와 함께 근처 편의점에 가서 ATM으로 천 엔을 GET.

자, 잔돈을 만들기 위해 적당히 뭘 좀… 아, 그렇지.

빌린 건 50엔이지만, 그것만 돌려주기도 그러니까. 그렇다면….

"기다렸지. 빌린 돈하고… 이건 사례야."

남자에게 가서 50엔을 건넨 뒤에 캔 커피를.

덤으로 내가 남몰래 좋아하는 쑥갓 주스를 사 왔다.

이 쑥갓 주스는 이름 때문에 별로 잘 팔리지 않는 것이지만, 쑥갓 특유의 향기와 희미하게 섞인 과일 맛이 만나서 이루어 내는 절묘한 맛이 끝내준다.

이전에 도서실에서 모두에게 추천했을 때는 반응이 별로라서, 호평이라고 할 정도는 아니었다.

그러니까 혼자서만 조용히 즐기기로 한 음료다.

"일부러 사례 같은 건 안 해도 되는데. …어라? 네가 든 그거… 쑥갓 주스?!"

"응? 어, 이거 알아? 그런데 이게 왜?"

"혹시 넌 쑥갓 주스 좋아해? 사실은 나도 아주 좋아해서!"

"어? 진짜로?"

"아주 맛있지! 쑥갓의 독특한 향에 과일 맛이 딱 맞아서!"

설마, 이 남자가 쑥갓 동지였다니! 이런 기적 같은 만남이!

"그래! 그렇지! 이 쓴맛과 단맛의 융합이 아주 멋진 밸런스라서…. 아니, 이걸 좋아한다면 이걸로 마셔! 자, 커피랑 교환하자!"

"괜찮겠어?! 우와, 고마워! 그럼 고맙게 마실게! 그렇지, 그럴 거면 50엔은 괜찮아! 주스가 더 비싸잖아!"

"어? …괜찮아?"

"그럼! 괜찮지! 쑥갓 주스 동맹의 마음이야!"

"그, 그런가…. 알았어!"

"아, 그럼 난 이만!"

"그래! 오늘은 고마웠어! 땡큐!"

쑥갓 주스에 대해 더 이야기하고 싶었지만, 예정이 있나. 왠지 아쉽군.

그 남자의 뒷모습이 보이지 않게 될 때까지 계속 지켜보았다.

…그런데 나는 지금 그 남자와 어딘가에서 만난 적이 있나?

왠지 엄청난 기시감이 들었는데.

하지만… 처음 보는 얼굴이었고, 나의 착각…… '부르르르'.

응? 누가 연락을 했네. 혹시 엄마가 재촉하는 건가?

그렇다면 최대한 서둘러서….

「죠로. 기다리다 지쳐서 당신의 방에서 느긋하게 쉬고 있어.」

전력으로 서둘러라아아아아! 이대로 가다간 최근 새로 들여온 컬렉션들이 위험해!

하지만 세상은 너무나도 잔혹해서, 내가 전속력으로 집에 돌아오자 팬지가 아주 부드러운 목소리로 "방을 빌린 답례로 깨끗하고 깔끔하게 청소해 뒀어."라고 말해 주었다.

　이렇게 나의 컬렉션은 이슬로 변해 버린 것이었다.

나를 좋아하는 건
너뿐이냐

나도 가끔은 활약한다

「キ사라기 선배! 제게 엄청난 명안이 떠올랐으니까, 얼른 작전 회의를 하지요! 아침부터 미소녀와 이야기할 수 있다니 행복하지요?」

아침, 학교에 도착해 내 자리에 앉았을 때 도착한 한 통의 메시지.

행복을 강매하는 미소녀, 탄포포의 호출이다.

그 녀석과 이야기하는 게 행복인지는 넘어가고, 협력하겠다고 말한 이상 만나야겠다고는 생각하는데…. 하지만 말이지.

「미안. 아침에는 못 갈 것 같아.」

「저와 만난다고 부끄러워하지 않아도 괜찮아요.」

음. 대답이 빠른 데다가 오늘도 절찬리 포지티브 싱킹이다.

내가 못 가는 건 말이지 탄포포와 만나는 게 부끄러워서도, 귀찮아서도 아니라고.

그저 단순히….

"어제는 별로 이야기할 수 없었으니까, 오늘은 나랑 이야기야!"

눈앞에 있는 무자각 bitch에게 신병을 구속당했기 때문이다.

아침, 통학로에서 합류한 뒤로 접착제 같은 접착력으로 달라붙어선 떨어지려고 하지 않더니, 교실에 도착한 뒤로도 그런 상태. 지금도 내 책상에 털썩 앉아서 빙긋거리며 이쪽을 바라보는 히마와리.

덕분에 교실에서는 우리 반이 자랑하는 혀 차는 오케스트라들이 대활약이다. 오늘 체육 종목이 탭댄스가 아니기를 전력으로 기도하도록 하자. 분명히 내 발을 밟아 댈 거야.

「히마와리랑 같이 있으니까 못 가겠어. 이 녀석이 가면 곤란하잖아?」

「하지만 히나타 선배보다 제 쪽이 중요하지요?」

「아니, 전혀.」

알고 지낸 기간, 성격, bitch 정도, 어느 걸 봐도 네게 승산은 없다.

「제 쪽이 가슴이 더 크다고요!」

아, 화났다. 크다고 하지만 너도 어느 정보통(사투리 소녀)에게서 입수한 정보에 따르면 C잖아.

현실에서는 비교적 크고, 라이트노벨에서는 그냥저냥인 사이즈다. 즉, 내게는 그냥저냥이다.

「그보다 히마와리에게 신병을 구속당해서 애초에 움직일 수가 없어.」

「이러니까 눈에 밟히던 것들은 안 돼!」

진정해, 탄포포. 시꺼면 본심이 다 흘러나오잖아. 괜히 더 만나기 싫어졌어.

이러면 그냥 답장하지 않는 게 좋겠군. 안녕이다, 탄포포.

"있잖아, 죠로! 나 말이지, 열심히 할게!"

탄포포와의 연락을 마치자, 히마와리가 뭔가 결심한 기색으로 스스슥 내 옆으로.

주어가 없으니까 뭘 열심히 한다는 건지 전혀 모르겠지만, 그보다도 몸이 미묘하게 밀착해서 히마와리 특유의 감귤 계열의 좋은 향기가 풍겨 오기에 마음이 끌렸다.

"뭘 열심히 하는데? 테니스라면 전부터 열심이었고, 슬슬 시험 전이니까 공부?"

"으응, 아냐! 내가 열심히 하려는 건⋯ 요리랑 제과야!"

"어? 요리랑 제과? 히마와리가?"

"응! 이번에 다 같이 츠바키네 가게에 모여서 요리 교실을 해!"

히마와리의 말을 듣자하니, 모이는 건 히마와리, 팬지, 코스모스, 츠바키겠지.

은근슬쩍 '다 같이'에서 제외돼 쓸쓸하지만, 내용이 내용이니 어쩔 수 없다.

"그래서 말이지, 저기⋯."

왜 그래, 히마와리? 무자각 bitch에게 어울리지 않는, 부끄러워하는 시선을 날리고?

"과자랑 요리를 해서⋯. 저기⋯ 가져올 테니까 먹어 줄래?"

"어, 어어⋯. 그 정도야 괜찮아."

무자각 bitch가 머뭇거리며 부끄러워하다니 반칙이잖아⋯. 이거 무진장 귀여워.

"와아! 연습 많이 해서 꼭 맛있다는 말을 듣고 말 거야!"

설마 히마와리가 요리를 배우려고 하다니···. 성장이 느껴지는 순간이다.

아주 그로테스크한 게 나올 것 같아서 무섭지만. 맛은 보고 가져오기를 빌자.

휴우. 그렇긴 해도 어제와는 달리 평화롭고 조용한 일상이다. 매일 이런 식으로 지냈으면···.

"좋은 아침~"

으음! 이 목소리는···. 목소리의 주인을 보면 완전 위험해···.

지금 그건 내가 이 반에서 가장 두려워하는 여자 그룹, 카리스마 그룹의 리더인 A코··· 다시 말해 사잔카＝마야마 아사카의 목소리가 틀림없다.

나와 사잔카의 상성은 최악이다. 이미 천적이라고 해도 좋은 존재겠지.

어제도 눈치를 조금 발휘해서, 내가 아르바이트하는 가게의 단골 겸 사잔카의 아버지인 마야마 아저씨와의 불화에 대해 조언을 했더니 사례랍시고 보디 블로를 선물받았다.

괜한 대미지를 입지 않기 위해서라도, 사잔카와는 엮이지 않는 게 좋다.

좋아. 시선을 히마와리의 다리에 고정 OK. 이걸로 나의 안전은 확보되었다.

"안녕···."

부끄러워하면서도 귀여운 인사가 들려왔지만, 속아선 안 된다. 이건 내가 아니라 히마와리를 향해서 하는 인사다.

여기서 실수로 '여어, 안녕, 사잔카!'라고 쾌활하게 말해 봐라. 순간적으로 '착각하지 말란 말이야, 이 세균!'이라면서 아침부터 전력으로 욕설을 퍼부어 댄다.

"안녕! 사잔카… 어라, 평소랑 좀 다르네!"

응? 히마와리가 사잔카를 보고 놀라고 있군.

그 말로 미루어 볼 때, 사잔카의 외모가 평소와 달라진 모양이다. 뭐, 흥미는 없지만.

"으, 음, 그래. 저기… 조금 이미지 체인지로, 그냥…."

"그렇구나! 귀여워! 아주 예뻐!"

"…그, 그래?"

어이어이, 히마와리. 네 입에서 '귀엽다'는 조금 너무하지 않아?

사잔카는 기쁜 기색이지만 말이지. 이건 그거라고. 시험에서 전교 1등을 먹는 녀석이 처음으로 10등을 한 녀석에게 '아주 좋은 성적이잖아!'라고 말하는 꼴이니까.

"어라~! 사잔카, 어떻게 된 거야? 이미지가 싹 바뀌었잖아! 구웃~!"

"아주 예뻐! 가 아닙니까!"

"완전 베리구웃! 그거야~!"

"에헤헤…. 고마워….'

오오, 히마와리에 이어서 카리스마 그룹의 모두가 사잔카의 주위에 모이기 시작했다.

왠지 전체적으로 유행에 뒤처진 말들이 들리는 것 같은데, 뭐 됐어.

나는 거기 휘말리지 않도록 공기가 되어서….

"있잖아! 죠로! 사잔카, 대단해! 예뻐!"

어이, 그만둬, 히마와리. 나는 최대한 사잔카랑 엮이고 싶지 않아.

"자, 자, 얼른!"

안 돼. 내 마음의 호소를 전혀 느끼지 못한다.

"알았어. 보면 되잖아, 보면."

그럼 시선을 왼쪽으로 옮겨서, 어디 보자. 사잔카가 어떤 식으로….

"……어이, 히마와리. 사잔카가 어디에 있어?"

이상하네. 왼쪽에 있는 카리스마 그룹을 보았지만, 어디에도 문제의 여성이 보이지 않는데.

대신 있는 것은 기가 막힌 여자 한 명이다. 강이 완만하게 흐르는 것 같은 흑발에, 아직 다 발달하지 않은 언밸런스한 몸매. 성인과 어이의 중간점에 서 있는 듯한 얼굴.

맑음과 상냥함을 내포한 외견에서 떠도는 어딘가 기품 있는 분위기. 화려함은 전혀 없다. 많은 사람들은 그녀보다 코스모스나 히마와리… 그리고 진짜 모습의 팬지 쪽이 미인이라고 하겠지. 하지만 그게 좋은 거다. 이 얌전하고 다소곳한 아름다움이 훌륭하다!

어딘가에 있는 청초 3인조와 달리, 내 이상의 청초함을 완벽하게 체현한 존재라고 해도 좋을 것이다.

분명히 다른 반 애일 테지. …그래서 문제의 사잔카는 어디에 있는 건데?

"어때? 예쁘지? 사잔카!"

"아니, 그 경박하고 무서운 여자애는 어디에도 없는데…."

"너 지금 뭐라고 했어? 누가 무섭다고?"

오오, 청초한 그대에게서 날카로운 시선이 푹. 하지만 기분 나쁘진 않다. 오히려 두근거렸다!

그런데 내가 심기에 거슬리는 소리라도 했나?

"쇼로, 사잔카야! 아까 내가 그렇게 말했잖아!"

"…뭐?"

어어…. 지금 히마와리가 뭐라고 했지? 사잔카는 그거잖아?

카리스마 그룹의 리더에 완전 날라리 같고, 나에게 항상 무진장 날카로운 말을 던져 대는 무서운 존재고, 화장을 지우면 더 무서워진다는 소문의….

"너 말이지, 주위 이야기를 좀 듣지?"

뭐어어어어어?! 진짜로 이게 사잔카야?!

아니, 아니! 무진장 귀엽잖아?! 엄청 내 취향이잖아?!

사잔카가 그런 여자가 될 리가 없어! 없다면 없어!

"난 지금 사잔카 쪽이 좋아! 아주 잘 어울려!"

"…고, 고마워."

새끼손가락으로 뺨을 긁적이면서, 부끄러운 듯, 기쁜 듯한 사잔카(가칭).

지금 그 버릇, 진짜로 얘가 사잔카 아냐…?

"그래서 아까부터 넌 왜 그리 쏠리는 시선을 보내는 거야?"

진짜 사잔카다! '토 나온다'의 최상급 '쏠린다' 발언을 태연히 날리는 여자라면, 난 사잔카 말고 몰라! 진짜냐! 화장을 지우면 오히려 귀엽잖아!

우리 엄마도 그렇고, 사잔카도 그렇고, 내 주위는 어떻게 되어 먹은 거야?!

화장이란 건 평소보다 예쁘게 보이려고 하는 거 아닌가!

"아, 아니…. 저기… 평소랑 분위기가 달라서 놀라서…."

"그래서?"

윽! 아까까지도 두근거렸지만, 사잔카라는 걸 안 이상 다른 의미로 두근거린다. 말을 잘못했다간 죽는다…. 여기선 신중하고 대담하게 행동해야지!

"귀, 귀엽네! 응! 아주 예뻐! 잘 어울려서 놀랐어!"

"~~!"

이, 이게 정답인가?! 얼굴이 새빨개지고 몸을 움츠리니까 정답이라고 생각해도 되는 거지?!

칭찬했잖아. 그러니까 분명….

"꾸엑!"

"토 나와아아아아!"

그러니까 폭력 히로인은 유행하지 않는다고… 전부터 말했는데….

왜 그런 멋진 리버 블로를 날릴 수 있지? 난 아무런 잘못도 안 했는데….

"…고마워."

부끄러워한 뒤의 행동 패턴으로 '때린다'를 넣지 마! 그냥 평범하게 부끄러워해! 평범하게!

"하지만 멋대로 나대지 말아 줄래? 딱히 네가 청초한 여자가 타입이라고 해서 이미지 체인지한 게 아니니까! 그냥 기분 전환이니까!"

"아, 알았어!"

"정말로 그런 거니까!"

왜 이 녀석은 나한테 이리도 공격적이지?!

그야 전부터 팬티를 탐낸다는 오해를 사는 행동을 하거나, 연인이라는 오해를 사는 행동을 하기도 했지만, 그 정도면 보통…… 싫겠네.

어떻게 생각해도 날 싫어할 요소가 가득해. 공격적이 될 만도 하지.

"알겠어? 이 이상 나대면 네 똥구멍으로 손을 푹 쑤셔 넣고 목젖을 확 잡아당겨서 어느 쪽이 진짜인지 모르게 만들어 줄 테니까 각오해?!"

진짜로 무섭다, 얘! 극악무도한 것도 정도가 있잖아!

겉모습은 청초한데 입에서 태연하게 그런 소리를 하는 여자가 내 눈앞에 있습니다!

그런 리얼 이도류가 되고 싶지 않다. 절대로 나대지 않도록 해야지.

"아무튼 그런 거니까! 차, 착각하면 그 개성적인 안면의 형태가 바뀔 정도로 패 버릴 테니까! 알았어?!"

아, 전이었으면 '못생겼다'고 직설적으로 말했을 텐데, 말이 조금은 부드러워졌다. 와아~ 전혀 기쁘지 않아~

앞으로도 역시 이 녀석과는 최대한 엮이지 않도록 하자. 이건 절대야.

※

1교시가 끝나고 쉬는 시간. 이번에야말로 아스나로와 함께 신문부 동아리방에서 탄포포와 합류.

밀실에서 미소녀 두 명과 함께 있다는 점은 멋지지만, 다른 면을 고려하면 아주 우울하다.

"하네타치 선배, 정보가 더 필요합니다!"

"네. 무슨 일인가요?"

"산쇼쿠인 선배는 좋아하는 사람과 어느 정도까지 관계가 진전되었습니까?"

또 이런 질문인가. 어차피 아스나로는 착각을 조장할 만한 말을 하겠지?

조금만 더 가면 연인이라든가, 서로 좋아한다든가, 그런….

"…그렇군요. 직접 집에 갈 정도로 사이가 좋지요. 저는 간 적이 없는데…."

"오오! 그건 대단한 정보입니다! 이미 부모 공인된 관계라고 해도 좋지 않나요!"

정말로 대단한 정보다! 아스나로는 어떻게 그런 것까지 아는 거지?!

"키사라기 선배, 이건 옆에서 보면 이미 사귀는 거나 마찬가지로군요!"

부베라*! 팬지와 **그 녀석**의 관계는 어느 틈에 그런 정도까지

※부베라 : 만화 『만 가타로』에서 때리거나 맞을 때 나오는 대사.

진전했나….

"그 정도는 아니라니까. 아, 어어…. 가끔씩 자주 있는 이야기 잖아?"

"무슨 소린가요, 키사라기 선배! 이성 동급생의 집에 여자가 혼자 놀러 가다니, 서로를 의식하지 않는 이상 그런 일은 없습니다!"

너무 정론이라서 받아칠 말이 없다…. 내 마음에 푹푹 구멍이 패인다….

"조금만 더 밀면 승부가 끝나는 데까지 왔습니다! 키사라기 선배!"

"아니~ 아직 앞길은 곤란하다고 할까, 도달하지 않았다고 할까….."

오히려 밀지 마. 여기서 더 밀면 내가 나락의 밑바닥에 떨어지니까.

"그런 약한 소리 하지 않아도 괜찮습니다! 제 눈이 틀릴 리 없으니까요!"

그 눈이 바라보는 **곳**이 틀렸는데. 정말이지 이걸 다 어째야 하나….

"역시 두 사람에게 필요한 것은 거리를 좁히는 연애 이벤트. 그렇다면… 키사라기 선배! 다음 쉬는 시간이 중요합니다! 승부의 갈림길입니다!"

즉, 전력으로 패배를 향해 돌진하면 되겠네. 맡겨 줘. 지는 거라면 또 내 주특기지.

"실은 이미 기막~힌 작전을 생각해 왔습니다."

"그러냐. 그럼 그 기막~힌 작전을 말해 봐."

"우후후! 용케 그 결론에 도달했다고 우선은 칭찬해 주지요."

미안. 다른 결론에 도달할 여지가 전혀 없었을 뿐이야.

"어제 저는 집에 돌아간 뒤에 여러모로 생각했습니다! 왜 어제의 작전이 잘 안 풀렸는가를…. 혼자 방에서 뺨에 손을 댄 채 고개를 갸웃거리며 고민하는 저. 그 모습을 보기만 해도 세상 남자들 중 80퍼센트는 사랑에 빠질지 모르는 상태라고 해도 지장이 없었겠지요."

지장이 넘쳐흐르니까, 얼른 좀 이야기나 해.

"그리고 깨달았습니다! 어제 왜 키사라기 선배가 실패했는지를!"

"내 실패? 어어, 아무래도 각오가 부족했다든가, 그런…."

"아니지요. 키사라기 선배의 상태야 쇠똥구리의 다리에 묻은 똥 정도입니다!"

즉, 너는 똥에게 부탁이나 하는 멍청이란 소리가 되는데, 그 점은 문제없냐?

"즉, 바로 저… 천사 탄포포가 옆에 없었기 때문입니다!"

오오, 이거 실례. 메인으로 행세하는 걸 보면 '멍청이'가 아니라 '멍청멍청 본체'였군.

"옆에 없었다? 그렇다면 다음 작전에서는 너도 뭔가 하….".

"네! 마음을 키사라기 선배의 옆에 두고, 제 얼굴을 보이지는 않겠지만 작전을 전달하겠습니다."

본체로 와라. 마음만 와도 되는 거 하나 없다.

"그렇게 되었으니 키사라기 선배, 오늘 다시 한번 산쇼쿠인 선배에게 어프로치를 감행하지요! 제가 확실히 당신을 원격 서포트할 테니까요!"

"아니, 그건 좀…. 그만두지 않겠어?"

또 녹음이라도 하면 진짜 큰일이고…. 정말 싫은데.

"혹시 제 걱정을 해 주는 건가요? 그 점이라면 안심하시길! 혹시 제 존재가 조금이라도 의심을 산다면 곧바로 도망칠 테니까요! 이래 보여도 저는 도망에는 자신이 있습니다! 볼트의 환생이 바로 저입니다!"

우사인 씨, 아직 쌩쌩한데.

뭐, 나만 보내는 게 아니라 자기도 나서겠다는 마음은 높게 사고 싶은데… 역시 그건 아닌가.

"사양이야. 나는 그런 짓을 할 생각이 없어."

"에이, 귀여운 제가 부탁한다고 그렇게 부끄러워하지 않아도….".

"아냐! 그냥 하기 싫다는 소리야! 적당히 좀 알아들어!"

"히익! 아, 알겠습니다….".

"…참나, 겨우 납득했냐."

소리치지 않으면 못 알아듣나. 대체 머릿속이 얼마나 꽃밭인 거야.

"…어쩔 수 없군요. 그럼 다른 사람에게 사정을 전부 설명하고 산쇼쿠인 선배를 어떻게든…."

"알았어. 팬지에게 어프로치하란 말이지. 왠지 모르겠지만 갑자기 의욕이 생겨났어."

"와아! 역시나 키사라기 선배! 침울해진 제게 두근거린 거로군요! 역시 가볍고 아주 편리한 사람이네요! 그런 면이 좋아요!"

이렇게 자각 없는 협박에 굴한 나는 팬지에게 또다시 어프로치를 하게 되었다. 제기라아아아아알!

※

[들리나, 키사라기 중사? 오버.]

2교시가 끝나고 쉬는 시간, 귀에 울리는 탄포포 사령관의 목소리.

원격 서포트란 스마트폰을 무전기 대신 삼아서 직접 지시를 내리는 것이었나 보다.

그 결과 중사는 한쪽 귀에 마이크 겸 이어폰을 장착하고 작전을 실행하는 꼴이 되었다.

일단은 말투부터 갖추고 보는 사령관에게는 그저 기가 막힐 따름이다.

[들리나, 키사라기 중사? 오버.]

"들린다. 오버."

[내 목소리에 성욕을 주체할 수 없나? 오버.]

"괜찮아. 문제없다. 오버."

[그럼 미션 개시다. 오버.]

"라저. …하아. 갈까…."

탄포포 사령관과 통신을 하면서 짜증스럽게 자리에서 일어나 교실 밖으로.

그러자 포니테일을 흔들면서 미행하는 스네이크 여자가 한 명.

의욕이 가득한 건지, 빨간 펜 끄트머리를 날름 핥는다. 그래서 무슨 맛이야?

뭐, 됐어. 저건 내버려 두고, 얼른 목적지로 가자.

어어, 팬지의 교실은… 어라? 왠지 모르지만 복도에 팬지가 있네.

"여기는 키사라기. 목표물을 발견. 복도에서 애수에 젖은 듯. 오버."

[그대로 안는 거다. 오버.]

"목표의 달성은 상당히 곤란한 듯. 오버."

어프로치는 어디로 갔냐? 갑자기 허들을 너무 올렸어.

[칫. 못 써먹을 남자로군요.]

탄포포 사령관, 원래 말투가 드러났습니다. 하다못해 아이돌 풍으로 부탁합니다.

[그럼 말을 걸어라. 오버.]

"라저."

[처음 말은 '이런 곳에서 뭐 하고 있어?'다. 오버.]

"……팬지, 이런 곳에서 뭐 하고 있어?"

지시를 들으면서 발언했기 때문에 묘하게 '……'라는 공백이 있지만 어쩔 수 없다.

아무튼 팬지에게 말을 걸자, 담담하고 무감정한 안경이 나를 바라보았다.

"어머, 죠로. 당신이야말로 어쩐 일이야? 나한테 어프로치라도 하러 왔을까?"

평소처럼 가볍게 던지는 말? 아니면 에스퍼?! 오늘 밤의 주문은…… Which?

슈욱 몸을 반전! 몸을 웅크려서 팬지에게 들리지 않도록 하면서,

"긴급 사태 발생! 목표가 작전을 알아차린 듯! 오버."

[이번 작전에서 목표의 농락은 필수 조건이다. 그대로 대화를 계속해라. 오버.]

사령관, 너무 인정사정없습니다….

"…라저. 휴우…. 팬지, 이런 곳에서 뭐 하고 있어?"

마음을 다잡고 몸을 일으키면서 멋진 미소로 다시 질문.

"어째서 갑자기 등을 돌리고 몸을 웅크렸을까?"

그렇지요! 그 점이 궁금하겠지요! 이걸 어떻게 하지….

[너의 매력에 고간이 버틸 수 없어졌다…고 웃으면서 말하며 넘겨라. 오버.]

오늘은 여자 입에서 저질스러운 말이 자주 들리는 날이네.

"…팬지의 매력에 고…가슴이 두근거려서."

"그런 걸까? 마치 산업 폐기물과 토사물을 믹서로 섞어 놓은 듯한 얼굴인데?"

사령관, 큰일입니다. 웃는 얼굴이 역효과인 데다가 중사의 가슴에 마구 구멍이 났습니다.

[네 아름다움에 그만 토사물이 녹아 버렸다…라고 말해서 넘겨라. 오버.]

"…패, 팬지가… 귀, 귀여워서… 그만, 토사물이 녹아 버렸어…."

"……."

우와아…. 아주 의심 어린 시선으로 이쪽을 보는데.

"그 이어폰은 뭘까?"

이거 봐! 역시 들켰잖아! 그야 들키겠지!

나도 반대 입장이었으면 단번에 안다!

[귀털이 길게 자란 거라고 대답해라. 오버.]

그게 말이나 되냐! 내 귀털은 그렇게 안 자라!

[귀털이 길게 자란 거라고 대답해라. 오버.]

짜증난다! 귀털을 왜 이리 미는 건데!

이젠 몰라! 사령관의 지시는 무시하고 이야기를 진행시키겠어!

"어어, 신경 쓰지 마. 그보다도 이런 곳에서 뭘 하는 건지 가 르쳐 줘."

일단 어떻게든 화제를 돌린다! 이걸로 어떻게든 넘겨 주지!

"그렇지. 나는….."

응? 뭐지? 복도에 있는 남학생들이 왠지 술렁대기 시작했다.

"여어! 팬지, 기다렸지! …어머? 왜 죠로가?"

어?! 왜 3학년인 코스모스가 2학년 교실 복도에 있지?!

그래서 갑자기 복도가 술렁댄 건가! 납득은 했지만!

"나는 그저 복도에서 팬지를 보고…. 코스모스 회장이야말로 왜….."

"팬지, 코스모스 선배, 기다렸지! 아, 죠로다!"

"화장실에 들렀다가 늦어졌달까. …어라? 죠로가 있네?"

이번에는 히마와리와 츠바키까지 왔다! 어? 이 녀석들, 여기 서 만나기로 한 건가?!

"아까 질문에 대한 답인데… 이번에 넷이서 함께 놀기로 약속 을 해서 그 날짜를 정하기 위해 복도에서 모이기로 했어."

그건 아침에 히마와리가 말했던 그건가. 이번에 넷이서 요리 연습을 한다는 그거.

지금부터 그 날짜를 정한다는 거로군.

우와아…. 엄청 주목을 모으고 있다. 뭐… 그도 그런가.

우리 학교에서 특히나 예쁘다는 평판의 코스모스, 히마와리… 거기에 전학생 츠바키가 있으니까. 남학생들이 술렁대는 것도 이해가 된다.

"하아~…. 코스모스 회장, 오늘도 미인이네~ 우와아."

"전학생도 예쁘잖아. 아아… 왠지 2학년 복도가 빛나 보여…."

"히마와리땅, 귀엽다아. 아야노코지 하야토는 두근거린다우."

아야노코지 하야토도 있었다! 여전히 멋진 풀네임과 반비례하는 대사로군!

[지금 당장 그 자리에 있는 여자들을 섬멸하라. 나보다 인기 있는 여자는 필요 없다. 오버!]

사령관, 진정하세요. 목소리가 시꺼멓고 목적을 잊고 있습니다.

"어어…. 죠로가 알아도… 괜찮을까?"

안절부절못하는 코스모스가 힐끗힐끗 내게 시선을 보내면서 중얼.

"괜찮다고 생각하는데요? 이미 히마와리한테 듣지 않았을까요?"

무감정한 팬지가 아주 냉정한 어조로 히마와리에게 패스.

"어? 나? 죠로한테 요리 교실 한다고 말했어! 열심히 할래!"

천진난만한 히마와리가 못 참겠다고 말하듯이 움찔움찔.

"응. 그럼 문제없을까. 죠로, 다 같이 요리 연습을 해서 다음 주 점심시간에 성과를 가지고 올 예정이니까, 썬이랑 같이 기대하고 있어 주겠어?"

남자다운 아름다움의 츠바키가 나를 향해 찡긋 윙크.

응, 분명히 이건 (일부를 제외하고) 아주 화사한 분위기다.

[일단은 아키노 선배부터….]

응? 왠지 사령관이 불안하기 짝이 없는 소리를 중얼거리는데.

[키사라기 중사, 풍선 가슴을 터뜨려라! 땅꼬마랑 황야의 숙녀는 나중이다! 오버!]

아무래도 사령관은 자기보다 가슴이 큰 코스모스부터 처리하고 싶은 모양이다.

그리고 히마와리와 츠바키는 나중인 모양이다. 그렇긴 해도 별명이 좀 그러네. 특히나 츠바키 쪽은.

"왠지 지금 아주 열 받는 소리가 들린 것 같달까?"

큰일입니다, 사령관. 황야의 숙녀가 눈치를 채고 분노한 모양입니다.

"어어…. 그거라면 언제로 할까? 나는 비교적 시간이 여유로운데?"

"나도 괜찮아! 테니스 대회도 끝났으니까 시간은 많이 있어!"

"응. 그럼 이번 토요일은 어떨까? 그날이라면 가게도 쉬니까 딱 좋으려나.”

“그럼 그렇게 하자. 나도 그날은 괜찮아. 아주 기대되네.”

즐거운 듯이 친구와 말하는 팬지라니, 4월까지는 생각도 할
수 없었던 광경이다.

뭐… 좋냐 나쁘냐로 판단하자면, 좋은 일이겠지.

[최대한 자연스럽게 큰 목소리로 ‘1학년 탄포포가 제일 귀엽
지’라고 외쳐라. 오버!]

사령관, 이 상황에서 그렇게 자연스럽게 큰 소리를 낼 순 없습
니다. 오버.

…음? 남학생들이 또 대화를 시작했군.

“으음! 난 정말로 이 학교에 들어오길 잘했어. 스타들이 줄줄
이 모였다는 느낌이잖아!”

“그러고 보면 1학년에도 귀여운 여자애가 있지 않았나? 어어,
이름이….”

“있었지. 이름이 뭐였더라? 분명히…. 아! 친포포*라는 별명이
었지!”

한 글자 틀렸는데 아주 엄청나졌다! 탄포포야, 탄포포! 틀리지
마!

[지금 당장 그 남학생들의 친포포를 물어뜯어라! 오버!]

※친포포 : ‘친포’는 일본어로 남자아이의 성기를 완곡하게 이르는 말.

여러 의미로 싫어! 하다못해 쥐어뜯는 걸로 해 줘!

"아~ 그런 애가 있었지! 그 애도 아주 귀엽긴 해!"

"그래! 게다가 성격도 아주 좋은 모양이고! 아이돌이 되면 분명 인기가 있을 타입이라고 들었어!"

[중사, 솜털바라기를 늘릴 더없는 기회다! 세뇌 미션으로 이행하라! 오버!]

사령관, 그 미션을 시키기 전에 세뇌 기술의 전달을 부탁한다.

"그런가? 아야노코지 하야토는 그 친포포란 애랑 히마와리를 비교하면 하늘과 땅 차이… 아니, 비교 자체가 히마와리를 모욕하는 거라고 생각해."

아야노코지 하야토, 그건 성격도 포함한 거냐? 그렇다면 나도 조금은 동의할 수 있어.

[으갸아아아아! 지금 당장 아야노코지 하야토를 비틀어 버려라! 오오오오오버어어어어!]

흠. 사령관은 크게 착란을 일으킨 모양이니, 통신은 종료하자.

이 이상 저속한 말이 날아오면 큰일이다.

결과적으로 팬지에게 어프로치는 성공하지 못하고 쉬는 시간은 지나갔다.

뭐, 됐어! 썬도 없어서 성공해도 의미 없었으니까.

분명 탄포포도 어쩔 수 없다고 웃으며 용서….

"요, 용서 못 합니다! 절대로 용서 못 하니까요!! 으그그그그…."

전혀 웃지도 않고, 티끌만치도 용서할 마음이 없는 모양이다. 숨을 헐떡거리는 기세가 장난 아니다.

그 뒤에 어프로치에 실패한 내가 아스나로와 함께 신문부 동아리방으로 가자, 그곳에서는 울상을 한 탄포포가 발광하고 있었다.

아무래도 아야노코지 하야토가 한 말이 꽤나 타격이었던 모양이다.

"흑! 흑! 저도 귀엽다고요! 그런데, 그런데… 키이이이잇!"

오오! 손수건을 물어뜯는 여자를 실제로 본 건 처음이다. 실존했구나.

"탄포포, 진정하세요. 사람에게는 기호가 있으니까, 우연히 당신보다 히마와리를 좋아하는 사람이 있었을 뿐이에요."

"하지만… 하지만…."

아스나로가 열심히 격려하지만 효과는 별로군.

아직 어딘가 납득이 안 되는 얼굴로 원망스럽게 나를 노려보고 있다. …왜?

"오늘 아침에 키사라기 선배도 저보다 히나타 선배가 중요하다고 말했어요…."

여기서 아침의 연락 문제를 들먹이냐! 관계없잖아!

"아니, 그도 그렇잖아? 히마와리 쪽이 훨씬 더 오래 알고 지냈고…."

"우우우! 너무해요, 너무해요! 저도 키사라기 선배를 위해 열심히, 싫지만 꾹 참고, 자상히 대해 주고 포상도 줬는데!"

어이, 지금 당장 '싫지만 꾹 참고'를 떼어 버려. 그런 사실, 전혀 알고 싶지 않았어.

"죠로, 여기선 참아요. 자, 탄포포를 격려해 주세요."

치잇. 여기서 내 분노를 폭발시키면 아스나로가 최고로 귀찮은 역할을 맡게 되나.

제길. 왜 모든 고생거리는 나한테 오는데? 납득이 안 가는데….

"미안해. 다만 나한테도 교우 관계가 있다고…."

"흑! 그럼… 저는 아주 귀여운가요?"

"귀엽지. 그야 귀여워. 틀림없이 아이돌로 데뷔할 수 있을 정도로."

"훌쩍…. 그럼 용서해 주겠습니다! 귀여운 저는 마음이 넓으니까요!"

좋아, 좋아, 의외로 간단히 기분이 나아졌군. 귀찮긴 하지만, 역시나 간단해.

그러면 이 녀석에 대해서도 대충 이해가 되었고, 슬슬 나도 행동에 나서 볼까.

"그보다도 아까 작전은 실패했으니, 다음 작전에 대해 이야기하자. 사실은 명안이 하나 떠올랐어."

"오오! 그거 기대됩니다! 얼른 가르쳐 주세요!"

사실은 조금 더 기다린 뒤에 할까 했는데, 나는 그렇게 인내심이 강하지 않다.

어제오늘 사이에 이 녀석의 말대로 움직이고는 슬슬 진절머리가 났다.

준비는 80퍼센트 정도 되었고, 지금부터는 단숨에 끝내 주지.

"뭐, 진정해. 순서대로 설명할 테니까."

"알겠습니다!"

"오늘 작전에서 제일 큰 실패는 썬이 없었던 거야. 아무리 팬지에게 내가 어프로치를 해도, 문제의 썬이 없으면 의미가 없잖아?"

"…하앗! 듣고 보니 분명히 그렇습니다!"

가능하면 듣기 전에 좀 알아차렸으면 좋겠는데.

"그러니까 다음 작전은 썬이 없어도 효과적인 게 좋을 거야. 솔직히 썬과 팬지가 모이는 장소는 도서실 말고는 거의 없으니까."

"전 처음으로 키사라기 선배가 든든하게 여겨졌습니다! 그래서 대체 어떻게 할 건가요?"

"'내가 할 수 있는 최고의 어프로치'를 팬지에게 할 테니까, 탄포포가 그걸 야구부 활동 때에라도 썬에게 전해 줘. 이거라면 너의 평판이 떨어지는 일도 없을 테고."

"전부 맞는 말입니다! 그럼 '키사라기 선배가 할 수 있는 최고의 어프로치'란?!"

"음, 그거 말인데…."

하아…. 이 문제를 끝마치기 위해서라고 해도 정말 이것만큼은 하고 싶지 않았어.

하지만 달리 좋은 생각이 떠오르는 것도 아니고. 각오를 하는 수밖에 없나….

"내가 팬지에게 사랑 고백을 하지."

※

방과 후, 체육관 뒤로 가자 이미 내방자가 있었다.

하지만 그 녀석은 내가 불러낸 팬지가 아니다. 잔뜩 긴장한 탄포포다.

"그럼 마지막 작전 회의로 가요!"

참고로 아스나로는 여기에 없다.

팬지에게 사랑 고백을 한다는 이야기를 내가 탄포포에게 하자, '저는 개별 행동을 하도록 하겠습니다'라고 토라진 태도로 말했다. 괜한 짓을 하지 않기를 빌 수밖에 없다.

"이 뒤에 여기에 산쇼쿠인 선배가 오는 거지요?"

"그래. 점심시간에, 방과 후로부터 20분 정도 지나서 체육관 뒤로 오라고 팬지에게 부탁했으니까."

"그럼 남은 시간은 15분. 우후후후…. 그 정도면 작전을 확실히 전달할 수 있습니다!"

"작전 전달이라니, 뭘 하게?"

"우후후! 이대로라면 키사라기 선배는 산쇼쿠인 선배에게 차이겠지요. 그러니까 연애 마스터로 이름 높은 제가 완벽한 고백 문구를 전수해 드리지요!"

"참고로 탄포포가 이제까지 누구랑 사귄 경험은?"

"훗. 중요한 것은 '경험'이 아니라 '지식'이지요. 순정만화로 기른 수많은 지식은 이미 수백 명의 남성과 사귄 경험을 아득히 초월할 게 틀림없습니다!"

과연. 한 번도 사귄 경험이 없나. 전혀 도움이 안 되겠군.

"아니, 그래서 내가 성공하면 어쩔 건데? 네 목적은 팬지와 썬이 커플이 되는 거잖아?"

"그건 그거대로 전개상 괜찮으니까, 문제없습니다!"

헤에~…. 만일을 위해 다시 한번 확인해 보았는데, 역시나 그랬나.

탄포포에게 나와 팬지가 사귀는 건 문제없다.

아니, 오히려 좋다는 걸까. …그렇다면 내 예상은 틀리지 않겠군.

좋아, 이쪽으로서도 **문제없다**. 최종 확인 OK, 그럼 **본론**으로 들어가도록 할까.

"그렇게 되었으니 키사라기 선배. 곧바로 저의⋯."

"잠깐. 그 전에 내가 하고 싶은 말이 있어."

"어? 무슨 일인가요?"

자, 내 다음 발언 전에 한 가지 복습을 하자.

이건 전에도 말했으니 다들 잘 아는 일이라고 생각하는데, 나라는 인간에게는 한 가지 커다란 특징이 있다. 어떤 때는 내 마음의 소리마저 속여서 본모습을 감추고, 어떤 때는 반 아이들을 적당히 붙인 듯한 별명으로 부르며 본명을 숨기는, 꽤나 뭔한 남자다.

그런 나의 18번. 실은 그것을 지금 시점에서 나는 탄포포에게 선보인다.

그러니까 내가 지금부터 할 말은 이것 이외에 없을 것이다.

"슬슬 연극은 끝내자."

갑작스러운 내 발언에 놀라는 탄포포. 내 말의 참뜻을 모르겠다는 눈치다.

"⋯어, 어어⋯. 갑자기 무슨 소린가요? 연극이라니⋯?"

"뭐, 말하자면 네 진짜 목적을 가르쳐 달란 소리야."

"목적? 그건 물론 야구부가 코시엔에 가서, 저의 눈물을….."

칫, 아직도 시치미를 떼나. 얌전히 본심을 말해 주면 간단해서 좋았을 텐데.

그럼 이쪽이 먼저 까발려 주도록 하지.

"난 사실 팬지에게 사랑 고백을 할 마음이 없어."

"…어? 어어어어어어?!"

목소리가 커! 재미있을 만큼 놀라잖아?

"무, 무슨 소린가요?! 저는 야구부 연습을 제쳐 놓고 일부러 왔다고요!"

"그 점에 대해서는 미안하다고 생각해. 나중에 야구부에 사과하러 갈 거야."

"키사라기 선배가 사과한다고 끝날 문제인가요?! 야구부원들에게 소중한 저를 감상할 시간은 돌아오지 않는다고요!"

그 점에 대해서는 미안하다고 생각하지 않아. 오히려 연습을 할 수 있어서 잘됐구만.

"이유를 똑바로 설명해 주세요!"

어제도 화를 냈지만, 오늘은 그거랑 비교가 안 되네. 아주 콧김이 가쁘고 거리도 가깝다.

"간단해. 처음부터 나는 네게 거짓말을 하고 협력하는 척했을 뿐이야. 썬과 팬지를 연인으로 만들 생각은 요만치도 없어."

"…그러니까 키사라기 선배는 저를 속였다는 소린가요?"

"뭐, 그렇게 되지. 하지만 말이야, 탄포포…."

아무리 말도 안 되는 부탁을 해 온다고 해도, 나라고 느닷없이 거짓말을 하진 않아.

사실은 어떻게든 이 녀석의 착각을 바로잡을 수도 있었다.

하지만 그러지 않았던 것은 이유가 있다. 그게 무엇이냐 하면….

"먼저 거짓말을 한 건… 탄포포, 너잖아?"

"……!"

움찔 몸을 떠는데 미안하지만, 아쉽게도 다 꿰뚫어 봤다.

아니, 뭐라고 할까…. 이 녀석은 처음부터 너무 뻔한 소리를 했지.

"그러니까 말했잖아. 연극은 끝이라고."

"…무, 무슨 소린가요~?"

둘러대는 것도 서툰 녀석이로군.

엄청난 속도로 머리핀을 꼼지락거리는 모습에서도 동요하는 게 다 보인다.

"숨기려는 거야 좋은데, 처음부터 다 알고 있었거든?"

으음~! 이건 전부터 나도 해 보고 싶었으니까, 조금은 기대했어!

"처음에 이상하다 싶었던 것은 네가 나한테 '3루 쪽 스탠드에서 지망 학교인 니시키즈타 고등학교를 응원하고 있었다'라고 말했을 때야. …이상하잖아. 왜 네가 **상대 팀 응원석**인 3루 쪽 스탠드에 있었지? 우리, 니시키즈타 고등학교의 응원석은 **1루 쪽** 스탠드였는데?"

이전에 팬지와 다투고 썬에게 충고를 들을 때도 말했지만, 우리가 앉았던 관객석은 '1루 쪽 스탠드'다.

그럼에도 불구하고 이 녀석은 그 정반대 장소에서, 니시키즈타 고등학교를 응원했다고 말했다.

정말이지 **꽤나 재미있는 소리**를 하는구나 싶었다.

"그, 그건… 어어…. 실수로 스탠드를 착각해서…."

"그게 아니잖아. 중학생이었던 네가 3루 쪽 스탠드에 있을 이유라면 확실히 있지. 요는 반대였던 거야. 네가 응원했던 것도, 지망했던 학교도 니시키즈타 고등학교가 아냐. 사실은 우리의 대전 상대… 토쇼부 고등학교였지?"

이전에 팬지와 내가 싫어하는 녀석이 있다고 했던 토쇼부 고등학교.

작년에 썬의 코시엔 진출의 꿈을 가로막은 상대다. 그러니까 팬지는 몰라도, 내가 싫어하는 녀석이란 건 아주 간단. 토쇼부 고등학교 야구부 녀석이다.

특히나 마지막에 썬에게서 역전타를 뽑아 낸 녀석은 절대로 용서 못 한다.

전력으로 참담한 원한을 품고 있는 중이다.

"그저 반대쪽 스탠드에 있었던 것만으로, 지망 학교라고 하기에는, 좀…. 지금 현재 저는 니시키즈타에 있고요! 그저 순순히 야구부를 위해, 오오가 선배를 도우려고…."

"닥쳐, 꼬맹이! 네가 썬을 구할 수 있겠냐!"

"히익!"

아. 무심코 진짜로 고함을 질러 버렸네. 반성.

"그, 그렇게 일방적으로 낙인 찍고 윽박지르다니 너무해요! 애초에 증거는 있나요, 증거는?!"

그 말이 무엇보다 큰 증거라고 말하고 싶다.

"후후후! 증거라면 있습니다!"

"어? …하, 하네타치 선배!"

음? 나 혼자 하려고 했는데, 아스나로 녀석, 따라왔나.

개별 행동이라고 해 놓고 자기가 제일 멋진 타이밍에 등장하려는 거였나.

"탄포포. 당신은 토쇼부 고등학교 입시 당일에 심한 감기에 걸려서, 분투했지만 불합격했습니다. 그래서 다른 날 시험을 쳐서 합격한 우리 학교에 온 거지요?"

"어, 어떻게 그걸?!"

"뻔하지 않습니까! 조사했기 때문이지요! 어제 방과 후, 솜털바라기 사람들에게 확인을 구했더니, 이전에 당신이 우울하게

'토쇼부 고등학교에 가고 싶었어~ 그날 심한 감기만 안 걸렸으면….'이라고 중얼거리는 것을 듣고 두근거림이 멎지 않았다는 언질을 받았습니다!"

"설마 그런 곳에서 정보가 샐 줄이야!"

정말이지 설마 그런 곳에서 정보를 얻을 줄은 몰랐어. 나도 깜짝 놀랐어.

팬 서비스도 적당히 하지 않으면 어디서 정보가 샐지 모른다는 것이로군.

"으음! 처음에는 커플 성립의 취재를 위해, 그리고 죠로의 곁에 있기 위해 협력을 제안했습니다만, 당신이 식당을 떠난 뒤에 죠로가 제게 '탄포포를 철저하게 조사해 줘'라고 부탁했기에 힘 좀 썼습니다!"

솔직히 말하자면 아스나로의 참가는 내게 꽤나 운 좋은 오산이었다.

이 녀석의 정보 입수 속도는 정말로 장난이 아니다.

어제 방과 후에는 내게 메일로 전모를 가르쳐 주었을 정도니까.

"죠로. 멋진 사례를 기대하겠습니다!"

"…알았어."

대가로 뭔가 괜한 쐐기가 박힌 것 같지만, 지금은 넘어가자.

"우, 우우우! 분명히 제 진짜 지망 학교는 토쇼부 고등학교였습니다! 하지만 그것만으로 왜 이번 일이 연극이 되는 건가요!

저는 진짜로 야구부를 생각해서….”

“그게 아냐. 네 목적은 달리 있어. 너는 지망 학교 외에도 내게 묘한 소리를 또 했으니까.”

“그! 그~랬나요? 그~으런 말을 했나요~?”

우와, 서툴긴. 둘러대는 게 너무 서툴다! 그걸로 넘어갈 수 있을 거라 생각했냐?!

하아…. 귀찮지만, 이쪽도 말해 주지.

“그래. 너는 썬을 쫓아서 남문으로 갔다고 했지만 말이야, 어떻게 남문에 있는 줄 알았지? 말해 두겠는데, 친한 나조차도 몰랐던 거거든?”

“그, 그건….”

“썬이 어느 출구로 나올지는 아무도 몰랐어. 그걸 그날 처음 썬을 안 네가 알 리가 없잖아.”

참나…. 이쪽은 대량 구입한 튀김꼬치도 못 주고, 돌아가는 길에 배고파하던 소년소녀에게 주고 끝이었다고. 내가 북문에서 얼마나 기다렸는 줄 알아?

“말하자면 전부 우연이었잖아? 우연히 남문에서 팬지와 썬을 보고, 그걸 나한테 말한 거야.”

“아우…. 아우우우~…!”

나에게 거짓말을 간파당해 머리핀을 만지작거리면서 몸을 떤다.

크게 당황한 모양이군. 말이 심했나? 하지만 이걸 말하지 않으면 다음 이야기를 할 수 없고….

"뭐, 그 자리에서 말해도 좋았겠지만, 모르는 게 많았으니까 협력하는 척하면서 그동안에 아스나로에게 조사해 달라고 했지. 네가 숨긴 토쇼부 고등학교 이야기, 그리고… 팬지와 너와의 관계를."

"산쇼쿠인 선배의… 서, 설마!"

"그래, 바로 그거야…."

자, 탄포포의 마지막 거짓말을 설명하기 전에 슬슬 나의 비밀 병기에게 등장해 달라고 하자.

나의 비밀 병기는 방치하면 토라져서 프렌들리 파이어*를 날려 대는 비밀 병기니까.

"어이, 슬슬 나와도 돼."

"…어? …그, 그럼!"

내 신호와 동시에 나타난 그 녀석의 모습을 보고 눈을 크게 뜨는 탄포포.

그야말로 뱀 앞의 개구리처럼 굳어 버렸다.

"오랜만이야, 탄포포."

"사, 산쇼쿠인 선배…!"

※프렌들리 파이어 : friendly fire. '우군 오인 사격' 등으로 번역되는 용어. 실수로 아군을 공격하는 경우를 뜻함.

"탄포포, 너는 자기 평판이 떨어진다면서 직접 움직이지 않았어. 하지만 사실은 그런 걸 신경 쓴 게 아니잖아? 사실은 그저…."

이전에 내가 제안한 '야구부에 팬지를 데려가는 작전'이나 '나와 탄포포가 팬지와 썬을 각각 데려가서 같이 하교시키는 작전'을 기각하고, 자기가 움직일 때도 이어폰 너머로 내게 지시를 내릴 뿐, 모습을 보이지 않았던 진짜 이유.

그것은….

"중학교 때 선배인 팬지에게 네가 개입했다는 걸 들키기 싫었을 뿐이잖아?"

이건 내가 아스나로에게 조사시킨 정보 중에서 제일 놀란 내용이었다. 사실 이 두 사람은 같은 중학교 출신이었다.

그리고 그렇게 되면 탄포포는 묘한 소리를 또 하나 했다는 게 된다.

탄포포는 썬과 팬지를 연인으로 만들고 싶은 이유를 말할 때, 마치 화무전에서 팬지의 존재를 처음 알았다는 것처럼 발언했다. 하지만 그것 또한 거짓말이었다.

"저, 저기… 어어…."

"탄포포. 당신은 올해 화무전 때 내가 이 학교에 있다는 걸 알았던 거네?"

지금 발언으로 보면 탄포포는 이전부터 팬지의 진짜 모습을 알고 있었던 거겠지.

즉, 작년에 남문에서 썬과 이야기했던 팬지를 '아름다운 여성'이라고 누군지 모르는 듯이 말했지만, 그것도 거짓말이었다는 건가.

"……네. 그렇습니다."

팬지의 등장에 드디어 체념했을까, 탄포포는 힘을 잃고 그렇게 말했다.

"그 이전에는 이름이 같아도 외모가 너무 달라서, 다른 사람이라고 생각하고…."

뭐, 팬지의 외견 변화는 이건 이미 메타모르포제*의 영역에 이르렀으니까.

그 마음은 모를 것도 아니다.

"그래서, 탄포포. 네가 한 거짓말과 내가 아는 정보를 토대로 여러모로 생각했어. 사실은 뭘 꾸몄던 걸까 하고. 그래서 내 나름대로 내놓은 대답이 있는데…. 너는 처음부터 야구부를 위해서 행동했던 게 아니지? 썬과 팬지를 커플로 만들고 네가 코시엔에서 눈물을 흘린다는 건 모두 구실이고, 사실은… **팬지에게 남자 친구를 만들어 주고 싶었을 뿐**이지?"

"히요오오! 거, 거기까지 알…."

※메타모르포제: '변형시키다·일변시키다·변화시키다'의 뜻에서, 분장·변장 등의 의미로 쓰인다. 의복이나 화장에 의하여 인공적으로 이미지를 바꾸는 풍조를 가리킨다.

탄포포의 반응이 너무 재미있어서 큰일이다.

뭐, 그건 넘어가고, 이 녀석의 작전은 항상 묘했다. 매번 썬을 방치하고 팬지만 노린다. 종국에는 나와 팬지에게 일시적으로 사귀는 것도 전개상 괜찮다고 말하고, 내가 확실히 팬지와 사귈 수 있을 만한 고백을 허용했다.

그것은 즉, 처음부터 **누구든 좋았다**. 썬이야 아무래도 좋고, 누구라도 좋으니까 팬지와 사귀는 남자를 만들고 싶었겠지.

"혹시 알아차렸어, 탄포포? 너는 나와 아스나로와 함께 이번 작전을 생각하기 시작했을 때부터, 단 한 번도 썬의 이름을 말하지 않았어. 마지막으로 썬의 이름을 꺼낸 것은 멘탈이 플레이에 영향을 미친다든가 하는 이야기를 했을 때였거든? 원래 제일 신경 써야 할 건 썬일 텐데, 계속 팬지만 신경 쓰지 않았나?"

"하우우에엣!"

놀라는 건 알겠는데, 비명 소리를 조금 더 가려서 내라.

"효, 효에에에⋯. 제 계획이 전부 탄로났습니다⋯. 어떻게 해야⋯."

상당히 당황한 모양이로군. 아까부터 시선이 종횡무진 오가고 있어.

"⋯아. 하지만 결과적으로는 문제없지 않습니까!"

왠지 모르지만, 부활했다. 게다가 눈을 마구 빛내면서 팬지를 보고 있잖아.

"분명히 저는 키사라기 선배에게 거짓말을 해서 산쇼쿠인 선배에게 남자 친구를 만들어 주려고 했습니다! 하지만 산쇼쿠인 선배가 오오가 선배를 좋아하는 것은 확인했잖습니까! 그러면 두 사람은 서로 좋아하니까 지금 당장….."

"아냐, 탄포포."

"네?"

하아…. 예상대로 이렇게 되었나.

그러니까 이 '아무튼 고백 작전'만큼은 하고 싶지 않았다고.

분명히 탄포포의 착각을 바로잡기에는 가장 효과적이지만….

"내가 좋아하는 건 키사라기 아마츠유… 거기 있는 죠로야."

이걸 팬지가 말하게 하고 싶지 않았단 말이지.

"…그런 거야. 그러니까 탄포포. 네가 말했던 썬과 팬지를 연인으로 만드는 계획은 포기해. 또 나는 팬지와 사귈 생각이 없어."

최대한 자연스럽게 말한다고 했지만, 아무래도 목소리가 흔들렸다.

몇 번을 들어도 팬지의 다이렉트 어택에는 익숙해질 수 없군.

"어머. 여전히 죠로는 부끄러움도 많다니까."

"시끄러! 나는 지금 탄포포랑 말하고 있어! 옆에서 끼어들지 마!"

"알았어. 다음에는 정면에서 입술을 **빼앗길** 각오로 임하도록

할게."

"방향의 문제가 아냐! 또 안 빼앗을 거니까!"

누가 이 녀석에게 TPO*라는 말을 좀 가르쳐 줘….

"정말로, 산쇼쿠인 선배는, 키사라기 선배를 좋아하는 거군요…."

그런 나와 팬지의 모습을 지켜보던 탄포포가 힘없는 목소리로 말했다.

"응, 그래. 이해됐으려나?"

"네. 중학교 시절과는 전혀 다르네요. …놀랐습니다. 이렇게 취향이 나쁘다니…."

자기 머리에 단 빨간색 머리핀을 만지면서 탄포포가 그렇게 말했다.

잘 보니 그 머리핀은 팬지가 한 것과 비슷한 디자인이었다.

"나도 스스로에게 깜짝 놀랐어. 하지만… 어쩔 수 없다고 각오했어."

"정말로… 대단한 용기네요…."

어이, 너희들. 숙연한 분위기로 일일이 나한테 칼을 꽂지 마.

"아, 그런데 탄포포. 지금까지는 나도 이해한 범위고, 여기서부터는 알 수가 없었던 건데."

※TPO : Time, Place, Occasion의 머리글자를 따서 만든, '때와 장소와 상황을 생각한다'는 의미의 일본 조어.

"히익! …뭐, 뭔가요?"

"너는 왜 팬지에게 누구든 좋으니까 남자 친구를 만들어 주려고 한 거야? 왜 팬지에게 너의 개입을 알리고 싶지 않았지? 양쪽 다 그렇게 숨길 정도의 일은 아니잖아?"

사실은 이 점까지 잘 조사한 뒤에 탄포포와 이야기하고 싶었지만, 아무래도 시간이 부족했다. 그러니 여기선 얌전히 본인에게 물어보는 쪽으로 방향 전환.

"그, 그건… 저기… 그게…."

"딱히 화내는 것은 아니야. 그저 사정을 모르니 도와주고 싶지 않을 뿐이지."

"화내지… 않을 건가요?"

시선을 올려서 매달리듯이 울상을 하고 나를 바라보는 탄포포. 이런, 상상 이상으로 귀엽다.

분명히 이 눈물이라면 솜털바라기가 늘어날지도 몰라. 자칫 나도 넘어갈 뻔했다.

"그래. 그러니까 가르쳐 줘. 왜 팬지에게 남자 친구를 만들어 주려고 한 거야?"

"저기… 어어…. 저는, 말이죠…. 키사라기 선배에게 거짓말을 하고, 사실은…."

나와 팬지에게 교대로 시선을 보내면서 머뭇거리던 탄포포가 말했다.

솔직히 얼른 좀 말했으면 좋겠지만, 아직도 고민하는 눈치다.

"…여, 역시 무리예요! 말 못 해요!"

"뭐?! 이 정도로 들켰으면 이제 괜찮잖아?"

"안 돼요! 제가 잘못한 건 알겠어요! 하지만, 하지만, 역시… 미안합니다아아아아아아아!"

"아! 어이, 탄포포, 이게…!"

어떻게든 사정을 들으려고 했더니 울면서 도망쳤다!

아니, 빠르잖아! 도망 하나는 빠르네! 저게 볼트의 환생이라는 힘인가!

나… 아니, 히마와리보다 빠른 거 아냐? 도저히 쫓아갈 수 없겠어….

"뭐야, 저 녀석! 결국 중요한 건 한마디도 말하지 않고 도망치다니!"

"죠로. 탄포포한테 너무 화내지 마. 쟤가 이것저것 비밀로 한 건 나름대로 마음을 쓴 거고, 분명 나를 생각해서 그런 거니까."

"생각해서? 그게 무슨 소리야?"

"나는 말이지 제삼자에게 이런저런 소리 들으며 누군가와 연인이 되는 것에 아주 안 좋은 추억이 있어. 탄포포는 그걸 잘 아니까, 나름대로 슬쩍 내 마음을 이루어 주려고 한 거야. 그러니까 너무 탓하지 말아 줘."

어쩐 일이지. 팬지가 누군가를 감싸다니. 그런데 말이지….

"그럼 중학생 때 네가 누구랑 사귀었다는 소리야?"

"어머? 궁금해?"

"별로. 누구랑도 사귄 적 없다는 건 알고 있었으니까, 전혀 신경 안 써."

"후후후. 제법이네."

나를 놀릴 때 특유의 히죽거리는 얼굴을 보면 단번에 알지.

짜증나게 실실대는 얼굴이나 하고.

"…그래서 결국 탄포포는 뭘 꾸몄던 거지?"

"말하기 싫으니까 말 안 할래."

음…. 가능하면 팬지에게 듣고 싶지만, 스커트 자락을 세게 움켜쥔 걸 보면 진짜로 말하기 싫은 모양이다. 칫, 결국 제일 중요한 건 하나도 모르는 채인가….

"그러십니까."

"…고마워, 죠로. 도와줘서. 그리고 말하기 싫은 걸 묻지 않아 줘서. 날 그렇게 대해 주니 점점 더 좋아하게 되잖아."

"너를 도와준 적은 없어. 나한테 불똥이 튀기에 털어 냈을 뿐이야."

"그럼 그런 걸로 해 둘게."

또 항상 하던 포지티브 싱킹인가. 왜 그렇게 기쁜 눈치로 나를 보냐고.

미묘하게 거리를 좁히지 마, 거리를. 지금 너는 땋은 머리 안

경인 주제에 정체 모를 색기가 흘러나오고 있어. 너무 다가오면… 여러모로…

"그럼 탄포포 쪽으로는 제게 맡겨 주세요! 완벽하게 조사해 오지요! 네, 산쇼쿠인도 죠로에게서 떨어져요! 지금은 제가 말하고 있으니까!"

"우왓!"

아스나로가 나와 팬지 사이에 억지로 끼어들면서 빙그레 웃음.

어쩐 일로 팬지가 '한 방 먹었다'는 얼굴을 하는군.

"…분위기 좋았는데."

"그, 그런가. 그보다 여러모로 고마워. 그리고 아스나로, 슬슬 떨어져…."

"신경 쓰지 마세요! 죠로에게 힘이 되어서 저도 기쁘고요!"

부탁이니까 내 이야기도 좀 들어. 밀착한 채로 팬지 쪽을 돌아보지 말아 줄래?

"후후훗! 죠로, 산쇼쿠인보다 내 더 좋제? 든든허제?"

"하네타치, 죠로는 든든한 여자보다 나처럼 자상한 여자를 좋아해."

좋아. 이 영문 모를 불꽃을 튀기는 여자들과 이 이상 같이 있고 싶지 않아.

여기선 은근슬쩍 자리를 뒤로하고….

"잠깐, 죠로."

음? 뭐지, 팬지 녀석? 나는 얼른 이 자리에서 도망치고 싶은
데….

"이번 일로 당신은 고생이 많았잖아? 그러니까 뒤처리는 맡겨
줘."

"어? 뒤, 뒤처리…?"

무슨 소리야? 이제부터 팬지가 탄포포를 추궁해 주는 거야?

"자, 탄포포에게 받은 브로마이드를 모두 넘겨. 내가 책임 지
고 처분할 테니까."

어떻게 그걸 알고 있는데에에에! 내 남모를 보수니까 괜찮
잖아!

"아니! 괜찮아! 그 정도는 내가…."

"사양하지 마. 서두르지 않으면 그가, 스타버를 할지도 몰라."

어느 틈엔가　어깨에 올라 있는　스티잉어가!

너무 무서워서 어느 틈에 575로 시를 한 수 읊었다. '티잉' 부
분이 좀 그렇지만, 넘어가 줘.

"…알았어."

체념하고 품에서 탄포포의 브로마이드를 꺼내서 팬지에게.

순식간에 몰수당해서 눈물이 흘렀다.

하아…. 뭐, 스커트 아래 수영복 슬쩍은 아무 말도 없었으니까
아마 들키지 않았겠지.

그럼 좋은 걸로 칠까…. 쇼크지만.

"고마워. 그럼 대신 이걸 줄게. 다음에 기회가 있거든 입어 볼까 했지만, 그 전에 당신의 감상도 듣고 싶었으니까 마침 잘됐어."

대신이라? 뭐지, 이 녀석, 갑자기 종이를… 우오오옷!

이건 본래 모습의 팬지, 천사 같은 사복 버전이잖아!

에로함 같은 건 전혀 없지만, 기가 막히네…. 이건 미카엘급입니다.

"그, 그래서… 어때? 이, 이상해?"

그만둬! 지금 사진의 이미지를 눈에 새기고 있으니까, 그렇게 꼼지락거리지 마!

"아니…. 잘 어울리는 것 같아서."

"…그럼 다행이네."

응! 가끔은 제대로 노력하는 것도 좋군! 좋아, 내일부터 열심히 하자!

어차, 하지만 그 전에 이 사진을 코팅해 놔야지.

아빠는 곧잘 물건을 아끼라고 했으니, 그 말을 지켜야지!

이얏호!

우리의 일대 위기

제 **3** 장

"…음?"

한 주의 시작인 월요일 아침, 내가 화장실에 갈까 하고 복도를 걷는데 진동하는 스마트폰.

확인해 보니 메일이 하나 와 있었다.

「키사라기 선배, 저번에는 큰 폐를 끼쳐서 죄송했습니다!」

발신인도 내용도 꽤나 예상 밖. 설마 탄포포가 사죄 메일을 보내다니.

지난주 방과 후 이후로 전혀 소식이 없었고, 우연히 학교에서 마주쳐도 전속력으로 뛰었으니까, 분명 더 이상 엮일 일이 없다고 생각했는데….

「제가 멋대로 키사라기 선배를 휘둘렀음에도 불구하고 그대로 도망치다니, 저는 정말로 귀엽지만 못된 아이입니다. 바다보다도 높고, 산보다도 깊게 반성했습니다.」

그건 평지잖아? 일반 기준으로 반성했을 뿐인 거지?

「원래 직접 찾아뵙고 사죄를 드려야 한다고 생각했습니다만, 귀여운 저를 키사라기 선배는 이미 용서했을 테고, 제가 가장 중요하게 여겨야 하는 것은 야구부의 매니저로서 모두를 돕고 위로하는 일이니까요. 그쪽을 우선하겠습니다! 시간 낭비는 최대한 줄여야죠.」

저기, 진짜 반성한 거 맞아? 의심할 요소가 서서히 늘어나고 있거든? 뭐, 나도 썬이 꼭 코시엔에 나가 주었으면 하니까, 야구부 활동에 전념한다면 상관없지만….

「다만 물론 키사라기 선배에게 아무것도 안 하는 건 아닙니다! 저 나름대로 빈 시간을 이용해 사과할 거고, 뭔가 문제가 생기거든 언제든지 연락 주세요!」

이걸로 메일은 끝인가. 결국 무슨 꿍꿍이였는지는 가르쳐 주지 않는 건가.

…응? 무슨 파일이 첨부되어 있군. 어어, 뭐지? 파일명이 '특별한 세 번째 사진 : 탄포포, 대담무쌍한 차이나복.jpg'… 무어라고오오오!

오오! 슬릿 사이로 엿보이는 다리가 기막히는군! 훌륭해!

게다가 데이터라면 팬지가 처분할 수도 없어! 지켜 낼 수 있어!

우훗! 이 정도라면 용서할 수밖에 없잖아!

어쩔 수 없지! 이번만큼은 특별히 용서….

"…안녕, 죠로."

"우왓! 패, 팬지인가! 아, 안녕…."

깜짝 놀랐다! 갑자기 복도에 나타나다니…. 설마 차이나복을 소거하려고 나타났나?! 그렇게는 안 되지!

"여, 여어…. 이런 아침부터, 무슨 일이야?"

진정해…. 진정하자! 이 데이터만큼은 사수해야 한다!

"…탄포포에 대해 전하러 왔어."

"어? 탄포포?"

뭐지? 분명히 데이터를 삭제하러 온 줄로만 알았는데 아닌가.

"…그래. 아까 얼굴을 마주쳐서 잠깐 이야기를 했는데, 크게 반성하고 깊이 사과해 주었어. 오랜만에 그녀와 느긋하게 이야기를 나눠서 왠지 기뻤어."

"그거 다행이군."

저번 방과 후에도 생각했지만, 팬지는 탄포포를 제법 마음에 들어 하는 건가.

처음부터 별명으로 부르고, 억지로 남자를 붙여 주려고 했는데도 별로 화난 기색도 없었다. 그럼에도 불구하고 지금까지 교류가 없었으니까, 이건 잘 이해가 안 가는 관계네.

"……여전히 아주 귀여워서 놀랐어. 이 학교에서 제일 귀여운 아이는 틀림없이 탄포포라고 생각해. 아이돌이 되거든 전 세계… 아니, 전 은하를 제패할 거야."

갑자기 왜 그래? 왜 갑자기 뜬금없이 탄포포를 추어올리는데?

또 발언 전의 묘한 '……'는 뭔데?

뭔가 비슷하게 뜸을 들이는 녀석이 전에도 있었던 것 같은데….

"……둘이서 잘 이야기했어. 그리고 내 마음을 전했어. 멋대로 그러는 건 싫지만, 내가 자기 의지를 가지고 행동하는 것을 도와준다면 얼마든지 받아들이겠다고."

"헤에… 너는 대체 탄포포에게 뭘 도와… 어라? …어라라?!"

잠깐. 잠깐만. 팬지가 탄포포와 상의하고, 그걸 그 녀석이 받아들였다.

이건 좋다. 무슨 부탁을 했는지는 궁금하지만, 그 이상으로 신경 쓰이는 게 하나.

팬지는 비교적 머리가 기니까 알기 어렵지만… 잘 보니 귀에서 검은 실 같은 게 하나 나와 있지 않은가.

그리고 아까 그 정체 모를 탄포포의 칭찬과 발언 전에 있던 '……' 같은 침묵, 그걸 합쳐 보면 말이지.

"어이, 팬지. 너… 설마….''

"여기는 산쇼쿠인 상사. 목표와 접촉. 지시를 기다린다. 오버."

틀림없어어어어! 이거 내가 전에 했던 그거잖아아아아!

사령관이다! 사령관이 팬지에게 지시를 내리고 있어! 게다가 나보다 계급이 좀 높아!

그렇다면 그거냐?! 팬지는 탄포포에게 '나를 향한 어프로치'로 도움을 받고 있는 거냐?!

그걸 받아들였다는 소리는… 그 녀석, 전혀 목적을 포기한 게 아니군!

"……후우. 조금 서 있었더니 피곤해졌어. 죠로, 미안하지만 무릎베개 좀 해 줄 수 있을까?"

이건 기대면서 귀여움을 어필하라는 식으로 사령관에게 지시가 내려왔다고 보면 되겠군.

복도에서 무릎베개라니, 제정신이 박힌 짓이라고는 생각되지 않는다.

"그 전에 뭣 좀 물어봐도 될까?"

"……뭔데?"

"그 귀에 끼고 있는 이어폰은….."

"귀털이 길게 자란 거야."

압도적 찰나! 왜 거기만 지연 없이 바로 대답이 나오는데?!

여자로서 최소한의 자존심을 가져! 왜 팔을 펼치고 이쪽으로 다가오는데!

"……목표의 농락은 코앞. 이제부터 최종 미션 '영원한 포옹'을 실행한다. 오버."

헉! 무슨 말도 안 되는 지시를 내리는 거야! 미안하지만, 나는 사랑·N·G다!

"팬지, 그 이상 다가오지 마."

배후로 카각 하고, 아름답게 백스테포. 파괴력 발균의, 치명적인 치명상을 피했다.

이게 최근 익힌 필살기 '브론트* 4연격'이다. 내 분노가 머리끝에 도달했을 때에만 쓸 수 있다.

"……내게 다가오는 게 부끄러울 정도로 두근거리는 거네. 못된 사람."

※브론트 : 온라인 게임 〈파이널판타지 XI〉 게시판에서 기묘한 언어를 사용하던 유저. 그의 말투가 컬트한 인기를 얻어서 '브론트어'로 유행하기도.

사령관, 한마디 말 좀 하자. 이거 평소랑 전혀 다를 바 없어. 즉, 나한테는 효과 없다.

하지만 이대로 팬지가 무슨 짓을 하는 건 귀찮다. …어떻게 한다?

오! 이건 마침 잘됐군!

왠지 모르지만, 팬지 뒤로 코스모스가 나타나지 않았나.

"안녕… 죠로, 팬지. 너희에게 마침 할 이야기가… 어머? 지금 바빠?"

"안녕하십니까, 코스모스 회장! 오늘도 **탄포포보다** 훨씬 미인이네요!"

비기! 아야노코지 하야토 전법(간이판)! 이걸로 아마도 사령관은….

"……진정해 줘. 아무리 그래도 파열은 어렵다고 생각해. 오버."

음. 효과 제대로군. 아마 스마트폰 너머에서 사령관은 발광하고 있겠지.

상당히 시끄러웠던 걸까, 팬지가 조용하게 이어폰을 뺐다. 좋아.

"아…! 저기, 기, 기쁘지만, 사람들이 있는 장소에서 그런 말을 하는 건… 부끄러우니까… 하지 말아 줘…."

…이런. 눈앞의 일만 챙기다가, 밟아선 안 되는 지뢰를 밟았다….

"어어…. 그래서 무슨 일인가요? 우리한테 볼일이 있는 건가 요?"

"아, 그래, 그렇지…. 실은 말이야, 아까 야마다에게 어떤 이 야기를 들었는데…."

참고로 야마다란 회계다.

딱히 중요하지도 않고, 소개는 간단히 끝내자.

야마다 씨, 배경 캐릭터. 이상.

"…아니, 역시 그만둘게. 여기는 사람도 많고, 점심시간에 모 두가 모인 뒤에 전하는 게 좋을 내용일 것 같으니까."

어? 아침 시간의 복도인데? 사람은 아까까지 나랑 팬지밖에… 아니, 사람이 많잖아!

왠지 학생들이 밀집했잖아! 그리고 보면 저번에 2학년 복도에 코스모스가 나타났을 때도 술렁거렸는데…. 정말 대단하네….

"그럼 죠로, 팬지. 이따가 점심시간에…."

"아, 네! 알겠습니다!"

"네. 이따가."

"하아…. 큰일이네…."

마지막에 코스모스는 그런 말을 중얼거리고 어깨를 늘어뜨리 면서 갔다.

"저기, 팬지. 코스모스 회장이 왠지 기운 없어 보이는데, 원인 좀 알아?"

"모르겠어. 토요일에 츠바키네 가게에서 같이 요리를 했을 때에는 쌩쌩했는데…."

"그런가. 너라면 뭐든지 안다고 생각했는데, 그것도 아닌가…."

"뭐든지 아는 건 아냐. 죠로에 대한 것은 다 알아."

"더 무서워졌어! 네 지식은 대체 어떻게 되어 먹은 거야?!"

그 뒤에 국소적인 지식이 넘쳐흐르는 도서위원에게 공포를 품은 나는 얼른 그 자리에서 후퇴해 화장실로 향했다. 그리고 탄포포에게,

「또 괜한 짓을 하려고 들면 썬에게 부탁해서 너를 야구부의 근력 트레이닝에 강제 참가시키는 수가 있는데, 어떻게 생각해?」

라고 메일을 보냈더니 탄포포에게서,

「앞으로는 일체 괜한 짓을 안 할 테니까, 제 귀여운 상완이두근을 지켜 주세요. 정말로 죄송합니다. 부탁드립니다….」

라는, 본격적인 반성 메일이 도착했다. 왜 지켜야 할 근육을 상완이두근만으로 좁히는지는 모르겠지만, 사이비 아이돌의 마지막 발버둥은 이렇게 종언을 고했다.

※

"아! 죠로랑 썬 왔다!"

점심시간, 여성진에게 '오늘은 점심시간이 시작되고 10분 뒤

에 도서실로 와'라는 부탁을 받은 나와 썬은 시키는 대로 10분 늦게 도서실로.

그러자 왠지 신이 난 히마와리가 귀여운 스텝으로 두다다다 이쪽으로 달려왔다.

"시간 딱 맞췄네! 그럼, 그럼 얼른 와!"

"알았으니까 팔 좀 잡아끌지 마."

끌려가는 곳은 독서 스페이스지만, 거기는 평소와 달리 제법 화려한 모습이었다.

예쁜 테이블보를 깔았고, 그 위에는 다양한 요리를 차려 놓았다.

왜 오늘 독서 스페이스가 평소와 다른 모습인가 하는 이유는 간단. 지난 토요일에 나와 썬을 제외한 네 사람이 요리 교실을 한 성과를 오늘 선보이기 때문이다.

"히야아! 이거 대단한데! 어느 게 히마와리가 만든 거야?"

"으음, 이 샌드위치를 만든 건 나! 맛있어!"

제법이군, 썬. 대수롭지 않은 대화 속에서 가장 위험한 것을 특정해 내다니.

즉, 그 샌드위치는 각오를 하고 먹는 편이 좋다는 소리로군.

"튀김꼬치는 팬지와 코스모스 선배가 만들었어. 두 사람 다 실력이 좋아서, 당장이라도 우리 가게에서 일을 시키고 싶을 정도였달까."

"츠바키가 잘 가르쳤으니까. 아주 알기 쉬웠어. 그렇죠, 코스모스 선배?"

"…그래, 팬지. ……하아~"

어라? 코스모스도 소녀틱한 모드일 거라고 생각했는데, 그렇지도 않군.

오히려 분위기가 더 푹 가라앉았다. 지금도 어딘가 딴 세상에 있는 것처럼 힘이 쭉 빠져 있고.

"저기…. 코스모스 회장, 무슨 일 있었나요?"

"아, 죠로. 일이 좀 난처해졌어. 정말 어떻게 해야 좋을지…."

이유는 모르겠지만, 이건 꽤나 힘이 없는 기색이다.

혹시 오늘 아침의 그 이야기일까?

"좋아! 그럼 다 같이 먹자! 아! 팬지, 오늘 홍차는 내가 끓일게! 시켜 줘!"

"알았어. 그럼 식사가 끝나거든 토요일에 배운 대로 해 보도록 해."

"응!"

무슨 일이 있었는지 코스모스에게 들어야 하나 싶었는데, 점심 식사를 우선하는 게 좋겠군.

히마와리에게서 흘러나오는 '얼른 먹자 오라'가 대단하다.

…맛있었다. 오늘 점심 식사는 하나하나가 평소와 다른 요리

를 선보인다는 보기 드문 사태였기에 다소 불안하기는 했는데, 그건 완전한 기우.

특히나 놀랐던 것은 히마와리가 준비한 샌드위치다. 평범하게 맛있어서 놀랐다.

이럭저럭 해서 점심 식사를 마친 우리는 느긋하게 후식 타임.

현재는 히마와리가 끓인 홍차에 츠바키가 만들어 왔다는 치즈 케이크를 즐기고 있다.

촉촉한 식감에, 씹으면 퍼지는 새콤달콤한 레몬 맛이 중독성 있다.

"으음! 히마와리의 샌드위치, 맛있었어! 물론 이 홍차와 케이크도!"

"그렇지! 나도 요리 잘할 수 있어!"

"하핫! 그래! 나는 믿고 있었다고!"

썬, 네 마음은 잘 알겠다. 뭐라고 할까, 그거지?

예상과 다르다는 것은 어떤 의미로 최고의 조미료라고 생각한다.

히마와리의 요리만큼은 평소보다 두 배 정도로 맛있었던 것 같다.

"죠로, 내 튀김꼬치는 어땠어?"

"응? 맛있었어. 다만 브로콜리 튀김은 그렇게까지 필요 없었는데…."

"어머, 당신이 좋아하는 거라고 하기에 열심히 넣어 봤는데, 실례잖아."

가령 그렇다고 해도 한도를 좀 지켜. 내가 브로콜리를 좋아한다는 그 거짓 정보가 여기서 이런 식으로 돌아올 줄은 몰랐으니까.

"저, 저기… 다들, 이야기하고 싶은 게 좀 있는데, 괜찮을까?"

"아, 네. 말씀하세요, 코스모스 회장."

거기서 여전히 분위기가 다운된 상태의 코스모스 회장이 힘없이 거수.

"…실은 말이지, 학교 쪽에서 결정한 일이라서…. 나도 오늘 아침에 야마다에게 듣고 어떻게든 움직여 보았는데, 이게 마음처럼 안 돼서…."

애용하는 노트를 펼치고, 난처하기 짝이 없다는 태도로 코스모스가 말을 이었다.

뭐지? 뭔가 무진장 불길한 예감이 드는데….

"직원회의에서 이 도서실의 폐쇄가 결정되었어."

정말로 내 불길한 예감은 잘도 맞는구나.

※

그날 하굣길, 나는 팬지와 헤어진 뒤에 역 앞의 편의점에서 산 쑥갓 주스를 한 손에 들고 근처에 있던 **의자**에 앉아서 절찬리 생각에 잠겼다. 실수로라도 **녀석**에는 앉지 않는다.

…큰일인데. 이건 굉장~히 큰일인 상황이야.

그 뒤 코스모스의 충격적인 발언에 대해 자세히 들어 보았는데, 이유는 명백했다.

이전에 내가 어프로치에 실패하고 초특급 오점이 녹음된 뒤, 코스모스가 팬지에게 물었던 도서실의 이용자 확인. 그게 일의 발단이었다.

─학교 쪽에서 학생회에게 각 시설의 이용 빈도를 조사해 달라는 지시가 내려와서 조사 결과를 보고했는데, 그때 도서실만 이상하게 이용자가 적었어.

분명히 우리 학교 도서실은 이상할 만큼 이용자가 적다. 나도 4월부터 거의 매일 드나들었지만, 항상 모이는 멤버 외에 오는 녀석이라곤 1주일에 한 명 있을까 말까다.

─그래서 여름 방학 동안에 도서실을 폐쇄하고 대신 컴퓨터실을 만들어서 2학기부터 학생들에게 개방하자…는 게 학교에서 내놓은 결론이야. 내 쪽에서 야마다를 통해 항의했지만, 애석하게도 마음대로 안 돼서…. 정말로 미안해….

딱히 코스모스가 사과할 일은 아니다. 오히려 도서실을 위해

(야마다를 더해서) 홀로 애써 주었으니까 감사를 하면 했지 뭐라고 하는 건 말도 안 된다.

다만 역시나 다들 쇼크를 감추지 못했다. 특히나 풀이 죽은 건 팬지다.

방과 후에도 도서실에서 함께 있었지만 거의 말이 없었다. 상당히 타격을 입은 게 뚜렷했다.

"…어떻게 하지…."

이전까지의 나라면 도서실 따윈 없어져도 '어쩔 수 없지'로 끝났겠지만, 지금은 다르다. 그곳은 모두가 모이는 중요한 장소고, 우리의 인연의 상징 같은 곳이다.

혹시 도서실이 없어지면 우리는 모일 장소를 잃는다.

학년이나 반이 다른 우리가 함께 모일 장소는 그리 흔하지 않다.

어쩌면…. 아니라고 믿고 싶지만…. 도서실이 없어짐과 동시에 모두가 뿔뿔이 흩어질지도 모른다. 그런 사태는 사양하고 싶다.

그러니까 이대로 가만히 폐쇄를 지켜볼 생각은 없다. 즉, 여기서 내가 할 일은 무엇인가?

도서실의 폐쇄를 막을 작전을 세운다…. 그래! Let's mission thinking이다!

1 : 도서실에서 농성한다.

학교 쪽이 도서실을 폐쇄하는 건 학생이 적은 여름 방학.

그러니까 그동안에 계속 도서실에 체재하면서 폐쇄를 막는다는 작전이다.

…틀렸다. 그런 짓을 하면 내게 가장 중요한 항목인 '썬의 시합을 응원한다'가 불가능해진다.

따라서 기각.

2 : 아예 새로 생기는 컴퓨터실을 점거한다.

나에게 중요한 것은 도서실이라기보다도 모두가 모이는 장소다. 그러니까 도서실이 폐쇄되는 것을 얌전히 받아들이면서 새롭게 생기는 컴퓨터실을 장악한다는 작전.

…안 돼. 컴퓨터실이 완성되었을 경우, 아마도 학생들이 잔뜩 모이겠지.

인기 있는 장소로 변해서, 이용할 수 없어지는 날도 존재할 수 있다.

따라서 기각.

3 : 도서실의 이용자 수를 늘리고 학교에 호소한다.

이번 일에서 도서실이 폐쇄되는 원인은 이용자가 적기 때문이다.

그렇다면 남은 1학기 동안에 도서실 이용자를 늘리고, 폐쇄는 좀 이르지 않냐고 학교에 호소한다는 작전이다.

…괜찮겠군. 이건 제법 괜찮은 아이디어 아닐까? 그래, 틀림없어!

따라서 채용!

역시 어디에나 있는 평범한 주인공은 다르구만. 나의 성장이 느껴진다.

후후훗. 이걸 내일 코스모스에게 말하면 문제는 해결된 거나 마찬가지다.

더 말하자면 도서실 이용자를 어떻게 늘릴지는 전혀 생각하지 않았지만, 그런 건 사소한 문제겠지! 아마도 내일의 내가 알아서 잘할 거야!

"좋아! 이걸로 가자!"

어디, 그러면 슬슬 집에… 어라?

일어서서 돌아가려고 할 때, 문득 역 앞에서 한 남자를 발견.

저 녀석은 얼마 전에 팬지의 부탁을 받아서 돼지고기 생강구이를 사러 갔을 때, 내게 돈을 빌려준 쑥갓 동지가 아닌가. 왜 이런 곳에?

왜 그런지는 모르지만, 스마트폰을 들고 안절부절못하는 기색이다.

"이런 데서 뭐 하는 거야?"

"…어? 어라? 너는…."

"여어. 1주일 만인가."

"그, 그래. 1주일 만. 어어…."

아, 그러고 보니 자기소개를 안 했지. 그럼 먼저 그걸 할까.

"키사라기야. 여실(如實)의 '如'에 월요일(月曜日)의 '月'을 써서 키사라기(如月). 고등학교 2학년."

"아, 교복을 입었으니 나이가 비슷한가 싶었는데 동갑이었네. …아, 나는 하즈키. '나뭇잎 엽(葉)' 자에 마찬가지로 월요일의 '月'을 써서 하즈키(葉月). 너랑 똑같이 고등학교 2학년이야. 잘 부탁해, 키사라기."

오늘도 절찬리에 반짝반짝 웃음이 빛나는군. 대체 몇 캐럿이나 되는 걸까.

"그래서 하즈키는 왜 이런 데에 있어?"

"친구랑 좀 만나기로 해서. …키사라기는?"

"나는 학교가 이 근처니까. 니시키즈타 고등학교, 알아?"

"아, 알아! 작년에 야구 지역 대회 결승전까지 올라왔지!"

사실이지만, 그 단어는 가슴이 좀 아프니까 참아 줘.

너는 모르겠지만, 거기는 아주 위험천만하기 짝이 없는 특이점이야.

그보다 지역 대회 결승전에 나갔다는 건 꽤나 마이너한 정보인데, 용케 그걸 아는군….

"그런데 니시키즈타 학생이라면 키사라기도 이 근처 지리를 잘 알겠네?"

"적어도 하즈키보다는 잘 알지 않을까? …무슨 일이야?"

"아니, 친구랑 만나기로 한 게 이 근처의 맛있기로 유명하다는

138

가게로, 다 같이 가기로 약속을 했거든."

"헤에, 그랬구나."

"그런데 나는 방과 후에 위원회 일 때문에 좀 시간이 걸리니까, 먼저들 가라고 했거든. 그랬는데 나는 그 가게 위치를 몰라서…. 일단 스마트폰으로 확인하고 있는데 그게 안 나와서 말이야."

아하, 그래서 아까 그렇게 안절부절못하는 기색이었나.

스마트폰에도 위치가 안 나온다면 새로 생긴 가게일까?

"'따끈따끈한 튀김꼬치 가게'라고 하는데, 어디에 있는지 알아?"

아, 거기였습니까. 분명히 최근 생긴 따끈따끈한 가게지.

"알고말고. 내가 거기서 아르바이트를 해. 괜찮다면 안내해 줄까?"

"어? 정말로? 와아! 고마워! 고마워!"

얼마 전의 빚도 갚아 주고 싶었으니, 이건 딱 좋은 기회로군.

이렇게 나는 하즈키와 함께 아르바이트 가게를 향해 걸어갔다.

"'따끈따끈한 튀김꼬치 가게'의 추천 메뉴를 좀 가르쳐 줄 수 있을까?"

"그럴까. 내가 추천하는 거로는 가리비, 메추리알, 그리고…

쑥갓이야."

"어? 쑥갓 튀김꼬치가 있구나! 그거 안 먹을 수가 없겠는데!"

역시나 나의 쑥갓 동지. 너라면 분명 알아주리라고 믿었어.

"먼저 간 친구들한테도 가르쳐 줘야지! 아, 하지만 둘이니까 먼저 주문했으려나."

스마트폰을 꺼내고 잠시 주저. 힐끗 살펴본 스마트폰의 뒷면에는 하즈키와 여자 둘이 사이좋게 찍은 스티커 사진이 붙어 있었다.

"둘이라는 건 그 스티커 사진의 두 사람?"

"응! 그래! 이쪽은 소꿉친구고, 다른 쪽은 학생회장!"

스마트폰 뒷면을 내게 보여 주면서 활짝 웃는 하즈키. 하지만 그 미소보다도 스티커 사진에 찍힌 두 미소녀에게 관심이 있었다. 기회가 있으면 소개를 받고 싶다.

그렇긴 해도 소꿉친구와 학생회장이라. 그건 또 어딘가에서 들어 본 듯하다.

"중학교 때부터 알던 사이로, 지금도 같은 고등학교에 다니고 있어! 두 사람 다 아주 예쁘니까, 나랑만 있지 말고 멋진 남자라도 사귀면 좋겠지만. …아, 이건 비밀이야. 전에 두 사람한테 말했더니 '두 번 다시 그런 소리 하지 마'라면서 막 화냈으니까."

응, 네 발언을 비밀로 하기 전에 나는 그녀들의 마음을 알아차리기 시작했어.

"아니, 그건….."

잠깐만. 슬쩍 들어 보니 **그런 것**이지만, 여기선 괜한 발언을 하면 안 되겠지.

이전에 있었던, 어딘가의 바보가 성대한 착각을 일으켰던 사건을 떠올려.

"참고로 그 두 사람… 소꿉친구와 학생회장이랑은 얼마나 사이가 좋아?"

"어느 정도냐고 해도 잘 모르겠지만, 소꿉친구는 곧잘 영화를 보러 가자고 그러고, 학생회장은 도시락을 만들어 오기도 하는 정도일까. 두 사람 다 마음이 고와. 나 같은 녀석과 함께 있어 주고!"

응, 역시 **그런 것**이로군. 아무튼 하즈키는 1권을 좀 읽고 와라.

"나 같은 녀석이라니…. 하즈키는 학교에서도 꽤 괜찮은 입장에 있을 거라고 생각하는데…."

나보다 (한없이 조금) 잘생겼고, 성격도 나보다 (한없이 약간) 좋으니까, 하즈키는 학교에서도 꽤나 인기가 있을 것으로 보인다.

"그건 키사라기의 착각이야!! 난 학교에서도 힘이 없고, 공부도 스포츠도 별로라서 눈에 안 띄어. 아마 학교에서는 바닥 중의 바닥. 공기 같은 존재라고 하면 좋을까?"

어이, 짜샤. 미소녀들과 함께 있는 녀석이 쿨하게 스쿨 카스트의 밑바닥을 자칭하지 마라.

네가 그딴 소리를 하면, 같이 있는 여자들이 불쌍하잖아. 조금은 자각을 해.

참나…. 이 녀석은 정말로 어… 윽! 또 그 감각이 고개를 쳐들었다…!

"중학교 때도 주위에서 곧잘 걱정해 줬어. 아침에 일부러 집 앞까지 데리러 와 주는 후배까지 있었어. 내가 늦잠이나 자지 않을까 걱정한 거겠지. 정말로 스스로가 한심하다니까…. 휴우우…."

아마도 네 주위에 있는 여자들이 훨씬 더 '휴우우' 싶은 기분일 거다.

"그렇지! 키사라기는 학교에서 어때?"

"그렇군. 진짜로 싫은… 아니, 좋은 여자 한 명과 알게 된 덕분에 큰일도 있었지만, 지금은 제법 즐거워. 사실은 그 녀석에게 감사해. …아, 이건 비밀로 해 줘. 그 녀석이 알면 귀찮은 일이 생길 것 같아서."

"아하하! OK! 그럼 비밀을 공유하는 걸로! 내 쪽도 비밀로 해 줘!"

"맡겨 줘. 나는 입이 무겁기로 유명하지."

남자들끼리 소녀틱한 짓을 했지만, 상관없어.

마침 딱 목적지에 도착하기도 했고.

"그리고 도착했어. 여기가 '따끈따끈한 튀김꼬치 가게'야."

"어? 벌써? 즐거운 시간은 금방이라고 하더니, 진짜구나!"

"맞는 말이야."

원래 남자와 함께 보내는 시간 같은 거 즐겁지 않다고 생각하겠지만, 하즈키와 함께 보내는 시간은 솔직히… 즐거웠다. 뭐라고 할까, 꽤나 파장이 맞는다.

"그럼 키사라기, 또 어딘가에서 만나자!"

"그래, 또 어딘가에서."

츠바키의 튀김꼬치를 만끽하면서 소꿉친구와 학생회장과 즐거운 시간을….

…그·런·데·말·이·지.

역시나 나는 돼지고기 생강구이를 사기 이전에… 더 이전에 하즈키와 어딘가에서 만나지 않았을까?

파장이 맞는 것도 그렇고, 왠지 남이라는 느낌이 안 든다.

혹시 하즈키가 아니라 다른 녀석 중에서 비슷한… 아니, 그건 아닌가.

저렇게 외모도 내면도 좋은 지인은 내게 한 명도 없다.

으음…. 모르겠군! 모르겠으니 얼른 돌아가서 도서관에 대해 고민하자!

후후훗! 기다려라, 다들! 내일 내가 멋진 아이디어를 전해 줄 테니까!

※

"어어…. 모두에게 또 하나 보고할 게 있어….."

점심시간. 점심 식사를 마침과 동시에 기운차게 울리는… 코스모스의 완전히 풀 죽은 목소리.

이거야 원. 어제부터 이런 분위기가 계속 이어지고 있는 건가.

어디 보자, 코스모스의 이야기가 끝나거든 내가 어제 생각했던 '다 함께 도서실 이용자를 늘려서, 폐쇄를 중지시키자. 이얏호!' 작전을 발표해 기운이 나게 해 줘야지.

"실은 어제 방과 후에 야마다와 학교에 다시 이야기를 하러 갔어. 야마다가 '도서실의 이용자 수를 늘리면 폐쇄는 중지되지 않을까?'라고 조언을 해 줘서."

설마 싶은 복병?! 야마다 씨! 내가 하려던 짓을 먼저 하지 말아요!

아니, 하지만. 그걸 학교 쪽에 전했는데도 코스모스가 계속 이런 분위기인 것은….

"코스모스 회장, 혹시나 싶은데…. 그래도 안 됐던 겁니까?"

"아니, 그 이야기는 통과됐어. 다만 조건이…. 도서실의 폐쇄가 8월 중순이니까, 그때까지 도서실 이용자를 현재의 열 배로 늘리고 그 상태가 계속된다면 폐쇄는 없던 이야기로 한다고…."

허들이 너무 높다! 도서실의 이용자가 열 배라면 상당한 양이야!

"그렇습니까….."

"아! 죠로, 그렇게 풀 죽지 마…. 아니, 나도 비슷한 꼴이니까 남에게 뭐라고 할 건 아닌가. 하지만 낭보도 있어!"

낭보? 뭐지? 코스모스가 가슴이라도 만지게 해 주는 건가?

"우리 학생회의 고문인 히다 선생님이 다른 고등학교에 연락을 해 주셔서, 오늘 방과 후에 그쪽 학생이 한 명 찾아오기로 했어."

"어? 다른 학교의 학생? 어어…. 그건 또 왜?"

"히다 선생님은 도서실을 남기고 싶다는 내 의향을 이해해 주시고, 이용자를 늘리기 위해서 어떻게 하면 좋을지 독자적으로 조사해 주셨어. 그때 다른 학교의 도서실 이용 빈도에 관심이 생겼던 거야. 선생님의 말씀으로는, 그 고등학교의 도서위원이 1년 동안에 이용자 수를 열 배까지 늘렸다고 해. 그 학생을 우리 학교에 도우미로 초대해 주셨어. '다른 학교 학생에게 조언을 받고 도서실을 지켜라'라면서."

"아, 그, 그렇습니까….."

으, 으음…. 분명히 낭보이긴 한데, 뭐라고 할까…. 조금 난처하군.

아니, 나의 사소한 자존심 문제지만, 이 도서실은 어디까지나 우리 학교의 도서실이다. 그러니까 폐쇄를 중지시킨다면 우리들의 힘만으로 해내고 싶다.

"히다 선생님의 말씀으로는 예의 바른 학생이고 아주 든든하다는 모양이야. 그러니까 안심해."

"와아! 다른 학교 학생이라니 왠지 두근거려! 기대돼!"

"나는 방과 후에는 가게에 가야 하니까 참가하기 힘들지만, 시간이 비면 짬짬이 최대한 참가하겠습니다. 다른 학교 사람들과도 친하게 지내 보고 싶달까."

"나도 츠바키와 같습니다! 방과 후에는 야구부가 있지만, 없는 날이나 시간이 빌 때는 힘이 되겠습니다! 다른 학교 녀석들과도 협력해서!"

"코스모스 선배, 여러모로 고맙습니다. 큰 도움이 되겠습니다."

"아아, 다들… 고마워! 그래서 오늘 방과 후에 나도 그 학생과 함께 도서실에 올 테니까, 그때는 잘 부탁해!"

뭐지? 내가 소인배라는 게 드러나서 왠지 슬프다.

제길! 귀여운 여자애라면 환영하겠지만, 남자라면 깐족깐족….

"죠로, 당신이 그런 얼굴을 할 때 꾸미는 짓은 보통 실패해."

"걱정할 필요 없어. 나는 실패를 양식으로 성공할 때까지 거듭하는 남자야."

"어머나, 우연이네. 사실은 나도 그래. 그런고로 오늘도 얼른 당신에게 무릎베개를…."

"그쪽도 우연이네. 나는 마침 오늘 무릎베개를 해 주면 죽는 병에 걸렸어."

"어머! 즉, 당신의 무릎을 베면 영원히 그 몸을 내 것으로 만들 수 있겠네. 멋진 이야기를 들으니 갑자기 의욕이 생겼어."

"내 목숨을 좀 존중해! 무섭잖아!"

※

방과 후, 내가 도서실로 가기 위해 일어서자 두 명의 방문자가 있었다.

"죠로! 그럼 도서실로 렛츠 고야!"

"그렇습니다! 서둘러 도서실로 가지요!"

"히마와리, 방과 후에는 테니스부에 가야 하지 않아? 아스나로도 신문부에 가야 하지?"

"응! 하지만 테니스 대회도 끝나서 시간이 있으니까, 도서실을 우선하기로 했어!"

밝은 미소와 함께 두 손을 꾸욱! 주먹 쥐면서 기합을 넣는 기색이다.

"안심하시길! 죠로의 위기라면, 멋진 사례를 기대하면서 취재도 겸해 돕기로 결심했습니다! '도서실 폐쇄의 저지'라면 멋진 기사가 될 것 같지요? 즉, 신문부 활동의 일환입니다!"

제발 부탁인데, 지금 그 말에서 '멋진 사례를 기대하면서'만 빼 주면 안 될까?

그런데 탄포포 쪽으로는 어떻게 되었지?

"그쪽이라면 현재도 조사 중입니다. 조금만 더 하면 다 될 것 같으니까, 기대하고 기다려 주세요!"

그쪽은 그쪽대로 조사하는 모양이다. 역시나 민완 신문부.

"알았어. 그럼 갈까."

그렇게 나는 아스나로와 히마와리와 함께 도서실로 향했다.

도서실에 도착하자, 코스모스는 아직 오지 않았지만 팬지는 이미 독서 스페이스에.

지금 상황은 꽤나 위기일 텐데도, 여전히 흔들림 없이 책을 읽는 모습은 역시나 담력이 있다고 감탄할 뿐이다.

…흠. 오늘도 나츠메 소세키인가. 이 녀석은 진짜로 나츠메 소세키를 좋아하는군.

아무튼 우리도 코스모스가 소문의 그 슈퍼 도서위원을 데려오기까지 시간이 있으니까 독서 스페이스에 착석. 나와 팬지와 히마와리는 평소에 앉던 자리에.

아스나로는 더 이상 건드리기 무서워서 넘어가기로 했지만, 평소에는 썬이 앉는 내 왼편에 착석했다. 즉, 히마와리 대 다른 세 명이라는 상태다.

"있잖아, 팬지! 어떤 사람이 올 것 같아?"

"성실한 사람 아닐까? 도서실의 이용자를 열 배로 늘리는 건 그리 쉽게 안 되는 일이야."

"그렇군요! 이 기회에 다른 학교의 신문부는 어떤 식인지도 들어 보고 싶습니다!"

…그런데 팬지는 아무렇지도 않나?

태연하게 말하고 있지만, 이 녀석은 의도했든 아니든 자기감정을 숨기는 일이 많지.

안 그래도 도서실 문제로 누구보다도 절박할 텐데, 거기에 다른 학교 학생이 온다니.

꽤나 낯가림을 하는 이 녀석에게는 많이 힘든 상황일 텐데….

"팬지, 어어, 저기… 괜찮아?"

"뭐가?"

"아니… 으음, 도서실 문제라든가, 모르는 사람하고 만나는 게…."

"걱정해 줘서 고마워. 죠로의 생각처럼 꽤나 심각해. 그러니까 당신이 머리를 쓰다듬어 준다면 기운이 날 것 같은데…."

걱정한 내가 바보였다. 이제 됐어. 이 녀석은 방치하고 얌전히 기다리자.

"안녕, 기다렸지. 죠로, 팬지."

오, 드디어 코스모스가 왔나. 그렇다면 드디어 새로운 도서위원의 등장인가.

"그럼… 들어와 주겠어? 일단은 서로 소개를 하고 싶으니까…."

"어어…. 그럼 실례하겠습니다."

음? 이 목소리는 귀여운 여자애가 아니라 남자 아닌가?

진짜냐. 이로써 여러 가지로 시끄러운 녀석이라면, 나의 소인배 파워로 억지를 부려서라도… 어라?

"어라? …키사라기?"

도서실에 나타난 남자는 나에게 예상 밖이지만 낯익은 인물, 하즈키였다.

어이어이, 설마 이 녀석이 바로 그 민완 도서위원이었다니.

뭐야, 하즈키라면 안심이잖아. 이렇다면 처음의 걱정은 없어졌어.

"여어. 하즈키, 우연이네. 앞으로 잘 부…."

"어?! 너는… 스미레코?!"

…어라? 내 발언을 무시하는 하즈키의 입에서 좀처럼 믿기 힘든 말이 튀어나온 것 같은데? 아니, 기분 탓이지, 팬지?

"거짓말…이지?"

"어라? 팬지, 왜 그래?"

무진장 당황하는데! 평소에는 상상도 할 수 없을 만큼 몸을 떨고 있잖아!

어? 뭐야? 너희, 아는 사이야?!

"우와아…. 설마 이런 우연이 있다니. 하하하, 운명이라고 해도 될까?"

아니, 아는 사이라고 끝낼 만큼 간단한 관계가 아닌 거 아냐?!

"오랜만, 스미레코. …만나고 싶었어."

"오, 오랜만이야…. 하즈키."

뭐야, 이건? 예전에 사귀었던 두 사람이 불운하게도 헤어졌다가 재회한 것처럼 달달한 분위기?

뭔가 러브 코미디의 냄새가 팍팍 풍기는데!

"어어, 하즈키. 혹시 너는 모두와 아는 사이였다든가?"

사정을 모르는 코스모스가 놀란 기색으로 하즈키에게.

"아뇨, 처음 만나는 사람도 있으니까 자기소개를 하도록 하겠습니다!"

우와! 하즈키의 분위기가 엄청 밝아! 그와 함께 미소가 마구 빛나고 있어!

아니, 눈부셔! 눈부시다고! 그런 빛을 받으면 내가 정화되고 마니까!

"와아~ 왠지 마음씨 착해 보이는 사람이네! 죠로보다 머리가 좋을 것 같아!"

"그렇군요. 죠로와는 정반대라고나 할까…. 예의 바른 분이로군요!"

히마와리, 아스나로. 너희는 왜 나를 일일이 비교 대상으로 삼지?

딱히 비교할 것 없잖아! 나도 하즈키보다 못났다고 자각하고 있어!

"아하하. 왠지 긴장되네."

혹시… 아니, 혹시나지만… 내가 하즈키에게 언젠가 만난 듯하다는 느낌을 받고, 기시감을 느끼고, 파장이 맞았던 것은… 그게 원인 아닐까?

이전에 한 명… 있었지? 하즈키 같은 남자가. 그것도 내가 아주 잘 아는 존재가.

그 녀석은 과거에 모두의 인기를 모으려고, 스스로를 둔감순정BOY로 가장했던 남자다.

하지만 그 녀석과 하즈키에게는 큰 차이가 있다. 그 녀석은 의도적으로 스스로를 꾸몄지만, 하즈키는 그렇지 않다. 정말로 원래부터 이런 성격이겠지.

"처음 뵙겠습니다! 토쇼부 고등학교 2학년, 도서위원 하즈키 야스오입니다! 친구들에게서는 야스오(保雄)의 한자를 달리 읽어서 '호스'라고 불리기도 합니다! 잘 부탁드립니다!"

그야말로 '죠로(물뿌리개)'의 상위 호환이라고 할 듯한 별명이잖아!

역시 그거 아닌가? 이 하즈키 야스오라는 남자는….

"딱히 내세울 것도 없지만, 열심히 노력하도록 하겠습니다!"

과거에 내가 이상으로 삼았던 '어디에나 있는 평범한 고등학생'인 게 아닐까?

아니, 하지만, 딱히 그래도 문제는 없지 않나? 호스는 내가 본 바로는 꽤나 좋은 녀석이다. 문제를 일으키지 않는다. …그런데 왜?

내 가슴속에서 차츰 안 좋은 예감이 마치 분수처럼 솟구치는 걸까?

그리고 뭐가 거슬리냐 하면… 내가 조금 전에 생각했던 바를 기억해?

정말로… 내 안 좋은 예감은… 잘 맞는다고….

나는 정리 해고당할지도 모른다

제 4 장

여어, 다들! 내 이름은 키사라기 아마츠유(如月雨露). 통칭 죠로!

내 이름에서 '달 월(月)' 자를 빼면 如雨露가 된다. 그래서 죠로. 단순한 이야기지?

용모 평범. 성적 평범. 운동 평범. 뭘 해도 눈에 띄지 않는 고등학교 2학년 남자야~

평소에는 그럭저럭 평화로운 매일을 보냈는데, 지금은 일대 위기야!

나와 소중한 친구들이 모이는 도서실이 폐쇄될지도 모른다니….

하지만 나는 포기하지 않아!

다른 학교에서 와 준 도서위원 호스와 협력해, 도서실을 지켜내겠어!

나처럼 평범한 녀석이 얼마나 도움이 될지는 모르지만, 열심히 하고 말겠어!

"어어…. 그럼 우리도 자기소개를 할까."

코스모스 회장이 이럴 때에 발휘하는 리더십은 정말로 든든하지~

"내 이름은 아키노 사쿠라. 니시키즈타 고등학교에서 학생회장을 맡고 있어. 모두에게는 풀네임의 '秋'와 '桜'를 따서 '코스모스(秋桜)'라고 불리고 있어. 앞으로 잘 부탁해, 호스."

"알겠습니다. 잘 부탁드립니다, 코스모스 씨."

호스는 예의 바르구나~ 아주 정중하게 고개를 숙인다.

나도 예의 바른 면으로는 꽤 자신이 있지만, 혹시 질지도….

"그러면 다음은…."

"아, **제가**, 키사라기 아마츠유가…"

"아! 나 할래! 나, 하고 싶어!"

체엣…. 내가 있는 그대로의 자기소개를 하려고 했더니, 히마와리에게 순서를 빼앗겼네.

하지만 괜찮아! 나는 인내심이 강하니까. 도중에 순서를 빼앗겨도 전혀 개의치 않아!

"난 히나타 아오이! 어어… 고등학교 2학년! 이름의 한자 순서를 바꾸면 '히마와리'가 돼! 잘 부탁해! 호스!"

"응, 잘 부탁해. 히마와리는 씩씩해서 좋네."

"저는 하네타치 히나입니다. 풀네임을 조합해서 '아스나로'라고 불리는 신문부원입니다. 뭐 재미있는 소재가 있거든 바로 달려갈 테니까, 멋진 소재 제공을 기대하겠습니다!"

"아하하하. 왠지 무섭네. 아스나로도 잘 부탁해."

아스나로의 자기소개도 잘 끝났고, …좋아! 이번에야말로 내 차례야!

호스가 이상하게 여기지 않도록 평소처럼 솔직한 내가….

"이 사람은 죠로! 키사라기 아마츠유니까 한자 하나를 빼서 죠로야! 으으음…. 입이 험하고 가끔 이상한 짓을 하는 사람!"

우오오오~! 히마와리의 소개가 너무하잖아~ 딱히 내 입은 험하지 않고, 이상한 짓도 안 하잖아. 멋대로 그러지 말아 줘~ 흥흥!

"그래. 본능에 충실한 사람이라는 말이 제일 적절한 소개가 아닐까. 하하하…."

본능에 충실이라… 코스모스 회장, 나한테도 자제심이란 건 있으니까요!

"거기에 분위기를 탔다가 자제를 못 해서 대개 바닥이 드러나는 것도 추가하면 좋을지 모르겠군요!"

아스나로까지 그런 소리를 하고…. 더는 못 참겠다아아아아아!

이놈들, 내 소개가 너무하잖아!

모처럼 내가 호스에게 지지 않도록 예전 솜씨를 발휘해 반짝반짝 오라를 분출하려는데, 그 노력을 어떻게 해 줄 거야? 조금은 칭찬을 해, 조금은!

아차, 이런, 이런. 그만 본성이 드러났지만, 다시 한번….

"헤에. 키사라기…. 아니, 죠로의 별명은 왠지 나랑 비슷하네! 기쁜데!"

히아아악! 본가에 의해 정화되었다! 제, 제길…. 이게 진짜와 가짜의 차이인가….

미소의 광채가 완전 달라. '죠로'로는 '호스'에 이길 수 없다는 건가?

"그래. 잘 부탁해, 하즈키… 아니, 호스."

"응! 같이 열심히 해 보자! 죠로!"

이제 됐어. 괜한 저항 따윈 관두고 얌전히 이쪽으로 가자.

"그럼… 마지막으로….."

"……."

내 자기소개가 끝나자, 코스모스가 살짝 표정을 굳히면서 어느 인물에게.

그 팬지 말인데, 아까부터 이 녀석의 분위기가 아주 이상하다.

호스가 나타난 뒤로는 온몸에서 우울한 오라를 마구 뿜어내며 발언은 전혀 없음.

지금도 낯가림하는 어린애처럼, 내 쪽으로 스스슥 몸을 붙이고 든다.

싫은 건 잘 알겠지만, 아무리 그래도 좀 지나치잖아.

"어이, 팬지. 네 차례야. 얼른 해."

"……하아. …알았어."

팬지를 떼어 놓자, 간신히 체념한 것처럼 탄식하면서 한마디.

하지만 그런 팬지의 모습을 호스는 전혀 신경 쓰지 않는 건지, 반짝반짝 빔은 절찬리 계속 중이다. 오히려 팬지의 자기소개 차례가 와서 반짝반짝에 두근두근이 도입되었다.

"니시키즈타 고등학교 2학년, 산쇼쿠인 스미레코. 모두에게는 '팬지'라고 불리고 있어."

단적! 별명의 유래도 생략하고 '잘 부탁해'도 없어! 도대체 얼마나 싫어하는 거야!

"스미레코는 지금 그런 식으로 불리는구나. 아, 하지만 나는 지금까지처럼 '스미레코'…라고 하면 될까?"

새콤달콤한 분위기! 호스에게서 새콤달콤한 말이 나온다!

"지금까지처럼이라고 해도, 당신과 만나는 건 1년 만이야."

반대로 팬지는 조용히 도망치고 있습니다! 알기 어려운 거절의 말이다!

"아하하! 그 느낌, 중학교 때랑 변하지 않았네! 앞으로도 잘 부탁해! 스미레코!"

그거 보라고! 호스 녀석, 팬지는 이름으로 불리기를 싫어하는데, 전혀 알아차리질 못해! …아니, 아는 사이인가 싶었지만, 같은 중학교 출신이었나.

딱히 상관없지만…. 난 팬지의 과거에 전혀 흥미 없어! 켁!

"아, 그 책. …여전히 스미레코는 나츠메 소세키를 좋아하는구나! 중학교 때도 1주일에 세 번은 읽었지! 나도 많이 읽었으니까 다음에 같이 이야기하자!"

"기회가 있다면."

일단 나도 팬지가 화제를 던질 때를 위해서 나츠메 소세키를 착실하게 읽어 두었다.

뭐, 팬지와 나츠메 소세키의 책에 대해 이야기하고 싶진 않지만! 켁! 켁!

"팬지와 호스는 같은 중학교 출신이구나. 죠로랑도 아는 사이인 것 같은데, 그건 어떻게 된 거지?"

"죠로랑은 얼마 전에 알게 되었지요. 제가 돼지고기 생강구이를 사려고 줄을 서 있었는데, 앞에 있던 게 죠로라서…. 아, 스미레코, 네가 좋아한다고 했던 그 가게야!"

"그래."

그것도 바로 얼마 전에 갔으니까 세이프! 완전 여유롭게 세이프!

아! 왠지 짜증이 난다! 켁! 켁! 켁!

"그러고 보면 스미레코는 독서 이외에 다른 취미가 있던가? 중학교 때는 항상 책만 읽었지만, 내가 모르는 게 있으려나…."

"딱히 당신에게 가르쳐 줄 만한 취미는 없어."

"그렇군! 혹시 달리 새로운 취미를 갖고 싶거든 언제든지 이야기해!"

호스가 참 꿋꿋하긴 한데 말이지…. 조금은 팬지의 발언의 의도를 알아차려라….

그보다 호스와 팬지의 관계는 진짜로 뭐지?

팬지는 아무리 봐도 호스를 싫어한다. 반대로 호스를 보자면,

아마도 이 녀석은….

"정말로 설마 이런 곳에서 스미레코와 만날 줄은 생각도 못 했기에 굉장히 기뻐! 저, 저기… 스, 스미레코는 어떻게 생각해? 나와 만나서 기쁘다든가…."

그렇겠지! 좋아하는 거지, 어떻게 봐도!

"조금 놀란 정도야. 그 이외의 감정은 딱히 없어."

"그럼 예전과 같은 관계가 될 수 있다는 거네! 좋았어!"

그게 기뻐할 포인트야?! 아니, 실망하는 편이 낫잖아!

"모처럼 만났으니 한 가지 가르쳐 줘! 스미레코는 왜 그렇게 외모를 바꾼 거야?"

하지만 호스도 대단하네~ 팬지는 중학교 때에는 원래 모습이었잖아?

지금은 땋은 머리에 납작 가슴에 안경 상태인데, 이 녀석이 팬지라는 걸 한 방에 알아보다니.

나도 본인이 밝히기 전까지는 전혀 못 알아봤는데….

"당신이 모르는 친구의 영향과 중학교 시절과는 다르게 기분을 전환하려고."

기분 전환이라는 편리한 말이로군. 여러 가지 의미로 써먹을 수 있지.

"어어…. 그러면 슬슬 본론으로 돌아갈까!"

"그렇군요! 죄송합니다, 딴 얘기가 너무 길어서!"

코스모스가 팬지의 태도에 식은땀을 흘리면서 이야기를 본론으로. 감사합니다, 학생회장.

"호스, 너는 작년부터 도서위원을 맡아서 토쇼부 고등학교 도서실의 이용자를 많이 늘렸다지? 사실 그쪽 도서실도 폐쇄 직전이었다는 이야기를 듣고… 그 궁지를 어떻게 벗어났는지 가르쳐 주었으면 해."

호스가 팬지의 지인이라는 것만 해도 놀랍지만, 설마 토쇼부 고등학교 학생이었다니.

뭐, 야구부는 아닌 모양이니까, 별문제야 없을 것 같지만….

"처음에 한 건 팸플릿 제작이었습니다. 아침에 교문이 열리는 동시에 준비해서, 등교하는 학생들에게 도서실 팸플릿을 나누어 주었지요. 다만 그냥 나누어 주기만 하면 아무도 안 보겠다 싶어서, 식당에 부탁해서 쟁반 근처에 놔두기도 하고, 선생님의 허가를 받아서 게시판에도 붙였습니다. 그 내용은 도서실에 책이 얼마나 많은가, 학생들의 흥미에 맞는 책의 소개, 같은 것이지요. 역시나 중고등학생에게 메인이 되는 것은 동아리 활동, 공부니까, 거기에 도움이 되는 책과 기분 전환을 위한 오락 관련 책을 특히나 중점적으로!"

너 말이지, 아까 딱히 내세울 게 없다고 말했는데, 그거 꽤나 대단한 일이거든?

조금 더 자신의 힘을 자각하자.

"그리고 저 혼자서 할 때는 숫자에 한계가 있었지만, 중간부터 친구들이 협력해 줘서 서서히 도서실에 오는 사람이 늘어나고 대성공했습니다!"

과연. 친구(미소녀)의 힘인가.

즉, 우리도 여기에 있는 미소녀들을 최대한 동원하면 될 것 같다. 다들, 힘내자.

"일단 팸플릿 돌리기. 도서실의 존재와 유용성을 이해시키는 것부터일까."

코스모스가 학생회장 모드로 노트에 필기. 꽤나 진지한 모습이 엿보인다.

"코스모스 씨, 대단하네요. 꼼꼼히 필기를 하다니 기뻐요. 제 친구는 항상 듣기만 하고 멋대로 행동하니까, 이게 또 큰일이라서…. 코스모스 씨가 우리 학교에 있었으면 아주 든든했겠는데요."

"어?! 그, 그래? 왠지 부끄럽네…. 아, 아하하…."

어이, 아까까지의 예의 바른 태도는 어디로 갔어? 은근슬쩍 소녀 모드로 들어가지 마.

"팸플릿 인쇄라면 신문부를 활용하면 어떻게든 될 테니까 맡겨 주시길! 게다가 모두가 흥미를 가질 만한 캐치프레이즈도 제 전문 분야입니다!"

"신문부가 있으니 든든해! 아스나로, 고마워!"

"무, 무슨…. 아이다. 내는 내 할 수 있는 일을 할 뿐이라요…."

너도냐, 사투리 여자! 좀 부끄럽다고 바로 사투리를 하지 말라고!

"그 밖에 한 일은 도서실의 환경을 바꾼 거지요. 처음에 온 학생이 어디에 무슨 책이 있는지 알기 쉽도록, 책의 위치를 변경하고 표지판도 만들었습니다. 나중에는 시기에 맞춰 특별한 책장을 만들어서 도움이 될 만한 책들을 거기에 진열하기도 하고요."

"와아~! 왠지 재미있겠어!"

"응, 내 경우에도 힘들긴 했지만 재미있었으니, 분명 좋은 추억이 될 거야. 히마와리도 도서실을 지키기 위해서가 아니라 즐거운 추억을 위해서 노력하면 좋을 거야!"

"정말?! 알았어! 에헤헤…"

…큰일인데. 히로인들이 엄청난 속도로 호스에게 공략당하고 있다.

이건 그거냐? 다음 권부터는 '내가 좋아하는 건 너뿐이야'가 시작되려는 전조겠지?

타이틀 사기를 친 반동으로 타이틀은 물론이고 주인공까지 바뀔 것 같다….

"그럼 내일부터 할 일을 생각하면, 사람을 더 확보해 두고 싶네. 다른 도서위원들에게 부탁하면…."

"코스모스 선배, 그건 어려울 거라 생각합니다."

"무슨 소리야, 팬지? 너 이외에도 도서위원인 학생은 있으니까, 그들에게도 도와 달라고 하는 편이 좋을 것 같은데?"

"애초에 작년부터 제가 도서실을 쓰고 싶다는 이유로 다른 도서위원들과 교대로 해야 할 도서실 관리를 혼자 하고 있었습니다. 그러니 도서실이 없어질 것 같으니까 협력해 달라는 건 너무 뻔뻔한 이야기라고 생각합니다."

일리가 있군. 뭐, 다른 도서위원들이 보자면 귀찮은 일을 안할 수 있어서 오히려 잘됐다고 생각했을 것 같지만, 그게 아니더라도 없어질 것 같으니 도와 달라는 말은 너무 뻔뻔하다.

"그거라면 저한테 아이디어가 하나 있는데요…. 괜찮다면 내일까지 준비해 오겠습니다!"

"호스는 든든하네! 그럼 내일도 기대하도록 할게!"

"아하하. 그런 말을 들으니 왠지 긴장되는데요."

어쩐다…. 대화가 시작된 뒤로 완전히 호스의 독무대다.

"아, 호스에게만 맡기고 있을 순 없지. 그럼 나는 학교 쪽에 팸플릿 배포를 해도 된다는 허가를 받아 올게!"

"그럼 나는 친구들한테 말해 볼게! 도서실에서 책을 빌리라고 부탁해야지!"

"그럼 저는 신문과 함께 팸플릿을 제공할 수 있도록 부장에게 말해 보겠습니다! 지금까지도 몇 번 비슷한 일을 했으니까, 이번에도 허가가 나올 거라 생각합니다!"

안 돼, 안 돼…. 각자가 각자의 특기 분야로 차례차례 활약하기 시작했다.

이대로 가다간 내 존재 의의가 점점 흐려진다.

"난 책 정리를 할게. 다른 학생들이 흥미를 가질 만한 책을 고르면서."

아, 마침 잘됐다. 팬지를 도우면 조금은 존재 의의가 회복되겠지.

마침 여기에 있기 껄끄러우니까 일석이조다! 그럼 팬지랑….

"스미레코, 그거 나도 도와도 될까? 아직 이 도서실에 대해선 모르는 것도 많고!"

선수를 빼앗겼다! 왜 태연하게 내 생각을 먼저 실행하는데?!

"혼자서도 괜찮아."

거기서는 평소처럼 '죠로랑 같이 하면 돼'라고 말해 주세요!

우우…. 평소에는 싫어했으면서 뻔뻔한 생각이라는 건 알지만, 지금만큼은 팬지의 그게 그립다! 아아…. 타박타박 걸어가는구나….

"좋아! 그럼 팬지가 책을 정리하는 사이에 우리는 팸플릿 내용을 생각할까! 다 함께 이것저것 아이디어를 내서 정리해 보자!"

"저, 저기… 코스모스 회장…. 나도…."

"응? 왜 그래, 죠로?"

"아뇨, 아무것도 아닙니다…."

그게 말이지, 나도 뭔가 나름대로 아이디어를 내놓을까 했어.

하지만 딱 잘라 말하자면, 떠오르는 게 하나도 없었단 말이야.

큰일이야. 이대로 가다간 존재 가치가 흐려질 대로 흐려져서 사라질 것만 같아….

어떻게든 기사회생의 한 수를…. 그렇지! 아까 도서실에 일손이 더 필요하다는 말이 나왔지!

그럼 도와줄 만한 사람을 내일 내가 데려오면 좋지 않을까?

꽤나 위험한 상대지만, 딱 좋은 상대가 한 명 있고.

그 녀석이라면 내게 빚도 있고, 마음을 담아서 잘 부탁하면 도와줄 가능성이 있다.

…아니, 그냥 돕게 하는 것만으로는 별로다. 거기에 추가로 도서실에 올 학생이 좋아할 만한 것을 준비하게 해서 사람들을 끌어 모을 재료로 삼는 건 어떨까?!

좋아, 그걸로 가자. 크크큭… 호스여, 내일은 안 질 거니까 각오해라!

※

다음 날 쉬는 시간 복도.

"어이~ 사잔카! 나한테 빚이 있지? 도서실에서 사람을 모으려고 네 브래지어를 책 사이에 덤으로 끼워 줄까 하거든. 그걸 좀 도와….”

“너는 그냥 죽어 버려!”

“히데부*!!”

※

다음 날 방과 후 도서실.

“처음 뵙겠습니다!” “처음 뵙겠습니다.”

도서실에 울리는 두 미소녀의 목소리. 이것이 어제 호스가 말했던 ‘한 가지 아이디어’.

말하자면 호스가 새로운 도우미를 두 명 더 데려와 준 것이다.

나는 세기말 패자에게 마음을 담아 정중하게 부탁했더니 어째서인지 북두유파참(北斗柔破斬)*이 돌아왔는데, 이 차이는 대체 뭐지? Me는 Shock다*.

참고로 첫 대면이지만, 나는 일방적으로 이 두 사람의 얼굴을 알고 있다.

왜냐면 이전에 호스를 만났을 때 스마트폰에 붙어 있던 스티커 사진에 찍혀 있던 두 사람이기 때문이다.

※히데부 : 만화 「북두의 권」에서 나오는 단말마의 비명 중 하나.
※북두유파참 : 만화 「북두의 권」에 나오는 격투 기술 중 하나.
※Me는 Shock다 : 애니메이션 〈북두의 권〉 오프닝곡 중의 가사 ‘You는 Shock’의 패러디.

"나는 토쇼부 고등학교 3학년이고 학생회장을 맡은 사쿠라바라 모모(桜原桃)야! 모두에게는 이름의 '사쿠라(桜)'와 '모모(桃)'를 따서 '체리(桜桃 앵두)'라고 불리고 있으니까 그렇게 불러 줘! 아, 하지만 남자들은 좀 말하기 힘드려나? 크크크큭⋯."

"아니, 체리 회장! 그런 말을 하는 건⋯."

"하하하하! 호스찌가 얼굴을 붉히면 어떡해! 아, 스미레코찌, 오랜만~"

뭐라고 할까, 학생회장치고는 꽤나 스스럼없는 사람이네.

키는 160센티미터 정도. 동글동글한 눈동자에 밝은 미소가 잘 어울린다.

헤어스타일은⋯ 우와아⋯. 양 사이드가 오징어링이다. 저거, 어떻게 한 거지?

"나는 쿠사미 루나(草見月). 별명은 '츠키미(月見)*'. 호스의 소꿉친구고 2학년. 잘 부탁해."

또 한 명은 체리와 대조적으로 분위기가 차분한 여학생이다. 이름은 빛나고 있지만.

별로 자기주장이 없는 타입일지도 모르지만, 대신 작은 몸에 비해 눈에 띄는 훌륭한 가슴이 자기주장을 마구마구 하고 있다. 크네⋯. 팬지와 비슷한 정도 아닌가?

※츠키미(月見) : 일본어로 '달구경'이라는 뜻으로, 달맞이꽃은 月見草라고 한다.

그런데 이 두 사람은 호스를….

"호스찌, 내가 열심히 일하면 뭐 해 줄래? 데이트? 데이트?"

"나는 또 호스 방에 가고 싶어. 침대 기분 좋아."

"와앗! 아, 아니, 두 사람! 갑자기 이상한 소리 하지 마!"

유죄! 죠로 재판관의 판결은 유죄가 상당히 농후합니다!

보디 터치가 장난 아냐. 양옆에서 각각 팔을 두르고 있어.

"호스. 그러면 오늘은 어떻게 할 거지? 내가 어제 팸플릿 내용을 정했으니, 다음은 디자인 쪽을 확실히 정해야 한다고 생각하는데…."

"네, 그렇지요. 내일부터는 본격적으로 행동하는 편이 좋다고 생각하고…. 오늘 중에 팸플릿의 디자인을 결정하고 인쇄, 그리고 도서실 환경의 정비를 마치지요! 그러니까 팸플릿 디자인을 결정해서 인쇄하는 그룹, 도서실 환경을 정리하는 그룹으로 나누어서 행동하는 게 좋을 겁니다. 작년에 저희가 만들었던 팸플릿도 가져왔으니 참고해 주세요!"

"아하하! 그때 생각나네! 남녀별로 팸플릿을 나누어 만들고! 남자한테는 스포츠 관련 책을, 여자한테는 맛있는 카페 정보가 실린 잡지를 소개했어! 함께 돈을 모아서 도서실에 별로 안 들여놓는 책을 사기도 하고."

"도서실 환경이라면 시험에 도움이 될 만한 책을 눈에 띄는 장소에 비치했더니 효과가 있었어. 팸플릿은 어디까지나 사람들을 도서실로 끌어오는 계기고, 온 사람에게는 그것과는 별개로 효과적인 책을 소개하는 게 좋아."

안 돼애애애! 도우미 두 사람도 그렇게 바로 활약하지 마아아!

"그렇군! 참고가 될 만한 의견 고마워! 그럼 일단 그룹을…."

"아! 우리 토쇼부 멤버는 환경 정비하는 그룹으로 어때? 아직 여기 도서실을 잘 모르니까, 그걸 알아 두는 게 먼저겠지! 하지만 그러자니 숫자가 어중간한가. …그럼 스미레코찌도 이쪽으로 와! 오랜만에 만났으니까 느긋하게 이야기 나누고 싶고!"

"나도 찬성. 스미레코랑 같이 하는 게 좋겠어. 중학교 졸업한 뒤로 이야기도 못 했잖아."

"…추억담은 도서실이 폐관한 뒤에라도 괜찮다고 생각해."

팬지 녀석, 오늘도 은근히 싫어하는 기색이로군.

…어쩔 수 없지. 도서실 건으로는 전혀 활약 못 하겠으니, 이쪽으로 활약하도록 할까.

"아, 미안합니다. 가능하면 나도 도서실 정비를 하고 싶은데, 팬지가 아니라 내가 들어가면 안 되겠습니까?"

자, 이걸로 불만 없겠지, 팬지! 여기서 내가 들어가면….

"난 죠로랑 같이 있는 게 좋아."

나의 활약 장면을 돌려줘! 왜 꼭 오늘을 골라서 어제 내가 듣고 싶었던 말을 최악의 타이밍으로 던지는 거야! 전혀 기쁘지 않으니까!

"죠로, 도서실을 지키기 위해, 나 열심히 할게."

그 두 손으로 주먹 쥐는 건 또 뭔데?! 괜히 귀여운 포즈로 의욕을 어필하지 마!

"너, 너무해, 팬지! 나도, 저기… 죠로랑 같이 있는 게… 좋은데…."

"우우~! 팬지! 나도 그쪽이 좋아! 죠로랑 같이!"

"죠로, 저랑 같이 환경 정비를 하지요! 저는 몸을 움직이는 게 특기니까요!"

삐이이이! 팬지의 한마디로 순식간에 혼돈이 탄생했다.

"아하하…. 왠지 대단하네. 죠로찌, 파이팅~"

"조금 깜짝. 죠로, 인기인은 고생이네."

젠장! 이 녀석들, 착한 녀석들이잖아! 이쪽 분위기가 엉망이라서 정말로 미안!

어쩐다…. 이 상황을 타개하기 위한 방법은 전혀….

"으음, 큰일이네…. 아, 그렇다면 제비뽑기로 하지 않을래? 모르는 사람들도 많이 있으니까, 이 기회에 다들 친해지자!"

어째서 내가 좋은 모습을 보이려고 하면, 호스가 멋지게 돋보이는 걸까?

가끔은 나도 활약하고 싶은데…. 도무지 방도가 보이지 않는다.

※

그 뒤 제비뽑기로 그룹을 나눈 우리는 각각 팸플릿 작성, 인쇄와 도서실 환경 정비를 완수. 간신히 팬지와 호스는 그룹이 나뉘었기에 그쪽으로도 세이프.

이럭저럭 해서 현재는 교문. 다 같이 도서실을 뒤로한 참이다.

다만 아스나로만큼은 오늘 도서실의 변혁을 내일 신문에 기사로 실어야 한다면서 혼자 신문부 동아리방으로 떠나갔기 때문에 여기에 없다.

"으음! 오늘은 수고했어! 이 정도면 분명 내일부터 사람이 많이 와 줄 거야!"

"그래, 여러모로 고마워, 체리! 너희가 와 줘서 정말로 큰 힘이 되었어!"

앞에서는 팸플릿 그룹에서 의기투합한 코스모스와 체리가 대화하고, 그 뒤에서는 도서실 그룹에서 친해진 히마와리와 츠키미가… 음, 어라?

츠키미가 이쪽으로 다가왔다.

"저기, 죠로는 이다음에 시간 있어? 나, 죠로랑 하고 싶은 이야기가 있어."

"어? 츠키미가 나랑?"

"응."

"오, 츠키미찌 나이스~! 나도 죠로찌랑 하고 싶은 이야기가 있었으니까 끼워 줘!"

어라? 이게 어떻게 된 거지? 갑자기 미소녀들에게 연달아 지명을 받는데?

이상하네? 나는 오늘도 대단한 활약을 하지 않았을 텐데… 혹시 그건가?

자각 없이 뭔가 멋진 일을 해내서, 두 사람이 내게 두근거리는 마음을 품었다든가!

"그리고 코스모스찌랑 히마와리찌도 와. 모처럼이니까 두 사람이랑도 이야기 나눠 보고 싶어!"

아, 아니네. 내 착각이란 패턴이군. 저 두 사람도 불렀으니까.

"우리도? 나는 상관없지만, 히마와리는 어때?"

"응! 나도 괜찮아! 이야기하자!"

아니, 나도 상관은 없지만. 우리 다섯 명이서 어딘가에서 이야기한다면….

"그러면 결정! 우리 다섯 명은 남고, 스미레코찌와 호스찌는 둘이서 돌아가! 자, 둘이서 예전 이야기로 꽃을 피워 봐!"

그렇게 되는 거네? 팬지 녀석, 호스와 둘이서 돌아가다니… 괜찮을까?

"……."

전혀 안 괜찮은 것 같은데! 말없이, 엄청 우울한 표정으로 고개를 수그리고 있어!

"아…. 잠깐만 기다려 주겠어? 엄마한테 늦어진다고 연락 좀 할 테니까."

"응, 좋아."

츠키미에게 허락을 받았으니, 엄마에게 메일을 송신. …이러면 됐다.

"그럼 얼른 가자! 호스찌는 스미레코찌랑 둘이서 사이좋게~"

"알겠습니다. …어, 그럼 스미레코, 나랑 같이…."

"나는 볼일이 있으니까 호스랑은 다른 방향이야."

"어? 그, 그래…?"

"그래. 친구한테서 같이 저녁 먹자는 메시지가 왔어."

"스미레코찌, 그거 정말~?"

팬지의 담담한 발언에 체리의 눈이 반짝. 살짝 의심하는 기색이다.

"정말이에요, 사쿠라바라 선배. …여기."

"으음~ 어디어디~…. 우왓! 진짜다! 그보다 스미레코찌의 친구, 메일에서 무지 흥분한 말투."

"그렇죠. 아주 재미있고 멋진 사람이에요."

"스미레코, 새 친구가 많이 생겼구나! 난 왠지 기뻐!"

왜 너는 좋아하는 여자랑 같이 돌아갈 수 없는데, 그렇게 포지티브한 거냐!

"그럼 난 이만! 스미레코, 괜찮다면 다음에 그 친구를 나한테도 소개해 줘!"

뭐… 일단 오늘은 괜찮으려나. 호스, 활짝 웃으며 돌아갔고.

"그럼 나도 이만."

이어서 팬지도 호스와 다른 방향으로 걸어갔다.

그 뒷모습에서는 평소라면 상상도 할 수 없을 정도로 우울한 오라가 마구마구 나오고 있었다.

"좋아! 그럼 우리도 이동하자! 이 근처에서 느긋하게 이야기할 수 있는 장소 알아?"

"그렇다면…. 이야기가 길어질 것 같으면 근처 카페는 어떨까?"

다행이다! 공원이 아니라서 정말로 다행이다! 고마워, 코스모스!

"OK! 그럼 카페를 향해 같이 가 보자!"

그런데 체리와 츠키미가 할 이야기라는 게 귀찮은 쪽은 아니겠지?

그렇다면 어쩌지? …도망칠까.

※

역 근처에 있는, 스팅어 군의 필살기와 비슷한 이름의 카페*에

※스팅어 군의~ : 일본에서는 '스타벅스'를 '스타바'라고 줄여 부른다.

도착하자, 여자 넷은 좌석을 확보. 나는 혼자 음료 주문 & 구입 담당. 홋. 겨우 내가 활약하는 장면이 나타났군.

그러니까 전혀 신경 쓰지 않는다. 그럼 음료를 쟁반에 얹어 들고 렛츠 고.

"아, 죠로, 마실 것 고마워. 그럼 여기에."

어머나~ 코스모스도 일부러 일어서면서까지 나를 한가운데에 앉혀 주는 거야? 즉, 코스모스와 히마와리의 샌드위치인가. 우히히…. 조금 러키.

"좋아! 그럼 바로 이야기를 시작할까!"

자, 이 두 사람은 대체 우리에게 무슨 이야기를 하려는 걸까? 호스 관련일 것 같지만….

"일단 확인하겠는데, 죠로찌는 스미레코찌를 좋아해?"

"후엣?!" "호오?!"

체리 녀석, 갑자기 무슨 소리를 하는 거야? 첫 대면에 그런 걸 묻다니, 대단한데.

또 양 사이드의 두 사람, 나보다 먼저 재미있는 반응을 보이지 말아 줘. 일단 내 대답 말인데….

"아니, 전혀."

무슨 사정이 있든 이건 흔들림 없다. 뭐, 진짜 외모는 예쁘고, 성격에도 익숙해져서 이전보다 혐오감은 없지만, 그래도 좋아한다고 확실히 말할 수 있을 정도는 아니다.

그런데 왜 갑자기 이런 확인을 하는 거지?

"그럼 우리랑 같이, 호스찌랑 스미레코찌를 연인으로 만드는 걸 도와줘!"

또 그거냐! 적당히 좀 해라! 얼마 전에도 비슷한 일을 했는데! 코스모스와 히마와리를 봐! 왠지 입을 쩌억 벌리고 있잖아!

"어어, 왜 또 갑자기 그런 걸?"

"그야 물론 호스찌가 스미레코찌를 좋아하니까! 보면 알잖아?"

아니, 옳으신 말씀이긴 한데, 그거랑은 별개로 한 가지 알았다고 할까, 의심스러운 게 있는데. 너희의 마음이 어떠냐 하는….

"저기…. 두 사람에게 호스는 어떤 존재인데?"

내 판결이 잘못되었다는 소리일까? 사실은 무죄였다…?

"좋아해. 호스는 나한테 제일 소중한 사람."

"호스찌는 내가 좋아하는 남자야! 물론 연애의 의미로!"

"우효옷?!" "후뻿?!"

유죄도 아니고 극유죄다아아! 네놈들은 진지한 얼굴로 무슨 소리를 하는 거야?!

히마와리와 코스모스가 놀라서 기묘한 소리를 내는 사람이 되었잖아!

"나는 알고 지낸 기간으로는 츠키미찌에게 전혀 못 당하지만.

이러니저러니 해도 소꿉친구고!"

소꿉친구라는 이유만으로 기본적으로 반한다는 식으로 말하지 말아 줄래?

그게 아닌 경우도 드물게 있으니까.

"기간은 관계없어. 체리 선배가 호스를 좋아하는 건 알아."

"그렇게 말해 주니 부끄럽네~!"

맹우라는 이 느낌은 뭔데? 내가 아는 케이스라면, 같은 남자를 좋아하는 여자들은 여러모로 뭔한 배틀을 거듭하거든? 당사자는 지금 나를 샌드위치로 만들고 있는 두 사람이지만.

"중학교 때 이런저런 일이 있었어. 호스찌에게는 정말로 도움을 많이 받았고. 내가 학생회에서 큰 실수를 했을 때, 호스찌가 필사적으로 뒤를 봐주기도 하고."

"난, 호스의 다정한 면이 좋아. 초등학생 때, 같은 반 여자애의 지갑이 없어져서 범인으로 몰렸을 때 호스만은 끝까지 믿어줬고, 없어진 지갑을 열심히 찾아 줘서… 정말로 기뻤어. 나는 포기했는데…."

"아, 아니…. 그런데 왜 팬지와 호스를?"

아무리 생각해도 거기서는 자기가 여자 친구가 되려고 애쓸 거라 생각하는데, 아니야?

"우후후~! 죠로찌, 간단해! 나도 츠키미찌도 호스찌에게 도움을 받았지. …그러니까 우리는 호스찌가 세상에서 제일 행복해

지기를 바라!"

"어…? 해, 행복?"

"그래! 나보다도 좋아하는 사람이 중요한 건 당연하잖아?"

"그래서 팬지랑 호스를 연인으로 만들려고?"

"이해력 있네, 죠로찌! 바로 그래!"

즉, 이 두 사람은 자신들이 좋아하는데도 불구하고, 그 마음을 덮어 두고 호스가 팬지와 사귈 수 있도록 도와주려고 한다는 소리?

"저기, 츠키미, 그래도 돼? 호스가 다른 사람하고 사귀면…."

놀라는 사람 1＝히마와리가 간신히 부활해서 안절부절못하며 츠키미에게 질문.

그렇게 '나만 이해 못 하는 걸까?'라는 불안한 표정을 하지 않아도 돼.

솔직히 말해서 나도 전혀 이해를 못 하겠다.

"응, 괜찮아. 좋아하는 사람이 행복해졌으면 해."

"어, 어어…. 그건 츠키미의 말이 맞는 것 같지만… 그걸 자기가 이뤄 내고 싶다든가, 자기도 행복해지고 싶다고 할까…."

놀라는 사람 2＝코스모스도 여기서 부활.

꽤나 조심스럽긴 하지만, 잘 들어 보면 핵심을 찌른 질문이다.

"으음! 그런 마음도 있기는 있는데… 그만뒀어! 여러 가지로 일이 좀 있어서~"

"여러 가지로 일이…. 그걸 물어봐도 괜찮을까?"

"아…. 응! 그래! 협력을 얻으려면 제대로 설명하는 편이 좋겠지만… 츠키미찌, 괜찮을까?"

"괜찮아. 나도 이야기하는 편이 좋다고 생각해."

"OK! 그럼 내가 설명하지!"

자, 대체 어떤 길을 걸으면 이런 결론에 도달하지?

"중학교 때 이야기인데 말이야, 나랑 츠키미찌, 아주 사이가 나빴어. 둘이서 호스찌를 좋아해서 말이지, 어느 쪽이 앞설지로 승부하는 듯한 구석이 있어서…."

어. 이거 어디선가 들은 적 있는 이야기다.

"물론 호스찌가 있는 앞에서는 표면상 사이좋게 지냈거든? 하지만 서로 티격태격하는 면이 있으니 좋아하는 사람과 함께 있는데도 전혀 즐겁지 않았어…."

즉, 두 사람은 호스의 마음을 GET하기 위해서 이런저런 짓을 하다가 험악한 상태였다는 말인가.

"체리 선배가 아주 좋은 사람이란 건 머리로는 알지만. 하지만 그런 문제가 아니었어. 아무리 좋은 사람이라도, 호스를 빼앗길 수 없어서…."

아니, 그야 그렇겠지. 미안하지만, 나는 상대가 아무리 좋은 녀석이라도, 나의 소중한 것을 빼앗아 간다면 봐주지 않아. 전력을 다해 다리를 붙들고 싸울 거야.

"하지만 어느 날 깨달았어. 결국 나는 호스를 전혀 생각하지 않았어. 내 생각만 했어. 게다가 또 하나의 소중한 것도."

"츠키미의 소중한 것이라면… 뭔데?"

"친구. 체리 선배나 호스랑 같이 있는 모두를."

"고마워~! 츠키미찌! 나도 츠키미찌를 좋아하니까!"

감격한 체리가 츠키미를 덥석 껴안았다. 조금 힘들어 보인다.

"체리 선배… 답답해."

"어, 미안, 미안! 어어… 뭐, 이런 느낌! 우정과 연애는 양립할 수 없다! 그러니까 그럴 거면 우리는 우정을 중요시하고 싶어. 게다가 내가 아니라… 좋아하는 호스찌의 행복을 최우선으로 생각하고 싶다는 걸 깨달았어!"

그렇군. 그래서 자기 마음보다 상대 남자의 마음을 생각해서 행동한다는 거로군.

무진장 헌신적이고 좋은 여자들이잖아.

하지만… 너희들 진짜로 인간이냐? 너무 달관한 거 아냐…?

자기가 무리라고 해도 말이지, 거기서 응원하며 서포트하는 건 보통은 못 하거든?

"애초에 호스찌도 너무해! 그렇게 열심히 해도 전혀 우리의 마음을 몰라주니까!"

"호스는 바보. 너무 올곧아서 항상 주위를 안 봐."

전부 다 말하고 후련해졌는지, 체리와 츠키미는 농담을 섞어서 웃으며 호스에 대한 푸념을 했다. 뭐, 그 녀석이 알아줄 것 같지는 않아….

그런 두 사람의 대화가 끝나자, 코스모스가 애용하는 노트를 펼치면서 크게 한숨을 내쉬었다.

다소 곤혹스러운 기색이긴 하지만, 그래도 말하기로 한 걸까, 눈동자에 강한 빛을 담았다.

"…너희의 마음은 알았어. 왜 협력을 바라는지도…. 다만… 한 가지 석연치 않은 점이 있어. 그건… 팬지의 마음은 어떨까? 분명히 호스는 팬지를 좋아할지도 모르지. 다만 팬지는 아니다… 라고 생각해."

"물론 그 점을 생각하지 않은 건 아냐! 호스찌가 좋아하는 여자니까! 그 애도 행복해졌으면 하는 마음이야! 그러니까 처음에 물어본 거야!"

왠지 체리가 꽤나 진지한 표정으로 나를 바라보았는데….

어어, 처음에 무슨 질문을 했더라?

"…죠로찌는 스미레코찌를 좋아해?"

"으윽! 아, 아니…. 전혀…."

"그렇지. 아까랑 대답이 다르지 않아서 안심했어. 즉…."

…당했다. 그래서 체리는 처음에 내 마음을 확인한 건가….

"…스미레코찌. 이대로는… 실연하고 끝인 거네?"

우리에게 팬지의 실연에 대한 구제안이라는 대의명분을 제공하기 위해서….

"그룹을 나눌 때는 깜짝 놀랐어. 스미레코찌가 그런 식으로 확실히 '같이 있는게 좋다'고 말할 줄 몰랐으니까. 그 뒤에도 스미레코찌는 몇 번이나 죠로찌에게 신경을 썼어. 그걸 보니까 딱 감이 오더라고. 스미레코찌는 죠로찌를 좋아하는구나, 라고!"

"우리는 호스만이 아니라 스미레코도 잘 보고 있어. 그래서 바로 알았어. 죠로는 대단해. 스미레코처럼 강한 아이가 의지하다니."

"뭐, 호스찌는 모를 거라 생각하지만! 아하하하!"

"그, 그렇습니까…."

집에 가고 싶다~ 지금 당장이라도 이 자리에서 돌아가고 싶다….

"하지만… 차인 뒤에 외톨이가 된 스미레코찌는 불쌍하잖아? 그럴 거면 우리의 마음을 밀어붙여서라도 호스찌랑 사귀는 편이 행복해질 수 있을 거야. 혹시 호스찌가 부족한 상대라면 반대하겠지만… 그렇지 않잖아! 호스찌는 정말로 멋지고 좋은 녀석이야. 그건 이제까지 계속 함께 있었던 우리가 단언해!"

분명히 호스는 좋은 녀석이지. 그렇게 반짝거리고 솔직한 녀석은 좀처럼 없을 거야.

같은 남자로서도 평가할 수 있는 포인트는 많다.

윽! 왠지 츠키미가 조용히 투지가 담긴 눈으로 날 보고 있다.

엄청난 박력이다.

"죠로, 당신이 스미레코의 마음 한가운데에 있는 가장 소중한 사람. 열쇠를 쥔 사람이네?"

"그건… 그럴지도."

"우우~…. 나도, 그렇게 생각해…."

코스모스, 히마와리! 거기서만 대뜸 동조하지 마! 좀 돌려서 말해!

아! 도망치고 싶은데 양옆이 딱 틀어막혀서 도망칠 수가 없어!

"…그래서 어때? 세 사람이 우리에게 협력해 주었으면 하는데. 이대로 가다간 가엾을 뿐인 스미레코찌를 도울 수 있을 거 아냐!"

뭐, 체리의 말 자체는 옳다. 팬지는 이대로 가다간 실연하고 끝이다.

그럴 거면 누군가 다른 남자와 사귀는 편이 좋은 결말이라고 할 수 있겠지.

게다가 이 녀석들과 협력해서 팬지와 호스를 짝지어 주면 나도 그 녀석의 주박에서 해방된다. 즉, 이건 내게도 더없는 기회다.

"죠로, 당신의 힘을 빌리고 싶어. 부탁이야. 우리를, 호스를 구해 줘. 나라도 좋다면 뭐든지 할 테니까…."

크으…. 여기서 '도와주지 않으면 도서실 일에 힘을 빌려주지 않겠다'라고 말하며 억지로 우리를 부려먹을 수도 있는데, 그러지 않는 걸 보면… 생각 자체는 많이 다르지만 이 녀석들도 좋은 녀석들이겠지. 츠키미는 자기를 희생하기까지 하고….

미소녀에게서 '뭐든지'라는 건 최고의 말이잖아. 하지만….

"…미안하지만 협력할 수는 없어. 남의 연애에 개입하는 것에는 트라우마가 있어서. 내가 그런 일에 끼어들었다간 좋은 꼴 못 봐."

또 팬지에게 들키면 죽을 거다. 물리적으로도 정신적으로도 사회적으로도, 아마도 사후에도.

"스미레코를… 사실은 좋아해?"

"그런 문제가 아닐 뿐이야. 내 마음은 아까도 말했잖아?"

"그런가. …응, 알았어."

우우…. 왠지 미묘한 죄악감이…. 하지만 무리인 건 무리다.

"어차, 죠로찌는 안 되나. 그러면 두 사람은 어때?"

코스모스와 히마와리는 어쩔 생각일까? 거절할까, 거절하지 않을까….

"나도… 미안하지만 협력은 할 수 없어. 팬지의 마음을 존중… 하고 싶어…."

"나도 무리…. 미안해…."

다행이다! 거절해 주었어! 물론 처음부터 믿고 있었어! 물론이 잖아!

"으음…. 협력을 얻으면 좋았겠지만, 마음대로 안 되네! 응!

너희 마음은 알았어! 이야기를 들어 줘서 고마워!"

"괜히 이런 이야기를 해서 미안해. 하지만 우리의 솔직한 마음이니까."

"그럼 오늘은 이만 해산! 내일부터 또 잘 부탁해!"

"그럼. 히마와리, 코스모스, 죠로."

이렇게 우리의 대화는 끝나고, 츠키미와 체리는 돌아갔다.

"어어, 으음… 우리도 돌아…갈까요?"

츠키미와 체리가 떠난 카페에서 두 사람에게 그렇게 말했지만 반응은 없음.

코스모스는 궁지에 몰린 것처럼 노트를 바라보고, 히마와리는 조용히 고개를 숙이고 있다.

"…죠로, 히마와리랑 잠깐 이야기를 하고 싶으니까, 미안하지만 먼저 돌아가 주겠어?"

"아, 네! 아, 알겠습니다!"

"죠로… 미안해…."

"아, 아니…. 신경 쓰지 마! 그럼 난 갈게! 내일 또 봐!"

두 사람이 무슨 이야기를 하려는지는 모르겠지만, 내가 여기서 떼를 써도 소용없다.

지금은 얌전히 돌아가자. 집에서 할 일도 좀 있고….

※

　집에 도착해 현관문을 열자, 귀여운 발소리가 들렸다.

　내 눈앞에 브로콜리 같은 머리의 중년 주부가 웃으며 나타났다.

　키사라기 케이키. 스스로에게 '로리에'라는 애칭을 붙이고 히로인 사이에 들어가려는 야심이 넘치는 내 엄마다.

　"어서 와~ 아마츠유! 오늘은 늦었잖앙~☆"

　왜 이리 마음이 놓이지? 역시 나의 일상으로 돌아왔다는 느낌이다.

　"네, 왔어요."

　"재미있었어~! DVD 보고 아주 즐거워했거든냥☆"

　그러십니까. 냥냥 엄마. 이미 충분히 안심했으니까, 그 이상은 하지 마.

　"하지만 스미레코도 부끄러움을 다 타네~! 아마츠유한테서 '팬지가 엄마랑 놀고 싶어 한다'는 메일을 받지 않았으면 오늘은 안 불렀을 텐데!"

　"재미있었다니 다행이네. 어어…. 그래서 팬지는 돌아갔어?"

　"후후후…. 궁·금·해?"

　"후후후…. 아·니."

　"아마츠유, 솔직하지 않구나~! 스미레코는 아마츠유의 방에서 쉬고 있어~!"

어이, 왜 매번 국소적으로 거길 노려서 쉬는데?

컬렉션은 전부 철거당했지만, 그래도 기분이 복잡해지잖아.

"스미레코의 이야기, 잘 들어 주렴."

아무래도 엄마도 팬지의 이변을 알아차린 모양이다. 역시나 사이가 좋군.

"그럼 잠깐 팬지랑 이야기하고 올게. 저녁은 먼저 먹어도…."

"안 돼☆ 아마츠유랑 스미레코의 이야기가 끝나거든 셋이서 먹자멍☆"

우리 엄마는 평소에는 언동이 장난스러운데, 이럴 때만큼은 자상해서 큰일이다.

하지만 수인화(獸人化)가 속속 진행되고 있어서 더 큰일이다.

아니, 그리고 보면 나도 저번에 쥐가 되었지. 피는 속일 수 없나….

방 앞에 도착해서 손잡이에 손을 댔을 때 일단 스톱.

그리고 보니 저번에 노크에 대해 클레임이 있었지. 그러면… 문을 똑똑.

"들어오세요."

왜 나는 내 방에 들어갈 허락을, 가족도 아닌 녀석에게 받아야만 하는 걸까?

"여어."

방 안에 들어가자, 안경은 끼고 있지만 땋은 머리와 무명천은 해제한 상태의 팬지.

왜 거기에 집착하는 건지 의문이지만, 솔직히… 이건 이거대로 아주 귀엽다.

"안녕. 로리에 씨에게 **우연히** 초대받아서 놀러 왔어."

"그래, 그럴 거라고 생각했어."

얌전히 침대에 앉은 팬지의 옆…은 싫으니까, 휙 의자를 돌려서 착석.

배도 고프니까 단도직입적으로 들어 보도록 하자.

"그래서 너랑 호스는 무슨 관계야?"

츠키미와 체리와의 과거 이야기도 듣고 싶지만, 우선순위로는 이쪽이 위.

나는 문제를 하나씩 차근차근 해결하고 싶은 타입이다.

"어머, 신경 쓰이는 거야?"

"그래. 아무래도 귀찮은 일에 휘말릴 것만 같은 예감이 들어서 말이지. 확실히 해 두고 싶어."

"…미안해."

딱히 그렇게 기운 **빠지**라고 말한 건 아닌데….

아니, 내가 말을 잘못 선택했군. 안 그런 척하고 있지만, 사실은 꽤 힘들겠지.

"화내는 거 아니니까, 일일이 사과하지 마. 일단 가르쳐 줘."

"……하즈키는 나에게 악마 같은 존재야."

"악마라고?"

그러고 보면 이 녀석이 처음 내 방에 왔을 때, 비슷한 소리를 했던 것 같은데….

아니, 틀림없어. 내가 진짜 모습을 보여 달라고 말했을 때 이 녀석은 이렇게 말했다.

ㅡ나를 노리는 악마가 있어. 그 악마에게서 몸을 숨기기 위해 나는 지금 모습을 하고 숨어 있는 거야. 누군가가 나를 지켜 준다면 좋겠는데….

그때는 대충 하는 농담이라고 생각했는데, 그건 호스를 말하는 거였나….

어? 그렇다면 이 녀석은….

"네가 땋은 머리에 안경이 된 건, 호스에게 들키지 않으려는 거였어?"

"그게 전부는 아니지만, 정답이야. 나는 내가 니시키즈타 고등학교에 다니는 걸 같은 중학교에 다녔던 사람들… 특히 하즈키나 사쿠라바라 선배 등에게 들키지 않으려고 지금 모습을 하고 있어."

그렇게까지 할 정도라면 꽤나 싫어하는 거겠지….

"그럼 왜 작년 지역 대회 결승전에서는 그 모습이었는데? 그날은 니시키즈타 고등학교와 토쇼부 고등학교의 시합이었어.
즉, 호스나 그 애들도 그 구장에 있었잖아?"

"그래서 그래."

"뭐?"

"내가 그날 구장에 있었던 건 응원하러 간 게 아냐. 애초부터
하즈키와 만날 약속이 있었고, 약속 장소가 거기였을 뿐. 하즈키
에게 **고등학생인 내 모습을 알려 주고 싶지 않았으니까 중학교
시절의 모습**이 되었던 거야."

말하자면 이 녀석은 우리 학교에서는 진짜 모습을 숨기고, 호
스 쪽에는 땋은 머리 안경인 쪽을 숨긴다는 소리인가? 꽤나 복
잡하게 꼬인 짓을 하는군.

그러고 보면 응원하러 온 니시키즈타 애들은 모두 교복 차림
이었는데, 팬지는 사복이었지.

그것도 철저하게 준비했구나. 무슨 이야기를 했는지… 딱히
신경 쓰이지 않으니까 됐어.

전~~혀, 신경 쓰이지 않고! 정말이야, 진짜야!

"하지만 헛수고였어. 하즈키, 그저께 만났을 때 바로 나라는
걸 알아봤으니까…."

"그래, 그 점에는 솔직히 놀랐어."

"당신도 금방 알아봐 줬으면 싶었어."

"내 알 바 아냐. 네가 얼른 말하면 되는 거였잖아."

나한테 호스와 같은 스펙을 기대하지 마.

까놓고 말해서 승산이 없다고 솔직히 인정할 만큼, 나와 그 녀석 사이에는 차이가 있다고.

"그런데 왜 호스가 악마야? 내가 보기에는 꽤 좋은 녀석인데?"

"그래. 나도 그렇게 생각해. 그는 아주 착하고 좋은 사람이야."

뭐지, 이 녀석? 방금 전에 악마라고 해 놓고서 일일이 칭찬하다니.

반한 거라면 상관없지만, 그것도 아닐 테고. …켁!

"조금 복잡하니까 순서대로 설명할게…. 괜찮을까?"

이거 분명히 '조금'이 아니다. '상당히' 복잡한 이야기다.

"그래. 오히려 꼭 좀 그래 줘."

꾸욱 스커트를 붙잡고 살짝 주저한 뒤에, 똑바로 내 눈을 바라보는 팬지.

젖은 눈동자에는 참회와 후회의 빛이 섞여 있는 듯했다.

"…나는 말이지, 중학교 때… 아주 인기가 많았어."

"그렇겠지."

보통 여자가 이런 말을 하면 콧대 높은 소리라고 생각하겠지만, 팬지는 다르다.

분명히 말해서 이 녀석은 압도적인 미인이다. 스스로 자각하지 않을 수 없을 정도로.

"남자도 여자도 항상 내 주위에 있었어. 마치 활짝 핀 꽃에 모이는 꿀벌처럼. 모두와 이야기할 때 반드시 중심에 있는 게 나. 물론 내가 먼저 이야기를 시작하는 일은 거의 없어. 그냥 있을 뿐이지만."

이 정도로 말하는 걸 보면 진짜로 꽤 대단했겠지….

게다가 남자만이 아니라 여자도 그런가. 아마도의 이야기지만, 팬지가 아니라 다른 남자를 노린 걸 테지.

미소녀를 싫어하는 여자보다도 미소녀와 친한 여자 쪽이 단연코 잘 받아들여진다.

말하자면 팬지는 중학교 시절에 손님 끌기용 판다가 되었다는 소리다.

"정말이지 진절머리가 났어. '가만히 좀 내버려 둬'라고 분명히 말해도 '내가 지켜 줄게' 같은 진부한 소리를 하면서 다가오는 남자도 있어서, 나로서는 어떻게 할 수가 없었어."

촌스러! 그 대사 촌스러! 역시나 중학생. 말 그대로 중2병 발병자가 있었겠지.

"산쇼쿠인 스미레코는 조용히 살고 싶었어.*"

뭐, 모두와 시끄럽게 떠드는 이미지는 팬지에게 없고….

"그런 나를 도와준 게… 하즈키야."

어이, 그건 단순한 주인공이잖아.

※산쇼쿠인 스미레코는~ : '키라 요시카게는 조용히 살고 싶다'. 만화 『죠죠의 기묘한 모험』 4부 중에 나오는 에피소드의 패러디.

"하즈키는 반에서도 인기가 많았어. 모두에게 차별 없이 대하고, 항상 그의 주위에는 웃음이 넘쳐 났어. 그런 그가 내게 왔을 때, 지금 상황에 진절머리를 내던 나는 그만 그에게 '사람들이 너무 많이 와서 곤란해'라고 고민을 말했어. 그랬더니 그는 곧바로 행동을 시작했어. 내 주위에 있는 사람들에게 '다들, 산쇼쿠인 근처에서 소란 피우지 말자'라고 말했어."

오오, 멋지네! 나는 그 무렵 둔감순정BOY의 밑준비를 하던 시기였지! 응!

"처음에는 하즈키에게 불평하는 사람이 많았어. 심한 부류는 그에게 '자기가 산쇼쿠인에게 점수를 따고 싶다고 너무 나대지 마라' 같은 소리도 했어. 그는 순수한 선의로 나를 도와준 건데. …그래도 그는 절대로 포기하지 않았어."

지금까지의 이야기에서는 호스에게 문제가 하나도 없어서 큰일이다.

"그리고 하즈키는 해냈어. 그 덕분에 내 주위는 전보다 조용해졌어. 물론 그 혼자만의 힘이 아니지만. 하즈키를 도우러 온 쿠사미와 사쿠라바라 선배, 그리고 그의 친구인 남학생과 힘을 합쳐서. 최종적으로 더러운 흑심을 가졌던 사람들은 없어지고, 내 주위에 있는 사람은 하즈키와 그 친구들만 남았어."

해냈군. 사이좋은 그룹의 탄생이다.

"…응? 하즈키의 친구인 남학생? 그런 녀석이 있나?"

"당신은 만나면 안 돼. 무슨 짓을 할지 몰라서 불안해."

"설마 그게…."

"그래. 당신이 상상하는 바로 그 사람이야."

그 녀석인가아아아! 호스의 친구가 하필이면 **그 녀석**이라니, 진짜 최악이다!

"…알았어. 계속 말해 봐."

진정해. 여기서 내가 아무리 화를 내도 사실은 변하지 않아.

팬지의 이야기를 끝까지 듣자.

"다만 도움을 받아 놓고 미안한 소리지만, 나는 그들과도 함께 있고 싶지 않았어. 분명 저쪽은 친구라고 생각해 주었겠지만, 나는 그렇게 생각하지 않았어. 그들과 함께 있는 것보다 조용히 혼자서 좋아하는 책을 읽고 싶었어."

"어? 친구? 아니, 호스는 너를…."

"알고 있어. 하지만 그건 조금 더 나중 이야기. 이 무렵의 하즈키는 그저 순수하게 곤란해하는 나를 도와주었을 뿐이야."

그렇지. 이 패턴은 상식적으로 생각해서 남자의 친절한 모습에 여자가 연심을 품는 패턴이야.

그렇게 되지 않았으니까 곤혹스럽습니다만….

"하즈키는 말이지, 인간적으로 아주 뛰어난 사람이야. 남을 싫어하지 않고, 누구에게든 차별 없이, 격식 없이 대하는 다정한 성격. 이전의 누군가 씨와 아주 비슷해."

어이, 그걸 화제로 꺼내지 마. 내가 상처 입잖아.

"하지만 그에게는 아주 큰 결점이 있어."

"아니, 지금까지의 이야기를 듣기론 어디에도 결점이 보이지 않는데. 나보다 훨씬….."

"잘 생각해 봐. 분명히 당신은 하즈키와 비교해 볼 때 앞서는 부분이 적어. 하지만 딱 하나 당신이 압도적으로 앞서는 면이 있잖아? 그게 답이야."

어? 내가 호스한테 앞서는 게 있어?! 어이어이, 왠지 기뻐지잖아.

그래서 그게 뭐야? 이거 내가 맞춰야만 하는 거지?

호스에게 내가 앞선다고 자신을 가지고 말할 수 있는 거라면……. 아, 있다.

"하즈키는 **남의 속마음**을 몰라."

"…그렇겠지."

솔직히 희미하게 알아차리고 있었다.

호스는 근본부터 착한 녀석. 옳은 일을 위해서 아낌없이 힘을 발휘하는 남자다.

다만 남이 숨기고 있는 진짜 마음까지 생각하냐면, 그건 아닌 것 같다.

나도 남의 그런 마음을 아느냐 하면 좀 미심쩍지만, 적어도 호스보다는 더 낫다는 자신이 있다. 실제로 도서실에서 팬지가 호스를 싫어하는 것을 나는 눈치챘지만, 호스 자신은 전혀 몰랐고.

"숨기는 마음을 알아차리지 못한다. 말의 뒤에 있는 진짜 의미를 생각하지 못한다. 나는 그런 사람이 아주 힘들어. 하즈키의 선의는 때로는 자각 없이 남을 상처 입히니까."

본인은 선의로 하는 일이지만, 남이 보기엔 민폐일 경우도 있지.

"특히나 여자 쪽으로는. 하즈키는 남의 속마음을 모르는 데다가 연애 면으로는 정말로 둔해. 필사적으로 호의를 전해도 전혀 알아주지 않으면 여자는 크게 상처 입어."

그렇겠지. 아무래도 호스는 주인공에 어울리는… 진짜 **둔감**순정BOY니까.

"아무리 애써도 성과는 나오지 않는다. 무엇 하나 변하지 않는다. 그런 상황이 모두를 서서히 바꾸어 갔어. 대부분의 사람이 하즈키를 '그런 인간이니까 어쩔 수 없다'며 포기하고 아주 슬프게 웃었어. 그리고 완성된 것은 하즈키에게 너무나도 좋게 돌아가는 세계."

그런 짓이나 이런 짓을 하면서 어필하는 여자의 마음을 몰라주는 호스의 모습이 눈에 선하군. 그런 모습을 나는 몇 번이나 시뮬레이션해 왔으니까.

"다들 싫었어. 마음을 전하는 것을 포기하고, 가짜 미소를 짓는 여자들. 아무것도 모르고 알려고도 하지 않으면서 천진난만하게 웃는 하즈키. 처음에는 일부러 그러는 건가 의심도 했는데, 전부 진짜로 그러는 거였어. 오히려 더 안 좋아."

그렇다면 그걸 일부러 한 나는…… 좋을 리가 없지….

"내가 하즈키에게 솔직하게 '더 이상 같이 있고 싶지 않아'라고 말할 수 있으면 좋았겠지만, 따지고 보면 고민을 말한 건 나였고, 지금까지 많은 도움을 받은 것도 있어서 말할 수 없었어. 그리고 우리가 중학교 2학년이 되기 직전이었어."

이건 혹시 드디어….

"하즈키가 나에게 자기 마음을 털어놓은 것은."

과연. 이 타이밍에서 호스가 팬지에게 반해서 고백했다는 소리로군.

그리고 팬지는 뭐라고 대답했을까?

"그러니까 나는 이번에야말로 말해야겠다 싶어서 전했어. '당신의 마음을 받아들일 수 없다'라고. 솔직히 안도하기도 했어. 이걸로 겨우 다 끝났다고."

그렇겠지. 그리고 다른 여자가 보자면 일대 찬스가 온 건가. 호스 약탈전의 개막이로군.

"하지만… 그렇게 되지 않았어…."

"…뭐? 왜?"

"하즈키에게는 '속마음'이 전해지지 않아. 그러니까 그는 자기가 '이렇게 해야 한다'고 생각한 기준으로 행동해. 그의 결론은 자기 마음이 전해지지 않았더라도 못된 마음을 일체 가지지 않고 곁에 있는 것이었어. 나를 지키기 위해…."

나왔구나…. 본인은 좋은 일이라고 생각하면서 남에게 폐를 끼치는 패턴이.

호스, 그게 민폐라는 걸 좀 이해하는 게 좋을 텐데….

"다정한 마음으로 남에게 상처를 주는 하즈키가 정말 싫어. 하지만 그걸 아무도 이해해 주지 않아. 생각도 하지 않아. 하즈키는 옳은 일을 하니까 문제없다고 맹신적으로 따르며 그와 함께 선의를 마구 뿌리는 사람들에게 나는 완전히 지쳤어. 학교에서 마음을 허락할 수 있는 친구도 없고, 조용히 혼자서 좋아하는 책을 읽을 수도 없어서…."

친구가 없을 뿐만 아니라 하고 싶은 일도 할 수 없다니…. 지옥이로군.

게다가 그럴 거라고 생각했는데, 역시나 그런가.

이전에 들었던 팬지의 '토쇼부 고등학교에 있는 싫은 사람'. 그것은 호스를 말하는 것이었다.

"몇 번이나 후회했어. 신세를 졌다고 말을 고르며 조심스럽게 전하는 게 아니었어. 내게 더 용기가 있어서 솔직하게 '당신의 마음에는 답할 수 없으니까 **곁에 있지 마**'라고 말했으면 피할 수 있는 문제였는데… 그럴 수 없어서….”

아니, 솔직히 그건 꽤나 힘든 일이겠지….

말하자면 아무런 잘못도 안 한 녀석에게 '네가 싫으니까 저리 가'라고 말해야만 한다는 소리니까. 아무리 나라도 양심의 가책에 시달린다.

“그러니까….”

뭐라고 말하려다가 다시 입을 다무는 팬지.

하지만 강한 결의를 품었을까, 똑바로 나를 바라보면서 또다시 그 입을 열었다.

“그러니까 나는 결심했어. 고등학교에 올라가거든 절대로 내 마음을 숨기지 말자. 똑바로 전부 다 털어놓자고.”

응, 너 말이지, 그걸 나한테 너무 극단적으로 하고 있으니까 좀 자제해 주라.

“하지만 결국 그 애들이 나타난 순간, 나는 그럴 수 없었어. 또 중학교 시절의, 정말로 하고 싶은 말을 할 수 없는 나로 돌아갔네…. 완전히 저주 같아.”

호스에게 큰 빚이 있으니까 자신의 솔직한 마음을 터뜨릴 수 없겠지.

그래서 팬지는 그 애들에게 어딘가 석연치 않은 태도를 취한 건가.

솔직히 말해서 나는 그게 제일 마음에 걸렸다. 팬지는 좋든 나쁘든 확실히 말한다.

별로 떠올리고 싶지 않지만, 4월에 있었던 사건에서 썬에게 보인 태도가 좋은 사례겠지.

하지만 그걸 호스네에게 하지 않았던 이유는 이거였군….

설마 최강무적에 유아독존인 팬지에게도 이런 약점이 있다니….

이 녀석에게 호스는 정말로 천적이겠지.

"이걸로 내 이야기는 끝. 어때? 납득할 수 있었어?"

"그래. 일부러 말해 줘서 고마워. 괜한 기억을 들춰서 미안해."

"괜찮아. 당신들을 끌어들이고 말았어. …정말로 미안해…."

이런…. 이런 때에 이런 생각하는 것도 그렇지만…. 이렇게 침울해진 모습이 무지 예쁘다.

막 끌어안아 주고 싶은데… 참아라, 나! 그런 짓을 하면 큰일이 난다!

"아, 아무튼 밥 먹자! 엄마를 너무 기다리게 해도 안 되겠고!"

"…나도 같이 먹어도 돼?"

그·만·해! 그렇게 매달리는 눈으로 날 보지 마!

"괜찮아! 오히려 네가 안 먹으면 내가 엄마한테 잔소리 들으니까! 자, 가자!"

그 후에 나는 폭음을 울리는 심장 소리를 진정시키기 위해 서둘러 거실로 갔다.

그리고 화면을 향해 기성을 올리면서 형광봉을 휘두르는 엄마의 모습을 보니 순식간에 진정이 돼서 어머니의 위대함을 느끼지 않을 수 없었다.

※

저녁 식사를 하고, 시간이 시간인 만큼 팬지를 역까지 바래다주는 나.

현관에서 팬지가 신발을 신은 뒤에 나도 신발을 신는데, 엄마가 "우후후! 오늘은 편의점 가는 게 아니라 제대로 바래다주는 거네!"라고 해서 왠지 울컥했다.

""……""

밤길을 걷지만, 팬지에게서는 말이 없었다. 정신적으로 힘들어서 여유가 없는 거겠지.

하지만 그게 어쨌단 말인가~

매번 생각하는 바지만, 이번 문제는 지금까지 없던 패턴이고 최악의 케이스다.

지금까지 우리에게 쏟아진 문제는 말로 하자면 좀 그렇지만, 어떠한 '악의'가 어려 있었다. 하지만 이번은 다르다.

이번 토쇼부 고등학교 애들은 '선의'로만 행동한다.

다른 학교 도서실이 위기니까 돕는다. 외톨이 여자애가 있으니까 곁에 있는다. 좋아하는 남자가 행복하기를 바라면서 힘을 다한다.

모든 게 다 제삼자가 들으면 문제없다고 판단할 테고, 사람에 따라서는 응원도 하겠지.

나무랄 점은 하나도 없다.

본인들도 자기들이 옳다고 자부하니까, 가슴을 펴고 정정당당히 행동한다.

하지만 팬지에게 그것은 고통에 불과하다.

난제 중의 난제다. 그 녀석들은 '정의의 사도'니까.

그걸 내가 어떻게든 해야 하는데… 어쩌면 좋다?

그 녀석들을 납득시키고 팬지에게서 손을 떼게 하면 좋겠는데….

"저기… 팬지…."

"…왜?"

옆을 걷는 팬지에게 조심조심 말을 걸자 담담한 반응.

하지만 그 목소리를 익히 들은 나는 안다. 그것이 평소보다 명백히 힘이 없는 목소리라는 것을.

"저기, 하지만. 혹시 호스에게 또 고백받으면 어쩔 거야? 자기랑 사귀어 달라고 하면…."

"거절하겠지만… 솔직히 자신이 없어. 나는 신세를 졌는데도 불구하고 하즈키를 두 번이나 상처 입혔으니까."

…그 정도냐. 왠지 모르게 그럴 것 같긴 했지만, 막상 본인의 입으로 들으니 또 다르군.

그렇다면… 이대로 가다간 거듭되는 도끼질에 팬지라는 나무가 쓰러질 수도 있나.

"…어렵네, 여러 가지로….."

아까 팬지가 한 말을 따라하는 건 아니지만, 정말로 저주 같군.

선의의 저주. 다정하기에 거절할 때마다 자기 안에 죄악감이 깃든다.

받아들이든지 거절하든지, 기다리고 있는 것은 지옥이다.

"죠로, 미안해. 나 때문에 당신에게 많은 폐를 끼쳤어."

"네가 사과할 일이 아냐. 애초에 제일 큰 피해자는 너잖아."

"그건… 아니, 아무것도 아냐."

"뭐, 나도 나름대로 어떻게든 해 볼 테니까, 너도… 너도 그렇게 우울해하지 마."

그래. 이 상황을 어떻게 할 수 있는 건 나뿐이다.

내가 행동하면 여러모로 문제가 생기겠지만, 그게 대수냐. … 응? 왠지 팬지가 갑자기 손을 잡아 왔다. 평소라면 뿌리치겠지만… 오늘은 그냥 있을까.

"…고마워, 죠로."

내가 손을 뿌리치지 않는 것을 확인한 뒤에, 방금 전과는 다르게 어딘가 온화한 목소리.

힐끗 얼굴을 보니, 내가 아니라 어딘가 먼 곳을 보고 있었다.

"나도… 나름대로 열심히 해 볼게. 당신만 고생시킬 수는 없어."

"흥! 그러면 평소에 하던 괜한 어프로치를 줄이는 것부터 생각
해. 너 때문에 내 학교생활은 여러모로 이상해졌으니까."

"후후후, 그건 포기해 줘."

그 뒤에 조금은 회복된 팬지를 나는 역까지 바래다주었다.

"그럼…. …잘 있어, 죠로."

"음, 그래…. 내일 또 학교에서 보자."

헤어질 때 떨어지는 손의 감촉. 역에 빨려 들어가서 사라지는
팬지의 뒷모습.

그것이 두 번 다시 팬지와 만날 수 없을 듯한 착각을 일으키게
해서 나는 묘하게 기분이 안 좋았다.

나는 완전히 필요 없어졌다

제 5 장

"**잘** 부탁합니다! 오오가 타이요임다! 야구부에 소속된 고등학교 2학년입니다! '썬'이라고 불러 주세요!"

"안녕하세요. 요우키 치하루입니다. 죠로, 썬, 히마와리와 같은 반이고 고등학교 2학년입니다. '츠바키'라고 불러 주었으면 한달까. 잘 부탁해."

방과 후. 오늘은 야구부가 쉬는 날인 썬과 가게를 다른 사람에게 맡긴 츠바키가 도우러 와 줘서 총 **열한 명**에 달하는 멤버가 도서실에 모였다.

⋯⋯이 시점에서 눈치 빠른 사람은 알아차렸을까? 그래, **한 명 많다.**

어제까지 도서실에 온 것은 나, 팬지, 히마와리, 코스모스, 아스나로, 호스, 츠키미, 체리까지 여덟 명. 거기에 썬과 츠바키가 더해져도 총 열 명이다.

그럼 마지막 한 명이 누구냐 하면⋯.

"안녕하세요. 토쿠쇼 키타카제(特正北風)입니다. 토쇼부 고등학교 야구부에 소속되어 있습니다. 잘 부탁합니다."

그래, 토쇼부 고등학교에서 진짜로 필요 없는 도우미가 한 명 와 버렸다.

190센티미터 정도의 키. 군살 없이 단련된 쌩쌩한 체격. 둔기로 마구 망가뜨리고 싶어질 정도로 잘생긴 얼굴.

순박한 미남인 호스와 달리 이쪽은 고저스한 할리우드 스타란 느낌의 미남.

얼른 내 눈앞에서 사라져서 미국에나 가 버리라고 하고 싶을 정도다.

"잠깐만, 후우! 자기 별명도 제대로 소개하지 않으면 안 되잖아~?"

헤에~ '키타카제(北風)'니까 '후우'인가. 한심한 별명이군! 정말 하찮아!

"체리 선배. 나는 오늘 야구부가 쉬니까 우연히 왔을 뿐이고, 그렇게까지 시시콜콜 말할 필요는 없을 텐데요."

꽤나 잘난 척하는 성격이잖아. 너무 나대면 좀스러운 정보 조작을 해서 네가 전원에게 무시당하는 나의 하부 매직*을 걸어 버린다? 52은이야, 52은.

"후우. 죠로가 엄청나게 너를 째려보는데, 아는 사이야?"

"츠키미, 그게 누구지? 죠로란 남자와 나는 만난 적도 없어."

그렇겠지! 왜냐면 내가 일방적으로 원한을 품고 있을 뿐이니까!

이 토쿠쇼 키타카제가 바로 작년 지역 대회 결승전에서… 나의 위대한 친구인 썬에게서 끝내기 역전타를 쳐 낸 망할 자식이니까아아아아!

※하부 매직~ : 일본 장기의 명인 하부 요시하루. '52은'은 그가 1988년에 카토 히후미 명인과의 승부에서 두었던 전설의 한 수. 매스컴에서는 '하부 매직'이라고도 불렀다.

"오오가, 오랜만이군. 올해도 서로 순조롭게 이기다 보면 결승전에서 만나게 될까…. 거기서 보자고."

어이, 왜 썬한테 라이벌 행세를 하면서 친한 척 말을 붙이는데?

일단은 나한테 신청서를 쓰고 심사를 통과한 뒤에 말을 걸어. 뭐, 통과시키지 않을 거지만!

"음! 그쪽도 이기고 올라와! 말해 두겠는데, 올해는 안 질 거다!"

썬, 마음씨 착하구나! 역시나 나의 친구! 손톱의 때라도 달여서 먹이고 싶을 정도다.

"그건 이쪽이 할 말이다. 나는 작년 결과에 납득하지 않아. 너의 최고의 공을 올해야말로 홈런으로 만들고 말겠어."

하아앙~?! 퍽이나 칠 수 있겠다! 작년에 우연히 빠진 공이 운 좋게 배트에 맞았던 주제에 히어로인 척하던 놈이 나대지 말라고!

콧대 높은 것처럼 보이며 성실하고 좋은 녀석은, 지금 이 순간 내가 제일 싫어하는 타입이 되었으니까!

"저기, 히마와리. 점심시간에는 어땠어? 사람 많이 왔어?"

"응! 효과 좋았어, 츠키미! 대단했어!"

히마와리의 말처럼 점심시간에 대해 말하자면 그야말로 대성황이었다.

도서실 팸플릿, 아스나로의 신문 효과, 거기에 도서실에 오면 히마와리, 코스모스, 츠바키가 있다는 정보 덕분에 사람들이 많이 밀려들었다.

"그래! 다행이다~! 그럼 방과 후에도 다들 열심히 하자!"

마지막으로 호스의 호령을 신호로 우리는 방과 후의 도서실 운영에 착수했다.

폐관 시간이 다가오고 학생들이 모두 떠난 뒤의 도서실. 남아 있는 것은 우리뿐이다.

오늘의 결과 말인데, 짜증나게도 어제보다 훨씬 좋았다.

아무래도 우리 학교 여자들 사이에서 '엄청나게 멋진 사람이 도서실에 있다!'라는 소문이 난 모양인지, 어제보다도 여자 비율이 꽤나 올랐다.

아마 나나 썬을 말하는 거겠지. 그 외에는 생각할 수 없다.

찾아온 여자들이 '저기 있는 토쇼부 고등학교 사람, 멋지다! 높은 곳에 있는 책도 집어 주고, 책이 어디 있는지 모를 때에 금방 알아차리고 안내해 줘!'라고 떠들었지만…. 이런이런. 썬은 니시키즈타 고등학교 학생인데, 착각하는 여학생이 많아서 큰일이야.

게다가 어디의 날라리였던 여학생이 '흐응, 뭐, 나름 사람이 있네. …아, 내가 온 건 멋진 사람이 있다는 이야기를 듣고, 그냥 들렸을 뿐이니까! 너한테 말을 건 건 그냥 들른 김에 한 거니까! 착각하지 마? 알았지? 이 세균!'이라면서 왜인지 나를 중점적으로 압박하며 덤벼들어서 무서웠다.

참나, 그 녀석은 왜 그리 날 눈엣가시로 여기지? 짚이는 데가 너무 많아서 뭔지를 모르겠다.

외모는 엄청 예뻐졌지만, 역시 그 말씨가 틀렸다.

그 난폭한 어조가 사라지면 정말 귀엽다고 하지 않을 수 없는데….

"오늘은 아주 좋았어! 이거면 괜찮을 거라 생각해!"

"그래! 방금 전에 통계를 내 보았는데, 오늘은 이전보다 여덟 배에서 아홉 배 많은 사람이 왔어! 이제 조금만 더 하면 도서실을 지킬 수 있겠어! 정말로 고마워!"

코스모스의 말처럼 이런 식으로 가면 거의 확실하게 도서실의 폐쇄를 중지시킬 수 있다.

다만 오늘도 팬지는 꽤나 힘들어 보였다. 사람이 많아졌으니까 접수를 두 사람 둔다는 아이디어까지는 좋았지만…. 그게 설마 호스와 팬지 페어라니.

나도 입후보했지만, 가위바위보 배틀에서 대패. 운 승부에서도 나는 호스에게 못 이기는 모양이다.

"그럼 나도 마지막 마무리를 위한 비밀 병기를 하나 전수하지!"

"비밀 병기? 그런 게 있어, 체리?"

"저기… 체리 회장, 정말로 할 건가요? 좋은 생각이라고는 보지만…."

"물론! 우리 때도 이건 평판이 좋았잖아!"

호스가 떨떠름한 얼굴을 하는데, 체리는 대체 뭘 하려는 걸까?

어째서인지 꽤 큰 종이봉투에서 뭔가를 꺼내는데….

"짜잔! 여자들이 이걸 입고 학생들을 맞이하는 거야!"

"그, 그건… 메이드복인가?"

"딩동! 바로 그거! 역시나 남자는 이런 걸 좋아하니까, 이걸 입으면 순식간에 평판 상승!"

오오오오! 기가 막힌 제안이로구나, 체리! 설마 문화제도 아닌데 그걸 보는 날이 올 줄은 몰랐다! 게다가 세 벌인가. 누가 입는 거지?

"흥. 하찮긴. 그런 걸 보고 좋아하는 건 저속한 원숭이들뿐이다."

너는 닥치고 있어, 토쿠쇼! 왜 혼자서 멋진 척이야!

나는 엄마의 피를 이었으니까, 금방 수인이 된다고! 우끼끼!

"아하하, 뭐, 후우 같은 사람도 있지만, 좋아하는 사람도 분명히 있으니까 걱정 필요 없어! 다들 예쁘고! 그래서 누가 입을래? 점심시간 때 일도 생각하면, 이 학교 사람이 좋을 것 같은데…."

"나, 입고 싶어! 재미있겠어! 츠바키도 같이 입자!"

"내, 내가? …음, 알았어…. 열심히 해 볼까."

"그럼 마지막 한 벌은 제가! 전부터 흥미가 있었습니다!"

호오호오. 그러니까 내일부터 히마와리, 츠바키, 아스나로가 도서실에서 메이드복을 입는다는 건가.

"OK! 그럼 모처럼이니까 시험 삼아 지금 입어 보자! 사이즈가 안 맞으면 큰일이니까, 지금 입고서 한번 보여 주는 거야! 패션 쇼!"

어? 진짜로? 무진장 멋지잖아.

"하아…. 정말로 하찮군. 오오가, 나는 그런 거에 흥미 따위 없다. 그러니까 괜찮다면 야구부 연습에 좀 참가시켜 주면 좋겠는데…."

"미안! 오늘은 야구부가 쉬는 날이야! 아니, 야구부 연습이 있었으면 내가 못 왔지!"

"…그도 그런가…."

어이, 왜 실망하는 건데? 네가 우리 운동장이라는 위대한 대지를….

"그럼 나랑 맨투맨으로 연습할까? 내가 던지고 토쿠쇼가 치는 거야!"

거절하면 죽여 버린다? 썬 님의 제안이라고, 울면서 감사하고 받아들여.

"흠…. 괜찮겠군. 그럼 그걸로 부탁하지."

괜찮고 자시고가 없잖아! 지금 당장 그 자리에 엎드려서 썬을 칭송해라아아아!

"좋았어! 그럼 우리는 운동장으로 가자! 이미 비어 있을 테니!"

"어, 그거 나도 보고 싶어! 같이 가도 될까?"

호스도 그쪽으로 가려는 거야?!

너희는 메이드복보다도 야구를 우선하다니, 무슨 선인의 환생이라도 되냐?

이거 완전히 나도 가는 흐름이잖아. 하아…. 전혀 실망한 거 아니야!

"메이드복이라니 첫 경험 7일까. 아, 죠로. 우리가 갈아입는 거 엿보면 안 돼."

"흥! 엿볼 리가 없잖아."

"과연 그럴까요? 죠로는 이전부터…."

홋. 아스나로, 당연하지만 그런 건 할 필요 없거든?

"엿보지 않는다고 말했잖아. …그보다 나도 호스랑 같이 썬과 토쿠쇼의 배팅 연습을 보러 갈 거니까, 너희들끼리 입어 보고 다 끝나거든 메일이나 전화로 가르쳐 줘."

"그렇습니까? 뭐, 괜찮지만…. 정말로 괜찮은가요?"

"당연하잖아. 세 사람의 메이드복은 내일을 기대하기로 할게."

"죠로…. 저는 당신을 오해하고 있었습니다! 아주 신사로군요!"

"그렇지?"

감사하는 아스나로에게 나는 여유 넘치는 웃음을 보여 주었다.

딱히 서두를 필요는 전혀 없다. 오히려 **진짜**는 내일을 위해 남겨 둔다.

"그럼 우리는 운동장으로 가자."

마지막에 멋지게 그렇게 말하고, 우리 남자 네 명은 운동장으로 향했다.

크크큭…. 밑준비는 충분. 모든 것은 내 손바닥 위다….

운동장에서 청춘을 보내는 남자들은 일단 놔두고, 신사인 나는 여기서 몰래 인적 없는 장소로.

좋았어! 그럼 얼른 에로에로한 메이드들을 보도록 하자고!

으음~! 오늘은 날씨도 참 좋군! 그야말로 망상에 최고인 날이야!

이런 날에는 내게 붙어 있는 신을 소환하지 않을 수 없지!

지금이야말로 그 힘을 보여 주도록 할까!

친애하는 우리 세계의 지배자(일러스트레이터)… 신(브리키) 이시여! 내게 힘을 주시옵소서!

조오옹았어어어어! 진짜로 감사합니다!

오늘도 기가 막히는군요! 최고였습니다!

※

교문.

"오래 기다렸습니다! 어라? 죠로, 왠지 기분 좋은 눈치네요?"

어, 알겠어? 메이드 인 헤븐에 여행을 갔다가 돌아온 참이니까.

"있잖아, 죠로! 아주 예쁜 옷이었으니까, 내일을 기대해!"

그거야 물론! 엄청 기대하면서 기다릴 생각입니다요!

…자, 신의 예술도 충분히 만끽했고, 팬지를 바래다주면서 귀가할까.

얼른 말하지 않으면, 또 호스에게 선수를 빼앗길 테니까 서둘러야지.

우우…. 츠키미와 체리가 무섭다….

오늘 접수 일을 건 가위바위보 승부 때도 다소 무서운 눈으로 나를 보았고….

하지만 꺾이면 안 돼! 여기선 내가 움직여야 한다.

"팬지, 집까지 바래다줄게."

좋아, 이번에는 호스보다 먼저 말했다. 어쩐 일로 이겨서 조금 기쁘다.

"어머, 그건….."

"아, 죠로. 그거라면 내가 스미레코를 바래다줄 거니까 괜찮아! 죠로는 여기서 걸어가잖아? 나는 스미레코랑 같은 역이니까 가는 길이고!"

뒤늦게 나서서 내 편의를 봐준다는 식으로 태연하게 말하지 마! 그 100퍼센트의 친절, 무지 곤란하니까!

"혼자서도 갈 수 있어. 여태 아무런 문제도 없었어."

호스만이 아니라 나까지 같이 내쳤다! 조금 슬퍼!

"여태 아무 일 없었다고 오늘도 그러리란 법은 없잖아? 그러니까 바래다줄게!"

"호스찌, 조금은 우리 걱정도 해 줬으면 하는데~?"

"호스 바보."

"어, 어어…. 미안. 체리 회장, 츠키미. 다만 스미레코랑 나는 역이…."

살짝 토라진 얼굴이던 체리도 호스가 허둥거리자 다시 웃는 얼굴로.

마치 예정조화(豫定調和) 같은 웃음이라서 그게 왠지 조금 마음에 걸렸다.

"아하하! 알고 있어! 스미레코찌와 같은 역이니까 가는 김에 같이 가는 거잖아? 스미레코찌, 모처럼이니까 같이 가 줘! 중학교 시절에도 같이 다녔잖아!"

"그렇게 걱정해 주지 않아도….."

"스미레코한테는 그럴지도 모르지만, 호스는 그렇게 생각 안 해. 스미레코가 중요해."

어제에 이어서 연일로 엄마에게 부탁할 수도 없고, 호스의 친절이 발휘된 이상 나는 이 이상 움직일 수 없다. 코스모스와 히마와리는….

"아, 저기…. 아니, 아무것도 아냐."

"우우~…. 팬지….."

그렇겠지~ 아무 말도 할 수 없지~ 아무래도 우리는 사정을 아는 쪽이다.

즉, 여기서 괜한 소리를 하는 건 명백한 방해 행위다.

제길…. 그렇게 생각하니 저번 이야기는 **말하는 것**만으로도 효과가 있었던 건가.

"스미레코… 안 될까? 죠로도 너를 걱정하는 모양이고….."

본인이 흑심 없이 순수하게 팬지를 걱정하는 건 알겠지만, 그 표현이 너무 성가시달까.

자각 없이 팬지가 거절하기 어려운 말을 정확하게 사용하고….

"그럼 오늘은 근력 트레이닝이 3인분이 되니 잘됐군! 좋았어!"

어어…. 썬이 갑자기 무슨 소리를 하는 거지?

"무슨 소리야, 썬?"

"무슨 소리긴, 팬지. 같이 돌아갈 때는 항상 그거잖아? 잊었어? 나도 같은 역으로 가니까, 네 가방을 들어 주는 걸로 근력 트레이닝이지!"

…거짓말이다. 썬네 동네는 여기서 역 하나 거리다.

그러니까 항상 뛰어서 등하교하잖아.

대단한데…. 썬은 **그 사정**을 전혀 모른다.

그래도 순간적으로 상황을 파악하고 팬지를 도와주다니.

"…그럼 부탁할게. 고마워. …미안해."

"뭘 또 사과하는 거야! 항상 하는 일이니까 신경 쓰지 마! 호스! 그럼 너도 같이 가자! 음, 네 가방도 들어 주지!"

"어? 내 것도 괜찮아?"

"당연하잖아! 오히려 나로서는 그편이 고마울 정도야!"

"그런가. …알았어! 자! 내 가방이야! 고마워!"

"무슨 소리야? 서로 좋은 일인데!"

썬이 호스에게서 가방을 받고 씨익 웃으며 말했다.

거짓말이라는 기색이 전혀 느껴지지 않는 완벽한 표정이다.

"좋았어! 이걸로 나는 또 한 단계 위로 갈 수 있어! 호스와 팬지는 어디까지 같이 가지? 헤어질 때까지는 내가 들 거니까 말해!"

"어어, 역까지일까. 거기서부터는 반대 방향이야."

"그럼 역까지는 가방이 세 개고, 그다음은 팬지랑 내 것으로군! 흠! 불타오르는데!"

"웅! 그럼 거기까지 부탁해!"

멋지게 역에서 팬지와 호스를 갈라놓는 것까지 성공했군.

츠키미와 체리도 호스가 납득했으니까 뭐라고 안 하고.

"그렇군. 오오가는 이런 시간도 이용해 트레이닝을…. 참고하지. 츠키미, 괜찮다면 네 가방을 내가 들게 해 주겠어?"

"후우, 너무 영향을 쉽게 받아. 뭐, 중간까지라면 괜찮지만."

"아하하! 그럼 돌아가자! 어어, 우리 동네로 가는 사람들은 이쪽!"

그 뒤에 전철을 타지 않는 나와 히마와리는 둘이서만 반대 방향으로 가느라 헤어졌다.

헤어질 때 본 팬지네 일행이 꽤나 즐거워 보였기에 묘한 소외감을 느꼈다.

※

다음 주 월요일. 오늘부터 기말시험이 시작되지만, 그쪽으로는 문제없음.

도서실 문제를 해결하면서 이번에도 코스모스의 예상 문제에 신세를 진 우리에게 사각은 없다.

오히려 문제는 도서실이다. 시험 기간에 들어가면 토쇼부 고등학교 녀석들은 더 안 오지 않을까 하는 일말의 희망을 품었는데, 그렇게 되지 않았다. 여전히 도와주러 온다는 모양이다.

유일하게 다행이었던 것은 그 망할 자식만큼은 학교의 특별 대우로 시험 기간에도 야구부 활동을 하니까 그쪽에 전념하느라 안 온다는 정도겠지.

뭐, 그건 그렇고, 내 현재 위치는 아스나로밖에 없는 신문부 동아리방이다.

금요일 밤에 아스나로에게서 「조사 결과입니다!」라는 메일을 받은 나는 지금까지 완전히 잊고 있던 존재를 떠올리고 녀석을 여기로 불러냈다.

평범하게 부르면 확실히 안 오는 상대지만, 조금 특수한 내용의 메일을 보냈더니….

"키사라기 선배! 산쇼쿠인 선배와 사귀게 되었다고 첫 데이트에 대한 의논을 이 귀여운 제게 하다니, 참 문제도 많은 사람이네요~! 어쩔 수 없으니까 도와주겠습니다! 우훗!"

이렇게 가볍게 내 거짓말에 속아 넘어가서 나타난 탄포포였다.

"아, 기다리고 있었어."

"그렇죠, 그렇죠! 귀여운 제 조언은 역시 필요불가결이라고 해도… 어라? 왜 제 뒤로 가서 문을 잠그는 건가요?"

"네가 도망 못 가게 하려는 거지. 지금부터 차분하게 할 이야기가 있어서."

"그런 걱정 안 해도 도망 안…. 헛! 서, 설마! 키사라기 선배,

당신은….”

내 담담한 무표정을 보고 눈치챘는지, 탄포포에게서 땀이 주르륵. 이미 늦었지만.

“그래, 탄포포. 네 상상이 맞아. …응?”

어어…. 왜 이 녀석은 자기 몸을 끌어안고 울상을 하며 날 노려보는 거지?

“이, 이 변태 시궁쥐! 너무해요! 아무리 제가 너무 매력적이라고 해도, 설마 이런 형태로 제 순결을 빼앗으려 들다니…. 우우….”

“전혀 아냐! 너는 대체 무슨 상상을 하는 거야!”

그딴 걸 위해 일부러 부르겠냐! 애초에 아스나로가 있잖아, 아스나로가!

내가 탄포포를 부른 이유는 이전에 이 녀석이 꾸몄던 ‘팬지에게 남자 친구를 만들어 준다 작전’의 진짜 목적을 알았기 때문이라고.

탄포포는 팬지의 중학교 후배다. 그것은 즉, 그 녀석들의 후배라는 소리도 된다.

자, 일단 단도직입적으로 이 얘기를 해서 멍청한 오해도 같이 풀어 보자.

“탄포포, 너는 호스… 아니, 하즈키 야스오를 좋아하지?”

"효? 효오오오오오오?!"

이 웃기는 반응…. 역시 틀림없군.

아스나로의 조사 결과대로, 탄포포는 호스에게 반한 모양이다.

"어, 어떻게 그 이름을 키사라기 선배가?!"

아, 그런가. 이 녀석은 요즘 호스가 우리 학교에 오는 걸 모르나.

방과 후에는 야구부의 매니저 업무로 바쁘니까.

그럼 일단 순서대로 설명하는 것부터 시작할까.

"…그렇게 해서 최근 방과 후, 도서실에 호스와 츠키미와 체리가 오고 있어."

"무, 무무무…무어롸아고오요오오오!"

왜 이 녀석의 리액션은 하나같이 재미있지. 일종의 재능이 느껴진다.

"하즈키 선배는 그렇다고 쳐도, 그 변소 귀뚜라미들도 말인가요?! 정말 끔찍해!"

진정해, 탄포포. 네 발언이 훨씬 더 끔찍해.

"어어…. 탄포포는 츠키미와 체리를 싫어해?"

"당연합니다! 그런 위선자들과 친해지다니, 하늘이 용서해도 제가 용서하지 않습니다!"

네 우호 관계에 뭐라고 할 만큼 하늘도 한가하지 않을 테지만.

아마 멋대로 하라고 할걸.

"제가 입학한 시점에서 하즈키 선배에게 끈적끈적! 게다가 하즈키 선배를 좋아하면서 산쇼쿠인 선배랑 사귀게 하려고 끈적끈적 괜한 짓을! 그 녀석들은 썩은 낫토입니다!"

낫토는 처음부터 썩은 건데. 처음부터 처덕처덕에 끈적끈적인데.

"애초에 사랑의 계기라면 제가 휙~~~얼씬 더 멋진데!"

지금 시점에서 네 쪽이 압도적으로 글러 먹은 것 같은데, 내가 보기엔.

"식빵을 물고 '지각이야, 지각'이라며 서둘러 달려가다가 하즈키 선배와 부딪쳐서… 그래서 사랑에 빠졌어요! 이건 그야말로 운명 아닌가요!"

진짜로 순정만화 팬이군. 운명의 장난에 희롱당하고 있어.

그렇긴 해도 기막히게 단순한 녀석이야…. 거기서 조금 더 이벤트를 진행하고 사랑에 빠지라고….

"끄으으…! 왜 바로 가르쳐 주지 않았던 건가요?!"

"네가 호스랑 관계가 있다는 걸 잊… 몰랐으니까. 알았으면 가르쳐 줬지."

"으, 음…. 알겠습니다…."

자기 머리에 단 머리핀을 콕콕 건드리면서 어쩔 수 없다는 듯이 납득하는 탄포포.

자, 그럼 납득도 한 모양이니까 이야기를 계속할까.

"그래서 말인데, 탄포포. 네가 '팬지에게 남자 친구를 만들어 주고 싶었다'는 이유 말인데, 호스의 마음을 체념시키려는 거지? 팬지를 향한 녀석의 마음을 식히고 네가 연인이 되고 싶었던 거지? 토쇼부 고등학교를 지망했던 것도 호스가 있어서겠지? 이게 전에 체육관 뒤에서 네가 도망치면서 말하지 않았던 거지?"

질문 형식으로 묻긴 했지만, 이미 아스나로의 조사 결과로 다 드러난 사실이지.

"……읏!"

"참고로 조사한 건 저고, 증거가 필요하다면 제출하겠어요!"

"…그, 그렇습니다."

아스나로의 '증거' 발언으로 도망치기 불가능하다고 판단했을까. 이번에는 쉽게 긍정.

팬지가 중학교 시절 지인들 중에서 탄포포만 마음에 들어 했을 만하군.

이 야비한 아이만큼은 다른 녀석과 달리 아무리 자기 마음이 전해지지 않더라도 절대로 포기하지 않고 자기가 호스와 사귀려고 했겠지.

일반적으로 보면 뒤틀린 걸로도 보이지만, 팬지에게는 그게 '정답'이다.

그럼 내가 이 녀석을 부른 또 하나의 이유. '탄포포를 아군으로 삼아서 토쇼부 고등학교 녀석들에 대한 대책으로 활약시킨다'도 가능할 것 같다.

"어이, 탄포포. 이왕 이렇게 되었으니 호스랑 만나 보는 건 어때? 너랑 만나면 의외로 호스도 마음이 바뀔지 모르잖아?"

"키사라기 선배… 그거 진심으로 하는 말인가요?"

"어? 아니, 가능성이 전혀 없다고는 할 수 없잖아?"

아주 한심하다는 눈으로 날 보고 있다. 확신이 있는 건 아니지만, 괜찮은 방법이라고 봤는데….

"생각이 너무 짧아요! 제가 지금까지 얼마나 많은 수단을 사용했다고 생각하나요!"

얼마나 많은 수단을 사용했는지는 모르지만, 어차피 제대로 되어 먹은 게 없었을 거라는 건 왠지 상상이 간다.

"작년 지역 대회 결승전 때도 그랬습니다!"

우오! 갑자기 그 단어를 꺼내지 마. 그거 꽤 심장에 안 좋으니까….

"이전에 키사라기 선배는 제게 '남문에 있었던 것은 우연'이라고 말했지만, 그건 아닙니다! 저는 그날 하즈키 선배를 쫓아서 남문으로 갔습니다! 거기서 산쇼쿠인 선배에게 고백하려는 걸 알았기에, 어부지리를 노리려고!"

그렇군. 듣지도 않았는데 일일이 가르쳐 줘서 고마워, 이 망할 녀석.

"산쇼쿠인 선배라면 하즈키 선배를 찰 거다! 귀여운 저는 그렇게 믿고 신이 나서 하즈키 선배를 미행하여 두 사람의 이야기를 듣고 있었습니다! 그러자 제 생각대로! 거기서 산쇼쿠인 선배는 하즈키 선배에게 '좋아하는 사람이 생겼으니까 당신의 마음에는 응할 수 없다'고 말했습니다! 정말로 그때는 뛰어오를 정도로 기뻤습니다! 이걸로 제 승리는 확실하다고!"

과연. 어제 팬지가 말했던 '호스를 두 번 상처 입혔다'의 두 번째는 작년 야구부의 모두가 도전했던 지역 대회의 결승전이었군.

"그렇기 때문에 이렇게 산쇼쿠인 선배와 같은 머리핀도 달고 준비했거든요? 이 머리핀, 꽤 빠지기 쉬운 거라서 예비용으로 50개나 준비해 항상 가지고 다니니까요!"

아아, 어딘가에서 본 적 있다 했더니, 팬지가 달고 있는 조그만 머리핀과 같은 걸까.

머리핀이 같으면 호스를 공략할 수 있다고 생각한 이론은 이해가 안 가지만, 본인은 그거면 된다고 생각했겠지. 그럼 내가 뭐라고 할 말은 없다….

"그리고 모든 게 끝난 뒤, 저는 그 자리에 남아서 힘을 잃은 하즈키 선배에게 달려가 달콤하니 녹을 듯한 목소리로 '괜찮아요. 제가 곁에 있으니까요.'라고 말한 순간, 설마 했던 사태가 발생했습니다! 하즈키 선배는 '그래! 스미레코에게 좋아하는 사람이 있어도 내 마음은 변하지 않으니까!'라고 결의를 새롭게 다지는 게 아닙니까! 어떻게 그런 결론에 도달하는 건가요?! 진짜 괜히 말을 붙였습니다!"

"아니, 나한테 그런 불평을 해도 말이지…."

분명히 어떻게 그런 결론에 도달하는 건가 싶긴 하지만. 동의는 하겠지만.

"그 사람은 산쇼쿠인 선배밖에 보지 않습니다! 제가 '하즈키 선배를 생각하면 가슴이 아파 옵니다.'라고 말해도 '괜찮아? 보건실 갈래?'라고 말하고요. 아침에 집 앞에서 기다려서 같이 가자고 하면 '늦잠 자지 않게 걱정해 준 거네. 고마워.'라고 한다고요?! 무심코 '귀공의 뜻대로 하시지요.'라고 대답하게 된다니까요!"

결과는 안 좋았군. 의외로 괜찮은 짓도 했지만, 상대가 너무 안 좋았어….

그러고 보니 전에 호스가 중학교 때 후배에게서 어프로치가 있었다고 말했지.

그건 탄포포 이야기였나.

"그러니까 저는 수단을 바꿔서 하즈키 선배의 산쇼쿠인 선배를 향한 연심을 없애기로 했습니다! 그러니까 키사라기 선배! 지금 당장 산쇼쿠인 선배와 사귀어 주세요!"

"싫어! 그보다 나한테만 시키지 말고, 너도 도서실에 와!"

솔직히 말해서 그 목적으로 불러냈다. 힘을 빌리고 싶어서….

"그게 안 되니까 부탁하는 거라고요! 저는 방과 후에 야구부 매니저로 활동하고 있어요! 부원들의 음료를 만들고, 다친 사람의 응급 처치, 운동장 정비, 취주악부에게 악곡 의뢰, 치어리딩부에게 귀여운 안무 지시! 할 일이 너무 많아서 도서실에 갈 여유가 없습니다!"

의외로 성실해! 분명히 야구부 활동을 내던지고 올 줄 알았어!

치어리딩부의 안무까지 담당하고 있다니 대단하네. 역시나 아이돌 지망.

"아니…. 호스랑 만나지 않아도 돼? 좋아하잖아?"

"따, 딱히 만나지 않아도… 아아아아! 만나고 싶어요! 만나고 싶지만 안 돼요! 전 야구부 사람들이 얼마나 열심인지 잘 알고 있어요! 그러니 저의 데뷔도 있지만, 그 사람들을 열심히 돕는 게 지금 제가 가장 우선해야 할 일이니까요!"

…탄포포가 생각 이상으로 진심으로 야구부 매니저 일을 하고 있어서 놀랐다.

제길…. 생각이 완벽하게 빗나갔군. 아무리 그래도 이걸 방해하고 싶진 않아.

"그러니까 키사라기 선배라고요! 산쇼쿠인 선배가 좋아하는 남자인 당신이 아니면 하즈키 선배의 마음을 단념시킬 수 없어요! 키사라기 선배… 당신만이, 산쇼쿠인 선배의 마음 한가운데에 있는 가장 중요한 사람이에요!"

왠지 전에 츠키미와 체리에게 비슷한 소리를 들었는데….

하아…. 하지만 어쩔 수 없나. 분명히 탄포포의 말이 맞다.

지금 상황을 어떻게 할 수 있는 건 나를 제외하면 아무도 없겠지. …내가 해야 할 일이다.

"알았어. 호스 문제는 내 쪽에서 어떻게든 할게. 이것저것 가르쳐 줘서 고마워."

"저, 정말인가요?! 또 거짓말이라든가…."

"괜찮아. 이번에야말로 진짜야. 내가 팬지에 대한 호스의 마음을 어떻게든 할게."

"와아! 고맙습니다! 정말로 고맙습니다!"

"다만, 혹시 네 힘이 필요한 때가 올지도 모르니까, 그때는 힘을 빌려주지 않겠어? 물론 야구부를 우선해도 되니까 가능한 범위 안에서…."

"그거라면 맡겨 주세요! 가능한 범위에서 키사라기 선배의 힘이 되겠어요! 아, 이번에는 저도 거짓말 아니니까요! 그 증거로 이 브로마이드… 환상의 네 번째, '탄포포, 매혹의 바니걸'을 당신에게 주겠습니다! 우후후후!"

"네네, 그거 고맙군."

우호오옷! 토끼가 왔구나아아아! 탄포포의 협력을 얻고 이런 특전까지 따라오다니! 정말로 이 녀석을 부르길 잘했다!

좋았어! 그렇다면 어떻게든 호스의 마음을 접게 해 주지!

※

7월 4일 월요일, 방과 후.

도서실 폐관 시간이 다가오고, 남아 있는 것은 이제 완전히 익숙한 얼굴이 되어 가는 여덟 명.

시험 기간인데 도서실 일을 해도 괜찮겠냐는 문제라면 안심하시라.

솔직히 말해서 여기 오는 학생들의 80퍼센트 정도가 공부를 하러 오는 거니까 거의 방치하고, 우리도 우리 공부에 몰두할 수 있었다.

다만 오늘도 팬지와 호스가 페어로 접수 일을 하게 되었기에, 그걸 저지할 수 없었던 스스로가 한심했다. …하지만 계속 당하기만 하는 것도 이젠 끝이다.

"수고했어! 으음! 시험 기간인데 사람들이 와 줘서 다행이야! 이건 우리의 비밀 병기의 힘이네!"

그 점이라면 틀림없다. 어제와 비교해서 남자 비율이 30퍼센트 정도 상승했으니까.

특히나 히마와리의 메이드복에 낚여서 온 아야노코지 하야토가 여러모로 대단했다….

"아하하…. 분명히 히마와리와 아스나로, 귀여웠어."

"에헤헤! 고마워! 호스네가 오기 전에 가게 일이 있다면서 돌아갔지만, 츠바키도 아주 귀여웠어! 죠로는 어떻게 생각해?"

교복으로 갈아입은 히마와리가 생글생글 웃으면서 내게 확인. 점심시간에도 물어봤잖아.

"그래, 아주 잘 어울렸어."

"와아! 그럼 내일도 열심히 할래!"

뭐, 신의 예술에는 한 걸음 못 미쳤지만. 그건 어쩔 수 없다. 애초에 상대가 상대지.

"아! 스미레코, 오늘은 내가 집까지 바래다줄게!"

칫. 썬이 없으니까 위험하다 싶었는데, 역시나인가.

게다가 교문이 아니라 도서실 시점에서부터 시작했다.

악의가 없는 건 잘 알지만, 그래도 좀 눈치채면 좋겠는데.

뭐, 됐어. 슬슬 나도 시작할 생각이었으니까.

"저기, 호스."

"응? 왜 그래, 죠로?"

하아~…. 나는 이제 틀림없이 츠키미와 체리에게 미움을 사겠군.

매번 그렇지만, 왜 나한테만 이렇게 귀찮은 일이 떨어지는 거지?

주름이 마구 생기고, 내 정신 건강에 여러모로 좋지 않다.

"너는 팬지를 좋아하지?"

"어? 어어?!"

조용하고 담담하게 꺼낸 내 말에 놀라는 호스. 본인은 안 들키게 행동했던 모양이다.

"저기…. 어어… 그건…."

"그렇게 허둥대지 마. 솔직히 이 도서실에 네가 처음 나타나서 보인 행동만으로도 눈치챘을 정도니까."

"어?! 그, 그래?"

응, 그래. 대체 그게 어디를 어떻게 숨긴 거냐고 따지고 싶을 레벨로.

우엑! 내 발언에 츠키미와 체리가 아주 날카로운 눈빛으로 째려본다!

이거 얼른 끝내 버리지 않으면 옆에서 끼어들지도 모를 듯한 예감이다.

"그래. 나는 알기 쉽구나…. 응, 죠로 말이 맞아. 나는 스미레코를 좋아해. 세계에서 제일, 누구보다도 소중한 사람은 스미레코야."

내가 꺼낸 말이지만, 이렇게 많은 이들 앞에서 당당하게 말할 수 있는 호스는 정말 대단한 녀석이겠지.

"아, 오해는 하지 마! 물론 스미레코와 사귀고 싶다는 마음은 있어! 하지만 그런 마음을 강요하려는 건 아냐! 저기, 나는 스미레코의 마음을 가장 존중하고 싶어. 그러니까 나를 신경 쓰지 말아 줘."

"그럼 너는 팬지에게 연인이 생기면 어쩔 생각이야?"

"그때는 얌전히 축복해야지. 스미레코가 행복해지는 건 좋은 일이야. 조금… 적적하지만."

어딘가 슬픈 눈동자로 호스가 그렇게 말했다. 아마도 작년에 팬지에게서 '좋아하는 사람이 있다'는 말을 들었을 때도 비슷한 눈동자를 했겠지.

하지만 이걸로 언질은 받았다. 그럼 이제부터 내가 해야 할 일은 단 하나.

"그런데 갑자기 왜? 내 마음이 어쨌는데?"

호스의 순수한 미소에 가슴이 아프다. 하지만 여기가 중요하다. 할 수밖에 없지….

"그래. 그거 말인데, 실은…"

"저기, 죠로. 당신은 무슨 말을 하려는 거야?"

내가 각오를 하고 말을 꺼내려는 순간, 그걸 제지하는 듯한 팬지의 목소리가 도서실에 울렸다.

"뻔하잖아. 네가 제일 듣고 싶어 하는 말을 하려는 거야."

"정말로 그게 내가 가장 듣고 싶은 말일까?"

뭐야? 일일이 묘한 걸 확인하고 드는데.

당연하잖아. 왜냐면 나는 지금부터….

"저기, 죠로, 기억해? 내가 처음으로 당신에게 마음을 전한 뒤에 했던 말을."

"…자세하게 기억하냐고 묻는 거라면 자신이 없는데."

"그래. 그럼 다시 한번 가르쳐 줄게."

뭐지? 팬지의 어조가 평소와 다르다. 이 녀석은 나한테 무슨 말을 하려는 거지?

"나는 말이지, **당신과 사귈 생각은 전혀 없다**고 말했어."

"……!"

팬지가 꺼낸 냉혹한 말에 무심코 온몸에 오한이 일었다.

평소의 나를 놀릴 때의 목소리, 화낼 때의 목소리, 즐겁게 말할 때의 목소리, 그 어느 것과도 다르다. 지금까지 들어 본 적 없는, 모멸의 목소리다.

…말했다. 분명히 팬지는 그렇게 말했다. 정확하게는 내가 '너랑 사귈 생각은 없다'고 말했더니, 거기에 대해 '나도야'라고 대답했지만, 내용은 같다.

"그런데도 당신은 나한테 무슨 말을 하려는 걸까?"

"그, 그건…."

"내가 상상한 말이라면 혐오감을 넘어서 구역질마저 드는데?"

"으, 윽…."

목이 갑자기 뜨거워지고, 무슨 말을 하려고 해도 말이 나오지 않았다.

마치 목에서 말이 증발해 사라지는 듯한 감각이다.

"저기, 팬지. 갑자기 왜 그래? 저기, 말이 조금….”

"코스모스 선배는 조용히 해 주세요. 저는 죠로와 말하고 있습니다.”

"윽! 아, 알았어….”

코스모스가 중개하려고 했지만, 그것도 튕겨 냈다.

한순간도 내게서 눈을 떼지 않고 차가운 시선을 보내는 채로.

"지금 도서실은 위기 상황이야. 그러니까 모두가 지키려고 애쓰고 있는데, 당신은 시답잖은 사명감에 멋대로 불타서 자존심을 채울 생각만 해. 그런 사람, 필요 없어.”

"팬지, 너무해! 죠로가 불쌍해!”

"히마와리, 나한테도 양보할 수 없는 게 있어.”

"아우우~….”

이번에는 히마와리가 팬지에게 소리쳤지만, 그 말은 닿지 않았다.

…뭐지? 왜 이렇게 된 거야?

얼마 전까지만 해도 우리 집에 와서 같이 이런저런 이야기를 나누었잖아? 너는 괴로워했잖아?

그런데, 왜….

"죠로, 당신의 의문에 대답해 줄게.”

240

"무슨… 소리야…?"

내 생각을 미리 읽은 것처럼, 담담한 목소리가 가슴에 꽂혔다.

시야가 일그러지고, 내가 지금 똑바로 서 있는지도 알 수 없었다.

"나는 썬의 연인이 되기로 약속을 했어."

"……뭐?"

그 말을 들은 순간 받은 충격은 내 인생에서 틀림없이 넘버원에 드는 것이겠지. 물론 나만이 아니라 다른 이들도 모두.

특히나 호스가 심각하다. 마치 잉어가 먹이를 받아먹을 때처럼 입을 뻐끔뻐끔거리고 있다.

썬이, 팬지와 연인이 되는 약속? 그게 무슨 소리야?

"스, 스미레코… 무슨… 소리야?"

모두가 경악하는 가운데, 처음에 팬지에게 그렇게 물은 것은 츠키미였다.

"간단한 이야기야, 쿠사미. 저번에 썬이랑 내가 같이 하교한 날이 있었지? 그날 하굣길에 썬에게 '혹시 니시키즈타 고등학교가 올해 코시엔 진출을 이루거든 내 연인이 된다'라고 약속해 달라고 해서 나는 그걸 수락했어."

"그런…!"

정말…이야? 썬은 정말로 팬지와 그런 약속을 했어?

믿고 싶지 않다는 마음이 가슴에 솟았다가 바로 사라졌다.

왜냐면 나는 팬지의 어떤 특징을 잘 이해하기 때문이다.

그것이 팬지의 장점이고, 아까 발언의 증명으로 이어진다.

"저기, 스미레코찌. 그거 정말이야? 거짓말은… 아니겠지?"

"네. 저는 **절대로 거짓말을 하지 않으니까요.**"

그래. 팬지는 거짓말을 하지 않는다. 말을 얼버무릴 때는 있어도, 어떤 때라도 진실밖에 말하지 않는다. 그것이 팬지란 여자라는 걸 나는 잘 안다.

"그러니까 호스. 나를 집까지 바래다주는 건 한동안 하지 말아주겠어? 연인이 될지도 모르는 사람이 있는데, 누군가에게 오해라도 사면 안 돼."

"그, 그래…. 응, 스미레코의 말이 맞아."

각오가 되어 있지 않았던 걸까, 호스가 소극적인 목소리로 그렇게 대답했다.

하지만 곧 회복했는지, 평소의 밝은 눈동자로 팬지를 보았다.

"으, 응! 다행이네! 스미레코가 행복해진다면 그게 제일이야! 저기, 내 마음이 닿지 않았던 건 슬프지만, 사라지는 건 아니고! 아, 도서실 문제는 안심해. 앞으로도 확실히 도와줄 거니까."

"…그래, 고마워."

호스, 너는 대단하네. 자기 실연이 결정되었는데도 곧바로 그

런 소리를 할 수 있다니. 나는 이런 꼴이거든? 아까부터 제대로 말도 못 하고 있어….

"그리고 마지막으로, 죠로."

"뭐…야?"

"한동안 안 와도 돼."

팬지가 결정타라는 듯이 날린 말이 내 가슴을 꿰뚫었다.

"여기는 도서실. 책을 읽어야 하는 장소고, 당신의 자존심을 채우는 장소가 아냐. 그러니까… 지금 당장 나가."

그런가…. 그렇군…. 도서실 폐쇄 문제는 이대로 호스나 다른 애들이 있으면 어떻게든 된다.

연애 문제는 썬이 어떻게든 해 준다. 즉… 나는 필요 없다는 소리다.

내가 어떤 표정인지는 모르겠지만, 팬지 이외의 사람들을 보면 안다.

정말이지 지독한 얼굴을 한 모양이로군.

"…알았어. 나는… 도서실에 안 올게…."

"""죠로!"""

"코스모스 회장, 히마와리, 아스나로. 미안하지만, 뒷일은 맡길게. 나는 아무래도 없는 편이 나은 모양이니까. 한심한 녀석이라서 정말로 미안해."

경련을 일으키는 입술을 간신히 움직여서 미소를 만들며 나는 그 말과 함께 도서실을 나갔다.

결국 나는 처음부터 끝까지 호스에게 이기지도 못하고, 아무것도 할 수 없었군.

※

모든 것이 끝난 뒤, 도서실을 나간 나는 그대로 집에 가지도 않고 교실에 홀로 남아 있었다.

그저 멍하니, 허수아비처럼, 여기에 한 남자가 오는 것을 기다렸다.

"여어! 죠로, 기다렸지! 왜 그래?"

시간이 얼마나 지났는지는 모르지만, 나 이외에 아무도 없는 교실에 기운찬 목소리가 울렸다.

그것은 내가 기다리던 남자… 나의 베프인 썬의 목소리다.

도서실을 나선 내가 처음으로 한 일은 메일 송신.

썬에게 「야구부가 끝나거든 교실로 와 줘.」라고 메시지를 보냈다.

아까 들었던 충격적인 약속에 대해 확인하기 위해서.

"우왓! 얼굴이 지독한데! 도서실에서 무슨 일 있었어?"

"어, 어어. 팬지랑… 좀….."

"어이어이, 또 싸웠냐? 저번에 싸우고 또?"

"싸운 건 아닌데…. 그게….."

평소와 다름없는 썬이다. 혹시 약속 같은 건 사실은 없었던 거 아냐?

그렇다면 팬지가 나에게 거짓말을 했다고?

이 자식이…. 다음에 만나거든….

"그럼 팬지가 내 여자가 되기로 약속했다는 이야기라도 들은 거야?"

"윽! 그건…!"

마치 당연한 이야기라는 듯이 던진 썬의 말.

다급히 그 얼굴을 보니 썬은 멍해진 나를 비웃듯이 잔혹한 웃음을 띠고 있었다.

그건 예전에 도서실에서 접했던, 또 다른 썬의 냉혹한 일면이었다.

"저, 정말이야?"

"그래, 정말이야."

당연한 걸 왜 묻느냐는 듯이 냉담한 목소리가 내 머리에 침투했다.

내가 품었던 가느다란 희망이 차례로 시커멓게 물드는 기분이었다.

"그 이야기를 나한테 물어보려고 불러낸 거지? 그런데 그 얼굴은 뭐야?"

"그런데…. 저기, 사실은 거짓말이거나…. 아! 그거지? 작전이지? 지금 상황을 어떻게 하려는! 그, 그렇지? 저기, 그런 거지?! 그렇다고 좀 말해 줘!"

일어서서 썬의 어깨를 두 손으로 잡으며 나는 외쳤다.

그래. 분명히 그거다. 썬은 내 베프고, 대단한 녀석이야!

그러니까 분명 내 생각이 미치지 않는 뭔가를….

"……흥! 정말로 넌 멍청한 녀석이야."

경쾌한 소리를 내며 썬은 내 손을 뿌리쳤다. 내 손에는 충격만 남았다.

거의 아프지 않았다. 그런데 왜지?

…무진장 아프잖아.

"그럴 리 없잖아. 전부 사실이야. 나는 올해 지역 대회 결승전에서 우승하면 연인이 되기로 팬지와 약속했어. …길었다고. 기다리고 기다려서 겨우 온 찬스야."

"무, 무슨 소리야?"

"…어이, 죠로. 너는 이상하다고 생각한 적 없었냐?"

"이, 이상해? 뭐가?"

"사람 좋은 것도 정도가 있지. 그럼 질문을 좀 바꿀까. 우리는 전에 싸우고 화해했지. 그때 이렇게 생각하지 않았냐? '의외로 쉽게 화해를 했다'라고."

"윽!"

그렇다. 4월에 우리 관계가 무너지고 5월 초순에 화해하려고 할 때, 썬은 마치 저쪽에서 나와 화해하고 싶다는 듯한 태도를 보였다.

그렇게나 크게 싸웠는데도 불구하고.

"묘하지? 내가 너를 함정에 빠뜨린 주제에, 그렇게 크게 싸운 주제에, 순식간에 손바닥을 뒤집어서 화해를 했지. 히마와리나 코스모스 선배는 이해가 돼. 그 두 사람은 네게 감사할 일이 있었으니까. 하지만 나는 아냐. 그럼… 뭐라고 생각해?"

썬이 나와 화해한 이유… 그 말을 들으니 짐작이 갔다.

설마 썬은….

"그 얼굴…. 이해한 모양이로군. 그래, 네 옆에 팬지가 있으니까. 분명히 말해서 너와 화해하는 쪽이 압도적으로 내게 유리하지. 너와 화해만 하면 팬지와 함께 있을 권리까지 따라오니까."

그만둬…. 이런 이야기, 듣기 싫어…. 왜 이런 식으로….

"이제 알았겠지? 지금까지의 내 행동의 이유가 뭔지를. 그래. 나는 팬지와 연인이 되기 위해 행동했어. 너를 위해서 행동한 적은 한 번도 없어."

그렇지 않다. 그렇게 말하고 싶었지만 목소리가 나오지 않았다.

"화무전 때는 대성공이었어. 전에 **누구 씨**가 그랬던 것처럼 뒤에서 도와줬더니 팬지에게 별명으로 불리게 되었지. 간신히 한 걸음 전진한 거야."

썬이 엎드려 빌면서까지 화무전에 나와 달라고 팬지에게 부탁했다.

그리고 화무전은 대성공을 거두고, 팬지는 모두를 친구로 인정하고 별명으로 부르기 시작했다.

"누구 씨와 팬지가 싸웠을 때는 반쯤 성공한 느낌이었어. 헛스윙을 각오하고 전력으로 뛰게 했지. 사실은 헛스윙을 해야 대성공이었지만. 그도 그렇잖아? 그러면 누구 씨는 없어지고 팬지의 곁에 있을 수 있는 남자는 나만 남으니까."

나와 팬지가 싸웠을 때의 썬의 충고.

혹시 내가 마야마 아저씨에게 마음 가는 대로 말했다가 대실패를 했으면, 팬지와 화해할 용기를 잃고 도망쳤을지도 모른다.

"처음부터 나는 나를 위해서만 움직였어. 계속 기회를 엿봤다고. 그리고 그게 지난번 하굣길이었지. 보통은 어려웠겠지만, 그 호스란 녀석이 와 준 덕분에 팬지는 꽤나 약해졌으니까. 그래서 최선을 다해 봤지."

내가 아무리 부탁해도 썬은 멈추지 않는다. 그 표정을 보면 안다.

지금까지 몇 번이나 보았던, 시합 중에만 보이는, 절대로 질 수 없을 때의 썬의 표정이다.

"나와 팬지의 약속이 지금 상황을 어떻게 하려는 거라고? 웃기는 소리. 오히려 나에게 호스는 최고로 고마운 존재야. 녀석에게는 앞으로도 니시키즈타 고등학교에 오라고 해서 도서실 일을 거들게 하고 싶어. 녀석이 와 준 덕분에 도서실 폐쇄는 중지될 것 같고, 팬지는 내 것이 되니까."

…썬의 말이 맞다…. 모든 것이 해피 엔딩을 향하고 있다.

전부 다 해결이다. 내가 뭘 할 것도 없이… 말이다.

"…이게 '내가 할 수 있는 최고의 수단'이다. …이해했어?"

"…그래…. 잘 알았어."

"그럼 다행이군. 역시나 내 친구. …뭐, 앞으로도 잘 부탁해. 딱히 예전처럼 말도 전혀 안 하지는 않을 테니까. 우리가 험악한 태도를 보이면 걱정하는 녀석들도 있고."

"…그래."

"좋아, 좋아. 그리고 냉정하게 생각해 보라고. 너한테도 문제될 건 하나도 없잖아? 도서실은 남지. 나는 지금까지처럼 네 친한 친구로 있어. 애초에 너는 팬지를 좋아하지도 않잖아? 그럼 내 대성공을 축복해 줘. …친구로서."

"친구로서… 썬을…?"

"그래. 나는 네 제일가는 이해자. 너는 나의 제일가는 이해자. 우리는 그런 관계잖아?"

"……그렇, 지…."

"그래. 그 말을 듣고 안심했어."

그렇게 말하고 썬은 빙글 몸을 돌려서 걸어갔다.

그리고 출구 앞에 서서 또 내 쪽을 돌아보더니,

"좋았어! 그럼, 죠로! 나는 먼저 간다! 들끓는 뜨거운 영혼을 멈출 수 없으니까! 이대로 뛰어서 집에 가 트레이닝이다!"

평소처럼 열정 넘치는 목소리로 말하더니 이번에야말로 교실에서 나갔다.

이렇게 나는 내가 완전히 필요 없어진 것을 이해했다.

나를 좋아하는 건
너뿐이냐

나의 히로인은 정말로 가차없다.
…정말로, 진짜로!

제 6 장

탄포포의 '팬지에게 남자 친구를 만들어 준다 작전'을 저지한 순간 찾아왔던 도서실 폐쇄의 위기와 팬지의 천적, 호스의 등장.

새롭게 나타난 초특대 문제를 해결하려고 분투했지만, 내 도전은 족족 실패.

도서실 폐쇄의 위기는 나보다 훨씬 뛰어난 남자, 호스 덕분에 해결의 길을 찾았다.

그리고 팬지의 위기는 내 친구인 썬이 팬지와 연인이 된다는 약속을 하는 것으로, 모든 사태는 무사히 정리되었다.

내가 헛짓을 하는 바람에 팬지에게 거절당했다는 문제를 남기고….

그로부터 1주일이 지나고 다음 주 월요일. 모든 일은 순조롭게 진행되었다.

일단 기말고사. 아직 결과가 발표되지는 않았지만, 나라면 문제없다.

코스모스가 제공한 예상 문제는 여전히 대단한 적중률을 자랑했고, 히마와리도 '잘 풀었어!'라고 자랑스럽게 말했으니까 이번에도 전원 보충 수업을 면했겠지.

다음은 고교야구. 니시키즈타 고등학교도 토쇼부 고등학교도 무사히 지역 대회 예선 제1시합에서 승리했다.

우연하게도 양쪽 다 그저께, 토요일이 제1시합이었고, 양쪽 다

압승. 들리는 이야기로도 이대로 가면 올해도 결승전에서는 니시키즈타 고교와 토쇼부 고교가 붙을 걸로 보인다고 했다. 우리 학교는 작년의 성과도 있어서, 대부분의 학생이 응원을 갔다. 물론 나도.

나의… 베프인 썬의 투구는 최고. 훌륭하게 상대 팀에게 완봉승을 거두었다.

그리고 마지막으로 도서실. 시험 기간 중이었기 때문에 책의 대출 자체는 줄어들었지만, 면학에 이용하는 학생이 쇄도했기 때문에 이대로만 가면 틀림없이 폐쇄를 저지할 수 있다.

나는 팬지에게 거절당한 이후로 한 번도 도서실에 가지 않았지만, 토쇼부 고등학교 녀석들은 여전히 드나드는 모양으로, 최근에는 도서실 멤버 말고도 니시키즈타 고등학교 학생들과 친해져서 친구를 사귀는 곳으로도 평판이 좋은 모양이다.

이것을 내게 가르쳐 준 것은 호스다.

매일 도서실에 오기 전에 일부러 나를 찾아와서 도서실의 현황을 보고해 주었다.

팬지와 내 사이도 걱정하는 모양인지 '내가 두 사람의 화해를 도와줄게'라는 말을 해 주었지만, 정중하게 거절했다. 녀석의 선의만큼은 절대로 받아선 안 된다.

그리고 썬… 아니, 니시키즈타 고등학교 야구부의 코시엔 진출이 확정되기만 하면 모든 일이 아름답게 정리되어 대단원이다. 안 그래? 모든 게 순조롭잖아?

게다가 말이지, 이거 눈치챘어?

우여곡절을 거쳐서 나는 '과거에 이상으로 추구했던 환경'에 도달했다.

아침에는 귀여운 소꿉친구인 히마와리와 함께 등교.

학교에 가면 아름다운 학생회장인 코스모스와 담소도 나눈다.

썬과의 관계도 지극히 양호. 저쪽에서 내게 말을 걸어오기에 항상 아침에는 히마와리와 아스나로와 츠바키까지 다섯 명이서 잡담을 나누며 떠든다.

그리고 내가 가장 혐오하는 팬지의 주박에서도 완전히 풀려났다.

지금의 내 상황을 4월까지의 내가 보면 틀림없이 이렇게 말하겠지.

'어이어이, 최고의 환경이잖아? 그 청춘을 전력으로 즐기라고.'

…맞는 말이다. 4월까지의 내게 그렇게 말해 주고 싶다.

이제 내가 팬지에게 일체 신경을 끊으면 될 뿐…. 잊으면 될 뿐이야….

하지만 신기한 일이지? 왠지 그게 힘들 것 같단 말이야….

또한 현재는 기말고사 후의 임시 휴일이기 때문에 나는 학교에 가지 않았다.

그럼 완전히 공허해진 내가 뭘 하느냐 하면….

"어서 오세요!"

절찬리에 '따끈따끈한 튀김꼬치 가게'의 점원으로서 아르바이트에 매진하는 중이다.

본래 휴일이었는데, 츠바키가 내게 '괜찮으면 일해 줄래?'라고 하기에 그 호의를 받아들이기로 했다.

명경지수(明鏡止水). 사념은 완전히 씻어 내고, 그저 아르바이트만을 생각하여….

"여어~! 망할 꼬맹이! 내가 왔다고~!"

어쩌지…. 다른 의미로 귀찮아진, 사념 덩어리 같은 사람이 왔다….

"아…. 마야마 아저씨, 오랜만이시네요. 최근 잘 안 오셔서…."

"뭐야~! 혹시 외로웠냐? 한심한 녀석이로군~! 이놈, 이놈~!"

쟁반은 '물건을 옮기기 위한 것'이라는 용도 이외에 '사람을 때리기 위한 것'이라는 용도가 있다는 것을, 지금 이 자리에서 증명해도 되겠지?

"오늘은 유급 휴가를 써서 내가 와 줬단 말이다~! 기쁘지?"

맘모스급으로 기쁘지 않습니다. 얌전히 일이나 해 주세요.

"아…. 그럼 이쪽으로 오세요. 주문은 생맥과 달걀말이면 되겠습니까?"

"삐삑! 아닙니다요~! 오늘부터는 생맥과 가지콩입니다~! 나는 이제 평범하게 맛있는 달걀말이로는, 만족할 수 없는 몸이 되어 버렸습니다요~!"

대단한 몸이네. 악마한테 개조라도 받았나?

"알겠습니다. 그럼 잠시만 기다려 주세요."

아무튼 왜인지 꽤나 이상해진 마야마 아저씨를 무시하고, 주문을 전달하러 주방으로 갔더니 역시나 이미 준비가 끝나 있어서 그걸 옮기게 되었다. …하아.

"어~이, 형씨! 오늘도 이 녀석 좀 잠깐만 빌리겠썬더!"

생맥과 가지콩을 가져갔더니, 아저씨가 빈 옆자리를 끌어당기면서 카네모토 씨에게 나의 임대 허가를. 일단 나한테 허가를 받는 것부터 시작해 주었으면 싶다.

"아, 마야마 씨. 알겠습니다! 그럼 적당히 해 주세요. 키사라기도 일이 있으니까요."

"알겠씀다람쥐!"

우와아, 카네모토 씨. 이렇게 이상해진 아저씨에게 이전과 다름없는 대응을 하다니, 역시 나보다 나이가 많은 만큼 대단하다. …아니, 나이는 관계없나.

애초에 그 카네모토 씨보다 연상인 아저씨가….

"그럼, 그럼 이야기를 할까나~!"

이런 꼴이니까.

"실은 말이지, 딸이랑 화해를 했다! 너를 보고서 나도 노력을 해야겠다 싶어서, 용기를 내 말을 붙여 봤단 말이야! 정말이지 두근두근했으니까!"

무슨 사춘기 소녀냐.

"그랬더니 딸도 나랑 화해를 하고 싶었는지, '아빠앙~! 달걀 말이 만들었으니까 먹어 줘엉~'이라며 세계에서 제일 맛있는 달걀말이를 먹여 주었다고!"

대사에 과장이 꽤나 들어갔다는 생각밖에 안 드는데, 뭐, 됐어.

그래, 그래. 사잔카와 아저씨는 무사히 화해를 했나. 그럼 내 고생도 조금은 보람이 있군. 그래서 아저씨가 이렇게 되었군….

그리고 그쪽에서 달걀말이를 먹을 수 있으니까, 이쪽에서는 가지콩인가. 이해했어, 이해했어.

"게다가 딸은 그 전까지는 꽤나 요란스러운 차림을 해서, 그걸 두고 잔소리를 했던 게 싸움의 계기였지. 하지만 그것도 관두고, 정말이지 무진장 청초하고 귀여워진 거야! 처음 봤을 때는 밀로의 비너스가 우리 집에?! 라고 생각했을 정도로!"

그거 두 팔이 없는 걸 텐데 괜찮아?

"그, 그런가요…. 잘됐군요…."

"그렇지, 그렇지~? 그러니까 오늘은 유급 휴가를 내고 딸에게 선물을 사서…. 음? 뭐야? 혹시 그 얼굴, 내 딸 사진을 보고 싶냐~? 그런가, 그렇군!"

선물로 뭘 샀는지가 차라리 더 궁금하다.

사진은 매일 학교에서 본인을 보고 있으니까 됐다.

"아뇨, 딱히 안 보여 주셔도 괜⋯."

"그렇게 사양이나 하고~! 하지만 다 알아! 사실은 보고 싶겠지! 응? 응~? 어쩔 수 없구만~! 특별히 너한테만 내 딸 사진을 보여 주기로 하지!"

응, 이거 강제 이벤트로군. 아무리 피하려고 해도, 추적 성능 발군으로 따라오는 녀석이야.

아저씨가 꺼낸 스마트폰 화면을 보니, 청초한 탈을 뒤집어쓴 사잔카의 사진이 등장.

부끄러운 듯이 웃는, 그야말로 순진무구한 사잔카가 찍혀 있어서 무시무시했다.

확실히 엄청 끝내주고 위험할 정도로 청초하고 귀엽지만, 유감스럽게도 내용물이 영 아니다.

절대로 그럴 일 없으리라고 생각하지만, 여기에다 난폭한 말씨까지 고쳐지면 완벽할 텐데⋯.

"귀엽지~? 그리고 최근 여기 안 왔던 건⋯ 아니, 내가 없으면 딸이 쓸쓸해하니까! 어쩔 수 없잖아? 미안해용!"

"아뇨, 괜찮습니다. 화해해서 다행이네요."

뭐 이전까지의 아주 성가신 상태보다는 지금이 낫나. ⋯진짜 낫나?

"으음~ 진짜로 스트레스가 쌓였다고 고등학생한테 화풀이나 하던 못된 나에게도 이런 행복이 찾아오다니! 인생이란 대단해! 키사라기, 정~말로 미안했다! 네 덕분에 나는 변했어! 앞으로도 아르바이트도, 학교생활도 열심히 해라!"

"네. 뭐… 열심히 하겠습니다…."

그 뒤에도 한동안 아저씨의 딸 자랑을 들을 뻔했지만, 뒤에서 날아오는 날카로운 시선을 받은 나는 '슬슬 일하러 가야 해서'라는 말로 도망친 뒤로 열심히 아르바이트에 매진했다.

※

"수고했어, 죠로. 자, 여기 차."

"아, 땡큐. 츠바키."

무사히 아르바이트를 마치고, 파이프 의자에 앉아서 차를 꿀꺽꿀꺽. 휴우…. 지쳤다.

"그런데 죠로는 이제 도서실에 안 가는 걸까?"

"푸웃! …쿨럭!"

"아, 또 그거? 죠로, 여기서 차 내뿜는 일이 너무 잦지 않아? 더럽게."

"아, 아니…. 갑자기 무슨 소리야?"

"말 그대로의 의미이려나."

그야 다른 의미는 없겠지만….

"어떻게 가라고. 게다가 내가 없어도 도서실은 아무런 문제도…."

"그럴 리 없지 않을까."

뭐야? 갑자기 내 말을 가로막고…. 아무런 문제도 없잖아?

도서실에 사람이 많이 오게 되었다. 이걸로 도서실의 폐쇄는 확실히 중지될 테니까.

"시험 기간 중에 도서실 일을 도우러 가 봤는데, 팬지는 평소와 전혀 다르게 기운이 없는 눈치라고 할까. 아마 원인은 토쇼부 고등학교 사람들. 특히나 호스. 본인은 친절이랍시고 그러나 본데, 팬지는 아주 성가셔하는 것 같았달까."

어? 호스의 어필은 썬과의 약속 덕분에 사라졌을 텐데?

츠바키는 무슨 소리를 하는 거지?

"아니, 그건 이미 해결된 이야기잖아?"

"아무런 해결도 안 됐달까."

어이어이, 무슨 소리야? 팬지는 썬과 연인이 되기로 약속을 했어.

그러니까 호스는 얌전해질 거야. 그런데…… 아니, 잠깐만.

호스는 내가 '팬지에게 연인이 생기면 어쩔 생각이야?'라고 물었을 때 뭐라고 대답했지?

녀석은….

'그때는 얌전히 축복해야지. 스미레코가 행복해지는 건 좋은

일이야. 조금… 적적하지만.'

…아니. 아니었다. 츠바키의 말이 맞다.

팬지에게 연인이 생기면 호스는 체념하고 떠나갈 거라고 생각했다.

하지만 그게 아니다. 호스는 한 번도 '포기한다'고 말하지 않았잖아!

그 증거로 이미 사람이 많이 찾게 돼서 더 이상 도울 필요가 없어졌는데도, 일부러 우리 학교 도서실 일을 거들러 드나든다. 아마도 본인은 친절이랍시고 그러는 거겠지만.

즉, 설령 팬지에게 연인이 생겼다고 해도 녀석은 계속 팬지 근처로 다가오지 않을까? 순수한 선의를 보이면서, 전혀 악의 없이….

그리고 팬지에게 있어 지옥은 호스의 호의도 있겠지만 그걸로 끝이 아니다.

이전에 녀석은 '호스와 그 주위 사람들이 모이면서 생기는, 선의로 포장된 호스에게 유리한 환경을 혐오했다'고 내게 말했다.

그럼 그게 사라지지 않은 지금 환경은….

"히마와리와 코스모스 선배가 열심히 돌봐 주고는 있지만, 거기에도 한계가 있지 않을까."

그렇겠지. 히마와리와 코스모스는 사정을 알아 버렸다.

게다가 가령 사정이 없었다고 해도 토쇼부 녀석들은 나쁜 짓을 하나도 하지 않았다.

그 녀석들의 제일 큰 문제점은 그거다. 그러니까 코스모스나 히마와리로는 막을 수 없다.

썬도 호스를 어떻게 할 생각은 없다고 내게 밝혔다. 그렇다면….

"그러니까 그 상황을 어떻게 할 수 있는 건 죠로밖에 없다고 생각한달까."

"…아니, 나는 그렇게 대단한 녀석이 아닌 것 같은데…."

"그렇지 않달까. 죠로는 대단한 녀석이야. 오늘도 마야마 아저씨가 죠로에게 크게 감사했잖아. 죠로 덕분에 변했다고 그랬잖아. 그건 네가 열심히 노력했으니까 생겨난 결과야."

아니, 그건 그럴지도 모르지만, 문제의 장르가 미묘하게 다르지 않나?

"죠로, 너는 이번 일에서도 아주 노력했어. 자신이 '모두의 중심에 있다는 각오'를 가지고 열심히 팬지를… 도서실을 지키려고 했잖아."

"그렇게 말해 주는 건 기쁘지만, 결과는 이런 꼴이잖아? 도서실 쪽은 거의 토쇼부 애들이 해결해 주었고, 마지막에는 팬지에게 '도서실에 오지 마'라는 말을 들었다고."

"그거, 히마와리와 코스모스 선배한테도 들었는데, 정말이야?"

"진짜야! 얼굴을 맞대고 '한동안 안 와도 돼'라고, 제대로 들었다니까!"

돌이켜 보니 왠지 화가 치밀어서 무심코 목소리를 높였다.

애초에 왜 녀석은 썬과 연인이 된다는 약속을 그렇게 쉽게 했지!

좀 된 일이지만, 처음에 내가 팬지에게 썬하고 사귀라고 말했을 때는 쌀쌀맞게 거절했잖아! 그때도 도서실에 안 와도 된다는 소리를…… 어, 어라?

"왜 그래, 죠로?"

내가 굳어 버려서 걱정이 됐는지, 츠바키가 고개를 갸웃거리며 이쪽을 보았다.

잠깐. 잠깐잠깐잠깐. 자~~알 생각해 봐!

내가 썬과 사귀라고 해서 팬지가 화냈을 때, 그 녀석은 뭐라고 했지?

그때도 녀석은 내게 '한동안 안 와도 돼'라고 했고, 그 뒤에….

"츠바키, 오늘은 월요일이지?!"

"그런데, 그게 왜?"

그 여자… 그런 거였냐!

나밖에 모르는, 나라도 진짜 알기 어려운 힌트를 보냈던 거냐!

그렇다면 그건가? 나는 내일 **반드시** 도서실에 가야만 한다는 거잖아!

"츠바키… 저기, 미안한데, 내일 아르바이트 좀 쉬어도 될까?"

"응, 괜찮으려나. 애초부터 평소보다 아르바이트를 한 명 넉넉히 썼고."

찡긋 윙크를 보내면서 내게 미소를 보여 주는 츠바키.

"후후후…. 간신히 기운이 좀 났네. 잘된 일일까."

"그래! 츠바키 덕분이야!"

파이프 의자에서 일어서서 무심코 츠바키의 두 손을 꼭 붙잡았다.

항상 내가 궁지에 몰릴 때면 나를 도와주는 이 녀석은 내게 구세주 같다.

"우왓! 아하하…. 남자가 이렇게 세게 손을 붙잡아 주다니, 첫 경험 8일까."

"어! 미, 미안! 하지만 정말로 고마워!"

"별거 아냐. 그게 나를 위한 일이기도 하니까. 이대로는 여름 방학이 재미없어질 것 같았으니까. 축제, 나가시소면, 바다. 전부 다 기대하고 있으니까."

"그래! 꼭 즐거운 시간으로 만들어 줄 테니까 각오해!"

마지막에 그렇게 말하고 츠바키의 가게를 뛰쳐나간 나는 그대로 내달렸다.

머릿속으로는 4월까지의 내가 '무슨 바보 같은 짓을 한 거야. 네 착각일지도 모르잖아. 지금 당장 그만둬!'라고 불평하는 소리가 들린 것도 같았다.

…미안해. 이미 나는 너랑 다르거든.

아무래도 나도 좀 분에 겨운 녀석이 된 것 같아. 예전의 이상 (理想)으로는 만족할 수 없어졌어.

※

"…그래서 어떻게 할까?"

다음 날 아침, 아직 도서실이 문을 안 연 오전 8시. 어떤 사정으로 밤을 꼴딱 새운 나는 아침 일찍부터 학교에 와서 복도를 걸으며 그런 말을 흘렸다.

오늘은 아직 임시 휴일. 학교에 오는 건 각종 동아리 활동에 매진하는 녀석, 입시 준비로 온 3학년, 그리고 도서실에 오는 녀석 정도겠지.

그러니 아무도 없을 교실에서 나는 한 가지 난제의 답을 생각하려고 했다.

그 난제란 '호스가 마음을 접게 할 방법이란?'이다.

이대로 내가 도서실에 가서 호스에게 도전해도 지난번 일의 재탕이 될 뿐.

이것이 내가 한숨도 자지 못했던 이유다. 집에서 생각하고 생각했지만, 전혀 답이 나오지 않았다.

무슨 일이 있어도 도서실에 갈 생각이긴 하지만, 아직 시간은 있다.

그러니까 일단 교실의 내 자리에서 천천히 작전을….

"히익! 엇?! 잠깐!"

교실 문을 연 것과 동시에 울린, 덜컥덜컥 하고 의자와 책상이 부딪치는 소리, 조금 얼빠진 목소리.

당연하지만 이것들은 내가 낸 소리가 아니다. 그럼 누가 낸 소리냐 하면….

"왜 네가 여기에 있는데?!"

무슨 이유에서인지 교실에 있던, 청초한 탈을 뒤집어 쓴 버서커가 낸 소리다.

설마 했던 전초전이다…. 나는 살아서 도서실에 갈 수 있을까?

"어어…. 뭐 하는 거야, 사잔카? 거기, 내 자리인데?"

"질문에 질문으로 대답하지 말란 말이야! 네가 먼저 대답해!"

정론이긴 하지만 폭론으로 들리는 건 왜지? 이게 버서커의 특수 능력일까?

"아니, 도서실 일을 도울까 했는데, 아직 안 열어서. 교실에서 시간 좀 죽일까 하고…."

"하아아앙?! 네가 시간을 죽일 교실 따위 이 세상에 존재할 리 없잖아!"

아무래도 이 세계는 내 생각보다 훨씬 빡빡한 풍습이 있는 모양이다.

"아, 알았어…. 그럼 교실에서 나갈 테니까…."

"기, 기다려!"

이 녀석 뭔데? 나가라고 했다가, 또 기다리라고 하고, 이랬다 저랬다 하는 여자로군.

참나, 그러더니 허둥지둥 옆으로 다가와서, 이전까지의 코를 찌르는 향수와는 다르게 품위 있는 향수 냄새를 풍긴다고 해도… 엄청나게 두근거리니까!

"뭐, 뭐야…?"

"우우~!"

옆에 다가오나 싶더니, 이번에는 그대로 위협하고 들었다. 무지 무섭다.

"자! 이거! 받아!"

"…어?"

내가 사잔카의 기행에 곤혹스러워 하는데, 왜인지 날카로운 어조로 가방에서 반찬 통을 꺼내 내게 들이밀었다. 이게 뭔데?

"어어, 이거 뭔데?"

"다…다…다다…."

뭐야? '다'를 연호하고. 너는 그레이트 마O가의 오프닝이라도 부를 생각이야? 그런 거라면 나는 스크럼블 대시로 도망치도록 하지.*

"달걀말이야!"

우와! 목소리가 커! 고막이 터지는 줄 알았다!

"왜 나한테? 혹시 그걸 내 책상에…."

"따, 따따딱히~! 우연히 어제 너무 많이 만들어서, 우연히 내가 학교 교실에 오고 싶어져서, 우연히 네 책상 안에 넣을까 했는데, 우연히 네가 온 것뿐이야!"

과연. 우연에 우연에 우연에 우연이 겹쳐서 일어난 사태로군. 마지막 그건 진짜로 우연이고.

내가 교실에 들르지 않았으면 어쩔 생각이었을까?

"아니, 그래도 말이지…."

"진짜로 바보라니까! 네가 최근 재수 없지 않아서 그런 거잖아!"

설마, 기분 나쁘지 않다고 군소리 듣는 날이 올 줄이야…. 즉, 사잔카에게 최근의 나는 너무 호감이라는 뜻일까. 쾌감의 화신이라고 불러 줘.

"항상 실실실 기분 나쁜 얼굴 하는 게 너인데, 최근에는 조용하고 얌전하고! 무슨 일이 있거든 이야기라도 좀 하라고! 바보 아냐?!"

"…어?"

"그러니까, 저기…. 아빠 문제도 있고…. 아아아아! 이런 게

※그레이트 마징가의~ : 애니메이션 〈그레이트 마징가〉의 오프닝곡은 '대시, 대시, 단단다단, 스크럼블 대시'라는 가사로 시작한다.

아닌데! 내, 내 달걀말이는 아주 맛있으니까! 아빠도 이걸 먹으면 기운이 나고, 너도 그러면 좋겠구나 하고…. 아니, 이런 말이 아니라!"

나는 아무런 말도 안 했다. 네가 멋대로 떠드는 거지.

더불어서 나는 그렇게까지 기분 나쁜 상태가 되고 싶지는 않다. …뭐, 농담은 이쯤 하고.

혹시 사잔카는 내가 요즘 기운이 없다는 걸 알고 격려해 주려는 걸까?

"어, 어어…. 미안해. 요즘 마음대로 되는 일이 없어서…."

"흥! 어차피 자기가 어떻게 할 수도 없는 일을 하려다가 자멸했겠지! 뭘 하든지 너는 불쾌한 짓밖에 못 하니까, 서툰 일은 하려고 들지도 마!"

"…어?"

"어울리지도 않는 탈을 써 봤자 금방 벗겨지잖아! 너는 너답게 굴면 되는 거야! 하고 싶은 일이 있거든, 지금의 네가 하면 되잖아!"

"지금의 내가…? …그래, 그런가…."

"그래! 흥! 간신히 좀 입맛 떨어지는 모습이 됐네!"

나는 내가 스스로 만든 룰에 얽매여 있었다.

호스가 올곧고 정정당당하게 구니까, 나도 거기에 맞춰서 녀석에게 도전했다.

하지만 그게 아니야. 나는 나, 호스는 호스다.

호스의 룰대로 싸우는 게 아니었어. 내가 녀석을 내 룰로 끌어 오면 되는 거야.

"그래서 받을 거야? 안 받을 거야?"

사잔카를 보니 꽤나 홍조를 띤 얼굴을 새끼손가락으로 긁적이 면서 다른 손에 든 반찬 통을 내게 내밀고 있었다.

"아, 미안! 받을게! 받을게!"

"처음부터 얌전히 그랬으면 되잖아! 말해 두는데, 나한테 받았 다고 누구한테 말하면 죽인다! 나댔다간 죽인다! 좋아해도 죽인 다! …알았어?!"

"그럼 감사라도 할게. 고마워…. 사잔카."

"~~!! 그, 그거면 돼! 알잖아! 그럼 나는 이제 갈 거니까! 너 는 어디 도서실에라도 가서 구역질나게 굴어 보라지! 다음에 봐!"

그렇게 말하고 안면이 활화산 상태로 표변한 사잔카는 청초한 겉모습에 어울리지 않는 난폭한 발걸음으로 떠나갔다.

"나, 나는 바보! 진짜로 바보! …꺄아아아아아아아!"

왠지 복도에서 꽤나 시끄러운 비명 소리와 경쾌하게 울리는 실내화 소리가 들렸지만, 그건 됐어….

그보다 아침부터 아무것도 못 먹고 학교에 왔으니까 배가 고 프군.

그럼 이왕 받은 달걀말이를 먹어 보도록 할까.

"……맛있잖아."

※

할 일은 결정했다. 그럼 마지막 준비를 할 뿐이다.

달걀말이를 다 먹은 나는 운동장으로 발길을 옮겼다.

거기에는 동아리 활동을 하는 녀석들이 있었다. 학교 건물에 걸린 '올해야말로 비원의 코시엔!'이라는 현수막을 체현하기 위해, 이른 아침부터 열심히 연습하는 우리 학교 야구부 녀석들의 모습이 있었다.

"어라? 거기에 있는 건 쓸모없는 선배 아닌가요!"

내 존재를 알아차리고 옆에 다가온 체육복 차림 계집을 걷어차도 되겠습니까?

"아무튼 그 호칭에 무슨 의미가 있는지 좀 말해 볼래, 탄포포?"

"우후후! 하네타치 선배에게 들었어요! 산쇼쿠인 선배와 오오가 선배는 멋지기 짝이 없는 약속을 한 모양이니까요! 즉, 우리가 지역 대회에서 우승하면… 우힛!"

여러분! '우힛!'이라고 기분 나쁘게 웃는 여자가 여기 있습니다!

"그래서 나는 쓸모없다?"

"네! 하지만 감사해요! 이쪽도 하네타치 선배에게 들었지만,

산쇼쿠인 선배와 하즈키 선배가 엮이지 않게 애써 줬다면서요!
정말로 여러모로 고맙습니다!"

첫. 괜한 곳에서 기특한 태도를 보이고. 그럼 지금 건 불문에
붙여 주지.

게다가 우연이지만… 이 녀석에게는 감사할 일이 있으니까.

"그건 내가 할 말이야. 네 덕분에 나도 깨달은 게 있었으니까."

"……? 키사라기 선배에게 감사받을 일은 많다고 생각하지만,
어떤 것 말인가요?"

많지 않아. 하나뿐이야. 그렇게 말하고 싶은 마음이야 굴뚝같
지만, 됐다.

내가 탄포포에게 감사하는 것은, 이 녀석이 '팬지에게 남자 친
구를 만들어 준다 작전'을 나에게 시켰다는 점이다. 그게 아니었
으면 나는 여기에 도달할 수 없었다.

그때 이 녀석이 했던 순정만화 이야기. …마지막에 트러블을
일으키는 녀석의 정체.

그것이 내게 어떤 답을 주었으니까.

"뭐, 신경 쓰지 마. 그보다 탄포포. 너한테 부탁이 좀 있는데,
들어줄 수 있을까?"

"저에게 부탁? 애석하게도 저는 야구부 일로 아주 바빠서 무
리인데요."

"바쁜 중에 부탁을 들어주는 탄포포는 아주 귀여워. 분명 인기

가 있을 거야."

"어쩔 수 없네요! 내용에 따라서는 들어줄 수도 있어요~! 우훗!"

음. 여전히 가볍게 넘어오는 모습에 안심했어. 그럼 부탁을 해 볼까.

"여어! 죠로, 어쩐 일이야? 탄포포가 '키사라기 선배가 부른다'고 그러기에 왔지! 하지만 짧게 해 줘! 미안하지만, 지금은 네게 시간을 빼앗기고 있을 수 없거든!"

진흙투성이 유니폼에 잔뜩 땀을 흘리면서 열혈 미소와 함께 나타난 썬. 이것만 보면 그날 있었던 일은 거짓이 아닐까 싶지만, 그건 내 아련한 바람.

마지막 발언이 그것을 증명했다.

"그래. …저기, 좀 어때?"

"보다시피 완벽해! 2차전도 확실히 이겨서 단숨에 결승까지 올라갈 거야!"

불끈 주먹을 쥐면서 기합을 보이는 썬.

그렇지. 정말로 이대로 결승에 가서, 이번에야말로 코시엔에 진출했으면 싶다.

이건 본심이다. 무슨 일이 있어도… 역시 내게 썬은 친구다.

하지만 그래도 나는 썬에게 말해야만 하는 게 있다.

"할 말은 그것뿐이야? 그럼 나는 간다! 아니, 이런 일로 부르지 말아 줘!"

"아, 아니! 그게 아냐! 이제부터 말할게!"

떠나려는 뒷모습을 나는 다급히 불러 세웠다.

각오를 하고 왔지만, 막상 그때가 오면 마지막 한 걸음을 내딛지 못하는 것은 내 나쁜 버릇이다.

"으음? 그럼 얼른 말해. 빨리 연습을 하고 싶거든!"

"저, 저기… 썬….""

"음!"

말한다? 진짜로 말할 거니까! 더 이상 물러설 수 없어지지만, 일단 말할 테니까!

"난 올해 지역 대회에서는 썬을 응원할 수 없겠어. 달리… 더 우선해야 할 일이 생겼어."

"…흐응. 그건 친구인 나보다 중요한 일이야?"

조심조심 썬의 얼굴을 보니, 거기에 있는 것은 또 다른 썬이었다.

그 녀석이 어딘가 차가운 표정으로 나를 지그시 바라보았다.

하지만 착각하지 마. 아무리 태도가 변하더라도 썬은 썬이다.

그러니까 나는 친구로서 똑바로 내 마음을 전하자.

"그… 그래. …썬보다 중요한 일이야."

올해 나는 썬을 응원할 수 없다. 달리 해야 할 일이 있으니까.

"헤에~ 그런가. 헤에~….."

"미안해…. 정말로, 미안…. …알았어. 전부 다… 알았어…."

냉정하게 생각해 보면 처음부터 이상했다. 그때 썬은 쓰지 않았다.

썬만이 쓸 수 있는, 확실하게 나를 무릎 꿇릴 수 있는 최강의 무기를.

그리고 두 사람이 나눈 약속. 절대로 거짓말을 하지 않는 팬지. 그때 썬의 말에 담긴 진짜 의미. 거기서 도출되는 답은 하나밖에 없다.

썬은….

"저기, 죠로. …9회말, 원 아웃 3루, 점수는 동점. 한 점만 따내면 이쪽의 승리야. 즉, 반드시 한 점이 필요해. 그럴 때 타자는 어떻게 하는 게 정답일까?"

"…어?"

고개를 들고 썬의 얼굴을 보니, 꽤나 후련하고 부드러운 미소를 짓고 있었다.

"홈런이나 안타를 치면 좋겠지. 하지만 양쪽 다 그렇게 쉽게 할 수 없을 만큼 대단한 투수가 상대라면 타자는 어떻게 해야 할까. …알아?"

"…그거라면 해야 할 건 하나밖에 없지…."

"잘 알고 있잖아. 역시나 내 친구."

"…그래. …고마워. 덕분에 홈베이스를 밟을 수 있겠어. 정말로 '썬이 할 수 있는 최고의 어프로치'였어…."

"당연하잖아? ……그럼 나는 연습하러 간다!"

썬이 평소처럼 밝은 미소로 돌아오더니 내게 그렇게 말했다.

하지만 모든 게 다 돌아온 건 아니다. 눈을 보면 어딘가 슬픈 듯한 빛을 띠고 있었다.

"…저기… 연습 열심히 해! 응원할 테니까! 꼭 이겨! 코시엔에 가라고!"

"당연하지! 우리 둘 다 확실히 이기자고!"

그렇게 말하며 운동장으로 향하는 썬의 뒷모습을 바라보면서 나는 그 자리를 뒤로했다.

※

오전 9시 30분. 마침내 그때는 왔다.

드디어 마지막 싸움을 벌이기 위해 나는 도서실로 향했다.

―그러니까 그 상황을 어떻게 할 수 있는 건 죠로밖에 없다고 생각한달까.

―하고 싶은 일이 있거든, 지금의 네가 하면 되잖아!"

…괜찮아. 다 정해졌어. 각오도 했어. 이제 하기만 하면 돼!

좋아… 간다…. 갈 거니까! 그럼 도서실 문을 오픈!

"여어."

도서실 문을 열자, 거기에는 단 한 명만이 있었다.

이 녀석은 어떤 때라도 제일 먼저 와서 도서실 접수처에 앉아 있군. 정말이지 대체 무슨 수를 쓰는 걸까?

오늘도 전혀 귀엽지 않은 땋은 머리에 안경, 납작 가슴. …산쇼쿠인 스미레코다.

"뭐 하러 왔어? …한동안 오지 말라고 했을 텐데?"

아니, 불안하게 흠칫거리지 마. 평소처럼 더 자신만만하게 해.

잘 전해졌다고. …네가 내게 보낸 SOS는 말이야.

"그래. '한동안 안 와도 돼'라고 지난주에 그랬지."

그래. 이 말이야말로 팬지가 보낸 SOS의 정체.

이걸 그대로 받아들이면 잘못. 사실은 다른 두 가지의 의미가 존재했다.

일단 첫 번째. 팬지는 '한동안 안 와도 돼'라고 내게 말했다.

하지만 그것은 결코 '다시는 오지 마'라는 완전한 거절이 아니다.

즉, 그때의 팬지가 한 말을 뒤집어 보면, '시간이 좀 지난 뒤에 와 줘'라는 의미로 이어진다.

그리고 두 번째. 이것은 첫 번째와 달리 나 혼자서는 절대로 알 수 없었다.

팬지는 내게 일부러 다음에 올 날을 지정했다.

기억하려나? 4월에 내가 이번과 완전히 똑같은 말을 팬지에게 들은 뒤, 이 녀석이 보낸 메일의 내용을. …그 내용은 이렇다.

「다음 주 화요일부터 또 와.」

이게 정답. 그러니까 나는 오늘… **다음 주 화요일**에 반드시 여기에 와야만 했다.

정말로 알아먹기 어려운 말이다. 숨겨진 의미를 엄청나게 고민하게 만드는구나.

하지만… **그러니까 내가 아니면 안 되는 거겠지.**

뭐, 됐어. 네가 그렇게 했으니까, 나는 그때의 말로 전해 주지.

"무슨 일이야?"

"윽! …어, 어머…. 자기, 발로… 와 놓고, 심한 말이네."

내 말의 의미를 알아차렸는지, 눈동자를 적시고 입술을 떨면서 팬지는 그렇게 말했다.

그런 모습을 보이기 부끄러웠는지, 두 손으로 든 나츠메 소세키의『명암』으로 자기 표정을 숨기질 않나.

정말로 절박한가 보군…. 자기가 그런 한계 상태인 주제에 괜한 신경을 쓰다니.

"네가 불렀잖아."

"맞아…."

그때 이 녀석이 나에게 그런 말을 하고 도서실에서 쫓아낸 이유.

언뜻 보면 나를 거절한 것처럼 보이지만 사실은 정반대. 이 녀석은… 나를 도운 것이다.

내가 최선의 수라고 믿었던 것은 사실 최악의 수였다.

그때 나는 앞뒤 안 가리고 팬지에게 고백을 하려고 했다.

하지만 가령 거기서 우리가 연인이 되었더라도, 호스는 포기하지 않고 도서실에 찾아온다.

그리고 츠키미와 체리는 이전에 '팬지를 좋아해?'라는 질문에 부정했던 나를 비난하겠지. 최악의 경우 니시키즈타와 토쇼부 사이에 커다란 균열이 생긴다.

코스모스나 히마와리도 나와 팬지가 갑자기 연인이 되는 것을 어떻게 생각할지 모른다.

상황을 개선하려다가 오히려 최악의 사태를 일으켰을 가능성이 있다.

그러니까 나를 쫓아냈다. 귀찮은 일은 전부 자기가 끌어안고, 나를 '과거에 이상으로 추구했던 환경'으로 보내고…. 아주 희미한 희망만을 믿고….

화무전 때와는 정반대로군. 우리 집에 왔던 날 이후로 네가 나를 위해 행동하다니.

"재미있어졌지?"

"그래. 모처럼 애썼는데, 지금까지의 노력은 날아갔어. 전부 헛수고였어. 하지만… 아직이잖아?"

"그래."

지금 시점으로도 거의 최악의 상황인데, 이다음에는 어떻게
되냔 말이야.

하지만 팬지의 말이 진실이라면 진짜는 아직이다. 무엇보다
도…

"진짜로 재미있어지는 건 지금부터잖아?"

뒤에서 들려오는 문소리. 돌아보니 거기에는 세 명의 방문자
가 있었다.

호스, 츠키미, 체리. 세 사람은 나와 팬지가 같이 있는 것을 보
고 놀랐다.

특히나 호스. 놀라움에서 기쁨으로 감정을 바꾸더니 내 옆으
로 다가왔다.

뭐, 아무리 그래도 전부 그때의 재현이 되지는 않지.

"와아! 죠로, 와 줬구나! 기뻐!"

"그래. 여러모로 폐 끼쳐서 미안해. 팬지한테 허가도 받았고,
오늘부터는 나도 도서실에 복귀다."

"괜찮아, 괜찮아! 죠로찌도 많이 고생했잖아? 이 누나는 용서
해 줄게!

"고맙습니다, 체리 씨."

"그럼 오늘부터 또 같이 열심히 해 보자. 어어…. 스미레코도
그러면 돼?"

"그래. 상관없어, 쿠사미."

정말이지 이 녀석들은 좋은 녀석들이군.

그렇게 싸우고 분위기를 엉망으로 만들었던 우리를 쉽사리 용서해 주다니.

그럼 일단은 감사를 행동으로 보여 볼까.

처음에 해야 할 일은 사죄. 일단 도서실 일을 끝내 놔야지. 이제 사람도 올 테고.

진짜는 오늘 도서실의 폐관 시간 다음이다.

"아! 죠로! 죠로다!"

"죠로, 와 주었구나!"

"죠로, 겨우 왔나요! 목을 길게 빼고 기다렸어요!"

이어서 히마와리와 코스모스와 아스나로도 왔다.

"죠로, 점심은 가져왔어? 사실은 어제부터 히마와리와 둘이서 모두의 점심 식사를 준비했거든. 물론 네 몫도 있어!"

"정말인가요?! 그거 꼭 먹어 보고 싶은데요!"

"정말이야. 꼭 먹어 보도록 해. 후후후."

이렇게 도서실에 돌아오게 된 나는 한때의 위안을 얻었다.

오늘도 도서실은 잘나갔다. 폐관 시간까지 많은 이용자가 찾아왔다.

미소녀 효과도 있었겠지만, 다 함께 도서실을 여러 시각으로 소개한 것이 공을 거두었겠지.

"오늘은 수고했어! 드디어 현재까지의 이용자가 열 배가 되었어! 목표 달성이야!"

"아하하! 이대로 가면 우리 도서실보다 인기가 나을 것 같아서 왠지 복잡~하지만 축하해!"

"에헤헤! 있잖아, 죠로! 오늘 내 메이드복, 어땠어?"

"매번 묻지 좀 마라…. 감상은 똑같으니까."

"우우! 죠로 못됐어! 제대로 말해 줘!"

"알았어. …어어, 오늘도 귀여웠어."

"죠로, 제 메이드복에 대해서도 감상을 말해야 합니다! 자, 얼른!"

"으으! 시끄럽긴! 어울려, 아스나로도 아주 예뻤어! 이제 만족했냐?"

"네! 대만족입니다!"

"후후후, 죠로가 오니 역시 다들 즐거운가 보네."

시각은 18시 30분. 도서실 이용자는 전원 돌아가고, 남은 것은 도서실 일을 도운 이들.

화기애애하게 모두가 정답게 서로를 치하하는 멋진 분위기는 옆에서 보면 아주 사이좋고 아무런 문제도 없는 것으로 보이겠지.

하지만 그건 거짓이다. 이 도서실 폐쇄 문제로 시작돼서, 호스란 남자가 나타나고, 썬의 초대형 기술이 발동된 이 사건은 하나도 해결되지 않았다.

자, 도서실의 업무 시간 중에는 아무 일도 일어나지 않았지….

그럼 이 뒤에 일어난다는 걸까? 팬지가 예측한 '정말로 재미있는 일'이.

"그래! 오늘 말인데, 모처럼 죠로찌가 돌아왔으니 다 같이 츠바키찌네 가게로 튀김꼬치 먹으러 안 갈래? 전에 한번 갔는데, 바삭바삭하고 따끈따끈한 게 아주 맛있었으니까, 또 먹으러 가고 싶어!"

"좋은 생각이야! 전부 다 해서 여덟 명… 이 시간이면 조금 기다려야겠지만, 나는 괜찮아!"

"츠바키네 튀김꼬치! 츠키미, 추천 메뉴는 토마토야! 토마토!"

"그래. 저번에 갔을 때는 그거, 안 먹었으니까 주문할래."

"그럼 나는 먼저 귀가할게."

저마다 그 제안에 응하는 가운데, 홀로 담담하게 짐을 챙겨서 가려는 팬지.

도서실에 있는 전원이 어딘가 '역시나…'라는 표정을 짓는 것을 보면, 최근의 이 녀석은 항상 이런 식이었겠지.

"잠깐! 스미레코!"

팬지가 가려는 순간, 호스가 꽤나 큰 목소리로 외쳤다.

"왜?"

"저, 저기…."

"집에 바래다주지 않아도 돼. 전에도 말했잖아?"

"아, 아니! 아냐! 그게 아냐! 그게 아니야!"

뭔가 석연치 않은 기색이었지만, 호스는 그 점에 대해서는 바로 부정.

"어어···. 저기···."

다시 머뭇거리는 상태로 돌아가서 말을 질질 끌었다.

꽤나 긴장했는지 손에 맺힌 땀을 바지에 쓱쓱 닦았다.

"호스찌, 어제도 말했잖아! 고민할 거면 말해 버리는 편이 좋다고!"

"이제 니시키즈타 고등학교의 도서실은 괜찮을 테고, 호스의 욕심을 조금은 들어줄게. 여름 방학 전에 말하고 싶었잖아? 지금을 놓치면 말할 수 없을 거야."

그런 상태의 호스의 등을 체리와 츠키미가 그런 말로 살짝 밀었다.

"응, 그래. ···고마워, 체리 회장, 츠키미."

두 사람의 말에 용기를 얻었는지, 호스가 주먹을 불끈 쥐었다. 그리고···.

"스미레코! 역시 나는 너를 좋아해! 그러니까 나와 사귀어 줘!"

···일어났군. 일어났다. 아니, 팬지. 너는 대체 어디까지 에스

퍼인 거야?

왜 이렇게 다른 인간의 움직임을 멋지게 예측할 수 있지?

뭐, 내가 온 것도 네 계산대로였지만….

"미, 미안! 이렇게 많은 사람이 있는 장소에서! 하지만 스미레코는 요즘 혼자 집에 가고, 단둘이 될 수가 없어서…."

선의의 저주…. 혼자서는 거절할 자신이 없는, 호스의 세 번째 고백.

팬지는 이걸 내가 막아 주기를 바랐다.

"전에도 말했잖아? 나는 썬과 약속을 했어."

일단 첫 수는 약속에 대한 팬지의 발언. 하지만 말하는 팬지 본인도 알고 있겠지.

그걸로 물러날 상대가 아니라고.

"응, 알아. 하, 하지만, 그건 어디까지나 지역 대회에서 우승했을 때 이야기잖아? 그러니까 혹시 그렇게 되지 않았을 때는 나도 생각해 줘. 반드시, 반드시 행복하게 해 줄 테니까!"

정말로 호스의 정신 상태는 어떻게 되어 먹은 거지? 다이아몬드급 하트다.

"하지만…."

팬지가 아주 잠깐 나를 바라보았다.

그 눈동자는 '혼자서 해 볼게'라고 말하는 듯했다.

이제 됐어…. 이제 됐어… 팬지. 얌전히 나한테 도움을 청해도 돼….

"스미레코… 그, 그게…. 어어…."

"호스 어제 말했던 걸 생각해. 자, 약속 이야기."

츠키미가 호스의 팔을 툭 치고 그렇게 말했다. 약속 이야기? 그건 대체….

"아! 그, 그랬지! 저, 저기, 올해 지역 대회에서 니시키즈타 고 등학교가 이기면 스미레코는 썬의 연인이 된댔지? 그럼 토쇼부 고등학교가 이기면 내 연인이 된다는 약속을… 해 줄 수 없을 까?"

참나…. 성가신 제안이로군!

하아…. 어쩔 수 없네…. 이렇게 됐으니 출혈 서비스로 가 주 겠어.

감사하고, 감사해 보라고. 어? 망할 납작 가슴 안경!

"하즈키. 그건…."

"저기… 팬지. '여자의 특권'이라는 거 알아?"

일단 팬지와 호스 사이에 끼어들면서 대화를 커트.

분위기가 무르익는 와중에 미안한데, 이 이상 진전시킬 수는 없지.

"…몰라…."

"그럼 가르쳐 주지. …'여자의 특권'이란 건…."

이 말을 하면, 나는 앞으로도 아주 귀찮은 일들을 잔뜩 끌어안게 되겠지.

하지만 이미 물러설 수 없고, 물러설 생각도 없다.

아무리 일이 귀찮아지더라도, 아무리 성가신 사정을 끌어안게 되더라도….

"자기 멋대로, 남을 휘두르는 거야."

하기로 마음먹었으면 한다. 그게 내 모토다.

"팬지. 너는 전에 나한테 말했잖아?"

"무슨 이야기?"

"산쇼쿠인 스미레코는 아주 외로움을 많이 타고, 깜짝 놀랄 만큼 어리광을 부린다고 했지?"

"……!"

놀란 얼굴 하지 마. 다 기억한다고.

그 모습의 너와 내가 처음 이야기를 나누었을 때, 헤어질 때 했던 말이라면 말이야.

"…………**정말 곤란해.**"

너무나도 긴 침묵을 거쳐서 팬지가 한 말은 이것. 여전히 변함없이 어중간하게 보이지만, 나한테는 더없이 또렷한 말이다. 참나, 어디까지 확인할 거야?

이 확인 중독자. 너와의 '공통의 화제'는 뇌수에 잘 새겨 놓고 있다고.

"그거 다행이군. 마침 지금은 무진장 **한가해**."

정말이지 내가 여기에 안 왔으면 어쩔 생각이었어?

하지만 겨우…. 겨우 팬지가 명확하게 내게 도움을 청했다.

그러면… 이번에도 평소처럼 전력으로 휘둘리도록 할까!

"저기, 죠로. 미안해, 지금은 내가 스미레코랑 말하고 있는데…."

"그래, 그랬지. 미안. 하지만 말이야, 그 대답을 듣기 전에 내 이야기를 들어 줘."

"죠로의 이야기? 어떤 건데?"

"팬지와 약속하기 전에 말이지, 나랑 승부를 하나 하겠어?"

"어? 승부?"

갑작스러운 내 제안에 놀란 얼굴을 하는 호스.

뭐, 그도 그렇겠지. 팬지에게 고백했더니 왠지 내가 **뻔뻔하게** 나섰으니까.

미안해, 호스…. 사실은 팬지의 대답을 듣고 싶겠지.

"그래. 실은 내가 오늘 도서실에 온 건 너한테 이 말을 하기 위해서였어. 물론 그냥 승부는 아니야. 진 쪽은 벌칙 게임이다."

"으, 으음…. 그보다 스미레코의 대답을…."

"죠로찌, 잠깐만 참을 수 없어?"

"죠로, 조금 조용히 해."

으윽! 호스만이라면 어떻게든 되겠는데, 체리와 츠키미가 걸리는군.

…어쩐다? 이대로 가면 팬지와 호스 사이에 괜한 약속이 이루어진다….

어떻게든 나를 우선하게 해야 하는데….

"……내가 나서야겠으이."

그때 한 소녀가 작은 목소리로 그렇게 말했다.

포니테일이 트레이드 마크, 감정적이 되면 사투리로 말하는 여자… 아스나로다.

"좋습니다! 남자와 남자의 승부라면 좋은 기사가 되겠네요! 아주 궁금합니다!"

…그런가. 아스나로만큼은 그 사정을 듣지 못했다. 아마도 눈치는 챘겠지만, 그래도 듣지 않았으면 모르는 척하면서 자유롭게 움직일 수 있다.

"호스, 죠로의 이야기를 먼저 듣죠! 산쇼쿠인도 죠로의 이야기가 궁금하다는 얼굴이에요!"

"나, 나는…."

그러면 안 되지, 아스나로…. 분명히 팬지의 동의를 얻으면 나를 우선으로 하게 할 수 있겠지만, 팬지에게는 중학교 때 저들에게 도움을 받은 적이 있다는, 너무나도 큰 빚이 있다.

팬지를 옭맨 선의는 그리 쉽게 사라지지 않아…. 그러니까….

"어라? 죠로에게 자상하게 부탁할 수 있는 저는 그렇게 생각하는데, 자상할 **뿐**인 산쇼쿠인은 그렇지도 않은가요? 아, 그런가요~! 뭐, 결국 자상하기만 할 **뿐**인 사람이니까요~!"

아스나로 녀석, 팬지를 도발했다! 너 진짜 근성 대단하다?!

"……! 말이 제법이네, 하네타치. …그래. 하즈키, 나도 죠로의 이야기가 궁금해. 먼저 들어도 괜찮을까?"

설마 이런 방법으로 팬지에게 동의를 얻어 내다니.

분명히 이건 너밖에 할 수 없는 방법이야….

"…알았어. 스미레코가 그렇게 말한다면…."

"그럼 죠로! 계속 말씀해 보시죠!"

"그래. 미안해, 아스나로. 안 좋은 역할을 맡겨서…."

"아뇨, 아뇨! 저는 그저 이전에 어느 여자에게 고백받았을 때 일부러 난폭한 어조로 거절해서 뒷일을 깔끔하게 끊어 버리려던 어느 남자를 흉내 냈을 뿐이니까요! 신경 쓰지 마시고요!"

"으윽! 그, 그런가…."

"후후후…. 이걸로 앞으로 조금 더 다가갈 수 있으면 좋겠네요."

이 녀석은 왜 그냥 평범하게 돕지 않고, 매번 괜한 쐐기를 박는 거지?

아니, 고맙기야 고맙지만….

"그럼 죠로. 이야기를 계속해 주겠어?"

"미안, 호스. 나를 우선하게 해서…."

"신경 쓰지 마. 스미레코도 죠로의 이야기를 듣고 싶어 하고. 이런 식으로 스미레코가 자기 의견을 말하는 것도 처음이니까, 왠지 기뻤고!"

호스… 너한테는 팬지와 중학교 3년을 함께 보낸 추억이 있겠지.

그와 비교해서 나는 고작 3개월이야. 하지만 말이지, 그래도 많은 일이 있었거든?

4월에 팬지에게 배웠어. 아무리 좋은 녀석이라도 더러운 부분은 있어.

거기서 눈을 돌리면 안 된다, 받아들이지 않으면 안 된다는 사실을.

5월에 팬지가 보여 주었지. 더러운 부분이 눈에 띄더라도, 자상한 부분은 사라지지 않아.

아름다운 부분은 남아 있고, 그게 반짝반짝 빛나는 보석 같은 거라고.

6월에 팬지에게 결의했지. 아무리 주위가 잘 대해 주더라도 비굴해지면 안 돼.

나는 나대로 자신감과 각오를 가지고 행동해야 한다는 것을.

그러니까 설령 함께 있었던 시간이 짧아도, 그런 건 관계없어.

호스, 네가 오는 게 조금 늦었군…. 조금만 더 일찍 왔다면 나는 어떻게 대항하는 건 고사하고 웃으면서 네 뜻대로 움직였을 거야.

하지만… **지금의 나**는 달라. 너한테… 팬지를 넘기진 않겠어….

"그래서 나와 네가 승부하는 거야?"

"뭐, 그렇…군. 그래, 승부야. 자, 모처럼 올해 야구부 지역 대회 결승에서 니시키즈타와 토쇼부가 맞부딪칠 것 같잖아. 거기에 맞춰 우리도 붙어 볼까 하는 거야."

"헤에. 왠지 재미있겠네. 좋아! 죠로와의 승부에 응하겠어!"

"정말로? 남자와 남자의 약속이다?"

"알았어! 남자와 남자의 약속이야! 그래서 어떤 승부를 할 건데?"

좋아. 이걸로 언질은 받아 냈다. 간신히 내 작전대로 흘러가게 되었어.

호스, 나를 믿어 줘서 고마워. 정말로… 넌 좋은 녀석이야.

"음, 하지만 그 전에 패자의 벌칙 게임을 설명하지."

자, 이번 사건을 해결하기 위해 내가 꺼내 든 승부 말인데, 일단 오해 없도록 말해 두지. 이건 결코 호스가 팬지를 단념하도록 만들기 위한 승부가 아니다.

애초에 인간의 마음을 그렇게 간단히 바꿀 수 있을 리가 없잖아?

무슨 말을 하든지, 고집이 센 녀석은 자기 생각을 절대 굽히지 않아.

그러니까 호스를 정신적으로 쓰러뜨리는 건 불가능. 그럼 어떻게 하느냐? 간단해.

"진 쪽은 두 번 다시 산쇼쿠인 스미레코에게 접근하지 않고 말을 걸지 않는다, 라는 걸로 할 테니까."

물리적으로 박살 내면 된다.

"어? 뭐어어어?!"

"어이, 뭘 그리 놀라는데? 간단한 벌칙 게임이잖아. 나는 반이 다르고, 너는 학교가 달라. 그러니까 그렇게 어려운 일도 아니잖아. 그럼 승부의 내용 말인데⋯."

"자, 잠깐만 있어 봐, 죠로! 스미레코가 걸린 벌칙 게임이라는 이야기는 못 들었어!"

"아니, 이제는 들었지? 이건 결정 사항이니까."

이거 알아? 주인공이 꼭 '정의의 사도'일 필요는 없어.

고금동서, 여러 이야기에서 주인공이 '악당'이 되는 경우도 충분히 있어.

그럼 나는 그쪽 방향으로 가도록 하지.

호스는 옳다. 그야말로 '정의의 사도'의 화신이라고 해도 과언이 아니겠지.

하지만 그렇다고 나까지 그럴 필요는 없어.

나는 나답게… 하고 싶은 일이 있거든 지금 내 모습으로 하도록 하겠어!

"하, 하지만…!"

호스가 입술을 바들바들 떨면서 나를 보는 시선이 가슴에 깊이 꽂혔다.

내가 속임수를 썼다, 호스를 배신했다는 죄악감이 단숨에 덮쳐들었다.

"어이, 호스. 너는 나한테 거짓말을 할 거야? 남자와 남자의 약속을 깰 거야? 그러면 이 뒤에 팬지와 네가 약속을 하더라도, 그걸 믿을 수 없지 않을까?"

"왜, 왜 죠로는 이런 짓을? 우리는 친구잖아!"

"그래…. 맞아…. 호스, 너랑은 처음 만났을 때부터 남이라는 생각이 안 들었어. 우리 둘 다 쑥갓 주스를 좋아했고. 그 뒤에 너랑 같이 도서실 일을 하면서 마음이 맞는다고도 생각했어. 이야기하면 즐겁지. 네게 정말이지 많은 도움을 받았어."

이 말에 거짓은 없다. 나 개인적으로는 호스에게 혐오감 같은 건 전혀 없고, 오히려 호감을 가졌다고 해도 좋다.

곤경에 처했을 때, 내게 돈을 빌려주며 도와줬다. 도서실 폐쇄 문제에서도 힘이 되어 줬다.

감사한다. 다 갚을 수 없는 은혜를 입었다. 하지만… 거기에 얽매이지 않는 게 바로 나야.

"그럼 이런 승부는 취소하고 제대로 대화로⋯."

"안 돼. 너와 나는 승부를 한다. 이건 이미 결정 사항이라고 아까 말했잖아?"

"어째서⋯? 어째서야?!"

"뻔하잖아. 호스⋯ 네가 너무나도 옳기 때문이야."

"무슨⋯ 소리?"

"호스, 너는 옳아. 대부분의 녀석들은 네 행동을 보면 존경하겠지. 정말로 인기인의 조건을 다 갖췄어. ⋯하지만 옳은 일을 하면 옳은 결과가 나올 만큼 세상이 만만하진 않아. 그러니까 남의 속마음을 생각하지 않는, 자기 기준의 선의로만 행동하는 너는 옳지만 틀렸어. 이봐, 호스. 네 감정을 뭐라고 말하는지 알아? 아무도 말하지 않을 테니까 내가 가르쳐 주지."

"내, 내 감정?"

"선의의 탈을 뒤집어쓴 자기만족⋯. 어디의 누구 씨가 세상에서 제일 싫어하는 감정이지."

이게 호스의 유일하고 가장 큰 결점. 그리고 팬지가 무엇보다도 싫어하는 것이다.

"⋯무슨 소리야? 나는 죠로가 하는 말을 납득할 수 없어!"

"딱히 납득하라고 한 말도 아냐. 내가 왜 이런 짓을 하냐고 물었으니까 가르쳐 준 것뿐이야. 아니, 그렇게 하기 싫거든 안 해도 되거든? 다만 그 경우는 내 승리지. 너는 두 번 다시 팬지에게 접근해도, 말해도 안 돼. 그런 걸로 하면 될까?"

"될 리가 없잖아! …알았어, 그렇게까지 말한다면 정정당당히 승부를 하자!"

정정당당이라. …좋은 마음가짐이군. 내 정반대에 있는 말이야.

"좋아. 그럼 룰을 설명하도록 하지. 승부 내용은 지극히 단순. 나와 호스, 어느 쪽이 '팬지의 곁에 있어야 하는가'를 놓고, 제삼자가 이걸로 결정하는 거야."

가방 안에서 꾸러미를 꺼내고, 그 꾸러미에서 머리핀 하나를 꺼냈다.

작은 빨간색 머리핀. 평소에 팬지가 달고 다니는 것이다.

이건 오늘 아침 어디의 아이돌 지망생에게 부탁해서 빌려 왔다.

이전에 들었던 '예비용 머리핀을 50개나 항상 가지고 있다'는 말을 기억하거든.

사실 운동장에 간 건 썬을 불러내는 것 외에도 이것이 목적이기도 했다.

"딱히 이게 아니더라도 괜찮지만, 역시 말보다는 물건이 낫다고 생각했어. 마침 잘되었다 싶어서 어느 바보에게 빌려 왔지."

"그 머리핀으로 어쩔 건데?"

"그리 어려운 일도 아냐. 어디, 그럼 일단은…. 자, 너희가 받아."

""""""어?""""""

꾸러미에서 머리핀을 꺼낸 나는 그걸 그 자리에 있는 나와 호스 이외의 여자들에게 하나씩 건넸다.

"이 녀석들이 나와 너 중 '팬지의 곁에 있어야 한다'고 생각하는 쪽에게 머리핀을 준다. 그리고 머리핀을 많이 받은 쪽의 승리…. 말하자면 인기투표 같은 거야."

"그렇군. …알았어. 좋아, 그런 거라면 절대로 안…."

"자, 잠깐만 스톱!"

앙? 이야기가 깔끔하게 정리되려는 판인데 체리 녀석이 괜히 끼어드는군.

"그런 내용의 승부는 안 돼! 아무리 그래도 호스찌가 너무 불리해!"

"나도 그렇게 생각해. 이런 건 호스에게 거의 승산이 없어."

"그런가요?"

정말이지 이놈들은 무슨 소릴 하는 거야? 그럴 리가 없잖아? 지극히 공평한 승부야.

……라~고 말은 하지만!!

이건 내가 결정한 승부 내용이잖아? 당연히 나한테 유리하게 되어 있지요~☆

알겠어? 머리핀을 받은 것은 팬지, 코스모스, 히마와리, 아스나로, 츠키미, 체리다. 즉, 이중 니시키즈타 고등학교 멤버는 네 명이나 된다!

지금까지 길러 온 뜨거운 인연으로 맺어진 우리다. 틀림없이 니시키즈타 학생들은 나에게 머리핀을 넘겨주겠지. 그 시점에서 내가 받은 숫자는 네 개가 되고 과반수 돌파! 당선 확정이다!

일반적인 상식으로 정의의 사도란 압도적으로 불리한 상황에서 대역전을 하는 법이잖아?

그리고 정의의 사도는 어느 쪽이지? 호스입니다요~~!

우키키킥! 알고 있잖아? 나는 못된 놈이 되기로 했으면 철저하게 가는 타입이야!

나는 이 승부에서 반드시 이기고 싶어. 그럼 내가 취할 수단은 단 하나!

그래! 내가 반드시 이기는 룰을 세우면 된다!

"쵸로찌… 배신했어? 나는 네가 우리 편이라고 생각했는데…."

"…당신, 최악이야."

으음! 패자의 원망 어린 욕설, 정말이지 감사합니다! 그래서 그게 뭐?

나는 예쁜 여자애들이 날 싫어하는 것에 익숙하거든? 이미 일상의 일부로 변했거든?

"하지만 체리 회장, 츠키미, 나는 이미 승부를 받아들이겠다고 약속을 했고…. 게다가 아직 졌다고 할 순 없어!"

"거의 진 거나 마찬가지잖아! 알겠어? 머리핀을 가진 건 절반 이상이 니시키즈타 고등학교 사람이잖아? 그러니까 호스찌 쪽이 엄청 불리하다고!"

"호스, 마음은 알겠지만 냉정하게 잘 생각해. 이런 승부, 분명히 이상해."

"하지만 여기서 도망치면…. 약속을 깨뜨리면…."

'여기서 도망치면'이라는 둥, '약속을 깨뜨리면'이라는 둥…. 화장실 생쥐의 똥과도 필적하는 하찮은 생각이 네 목을 조른다! 크크크크큭. 이 죠로에게는 **그게 없다**…. 있는 거라고는 단 하나의 심플한 생각뿐이다…. **단 하나!**

'승리하여 지배한다'! **그것뿐이야**…. 그것만이 만족감이야!

과정 따윈…! 방법 따윈…! 아무래도 좋다고오오오오!

"…나는 그렇게 생각 안 해."

그때 냉정한 목소리가 도서실 안에 울렸다. 누군가 했더니 코스모스였다.

"저기, 죠로. 질문이 있는데, 이 머리핀은 언제 주는 거지? 지금 이 자리에서 주는 것도 아닌 것 같은데?"

아, 그렇지. 그걸 설명 안 했군. 나이스 서포트, 학생회장.

"그렇지요. 여섯 개면 어중간하고, 혹시나 무승부일 가능성도 있습니다. 그러니까 '지역 대회 결승전에서 니시키즈타 고등학교가 이기면 내가 하나, 토쇼부 고등학교가 이기면 호스가 하나,

머리핀을 손에 넣을 수 있다'는 룰과, '결승전 때 머리핀을 주는 걸로 한다'라는 룰을 더할까요. 혹시 니시키즈타와 토쇼부가 결승에 못 가게 되면, 그건 그때 생각하는 걸로."

"…흠. 그래. 그럼 내가 부탁을 하나 할게. 내 몫의 머리핀은 결승전이 아니라 지금 이 자리에서 줘도 될까?"

"있잖아! 쿄로, 나도 그러고 싶어!"

"저도 그렇습니다!"

히마와리도 코스모스도, 카페에서 체리와 츠키미의 이야기를 들었을 때는 내 편이었다!

아스나로도 방금 전의 행동을 보기론 틀림없이 내 쪽 인간!

그런 히로인들이 호스를 궁지로 몰아넣을 듯이 기염을 토하는군.

뭐, 나도 못돼먹은 놈이니까. 물론 상관없습니다!

"알겠습니다. 코스모스와 히마와리와 아스나로**만**, 이 자리에서 줘도 좋습니다. 특별히 허가한 겁니다?"

여기서 정해져 버리면 불쌍하니까 세 명까지만. 호스, 나도 착한 놈 아니냐?

네게 역전의 기회를 특별히 주는 거니까! 울고불고하지 마라?

"고마워."

그럼 불초 키사라기 아마츠유. 머리핀을 받을 준비를… 어라? 어라어라어라?

아무래도 코스모스와 히마와리와 아스나로가 호스 쪽으로 가는데….

　"죠로, '여자의 특권' 이야기, 기뻤어. 그러니까 나도 내 멋대로 남을 휘두르기로 할게. 난폭하고 대충인 말이지만, …뒷일은 어떻게든 잘해 봐."

　"죠로, 비겁한 짓하려고 하면 안 돼! 정정당당히, 해야지!"

　"그렇죠! 죠로에게는 만만한 승부 같은 건 어울리지 않으니까요!"

　응, 그건 알았어. 그런데 너희는 왜 내가 아니고 호스한테….

　"호스, 나는 네가 팬지의 곁에 있어야 한다고 생각해. 이걸 받아 줘."

　"자! 호스, 이거 줄게! 잃어버리면 안 돼!"

　"호스, 이거 받으세요!"

　……뭐? 뭣이라아아아아아아아아아?!

　너희들, 무슨 짓을 하는 거야?!

　어? 뭐야? 호스가 지금 시점에서 3개를 받았고, 남은 머리핀은 4개?!

　그럼 나는 지금 날 끝장나게 싫어할 터인 츠키미와 체리, 거기에 플러스로 팬지의 것을 받고, 거기에 또 썬이 시합에 이겨야만 한다고?

　너희들, 웃기지 마! 왜 그런 일에서 내가 정의의 사도 쪽에 서야 하는데!

"고, 고맙습니다! 코스모스 씨, 히마와리, 아스나로!"

그거 돌려줘어어어어! 내 거! 그거, 내 머리핀!

"어때, 츠키미, 체리? 이걸로 죠로 쪽이 압도적으로 불리해졌다고 생각하는데?"

"어어… 그렇지만…. 코스모스찌, 왜 이런 일을?"

츠키미와 체리가 꽤나 의외라는 얼굴을 했다.

참고로 나는 내 얼굴이 절망에 젖지 않도록 하는 것만도 고생이었다.

"간단해. 이전에 너희가 나랑 히마와리에게 말한 내용을 기억해?"

"어어…. 기억하는데….."

"에헤헤! 우정과 연애의 양립은 어렵다! 나도 그렇게 생각해! 하지만, 나는 어느 한쪽이 아니라 양쪽 다 원해!"

"양쪽 다? 히마와리… 무슨 소리?"

츠키미의 말에 코스모스와 히마와리가 시선을 교환하더니 서로 고개를 끄덕였다.

이건 혹시….

"나는 팬지의 친구야. 하지만 라이벌이기도 하지. 방금 전에 들은 바로는, 이대로 가면 죠로와 팬지가 내게 아주 불리하기 짝이 없는 관계가 될 것 같잖아. 그러니까 라이벌로서 가만히 있을 수 없지. 전력을 다해 막도록 하겠어."

"좋네요! 코스모스 회장! 저도 같은 의견입니다!"

"나도, 나도!"

잠깐만요, 코스모스 씨, 히마와리 씨? 아스나로 씨는 백번 양보해서 그렇다고 치고…. 당신들의 그 발언이 내게 무슨 의미로 전해지는지 이해하고 계십니까?

"코스모스 선배, 히마와리… 당신들… 혹시…."

좋아, 팬지. 이 여자들한테 얼른 호스에게서 머리핀을 빼앗아서 멋진 죠로에게 주라고 말해 버려.

"응, 그래, 팬지. 나는 계속 네게 지기만 했지. 그러니까 여기서 그 차이를 단숨에 메우려고 해."

"팬지, 전에도 말했잖아? 난 안 져! 그러니까, 가장 소중한 친구이긴 하지만, 여기선 승부야!"

"…그래. 분명히 그편이 당신들다워. 역시나 내 소중한 친구들이네."

팬지이이이이! 거기선 좀 막으라고! 왜 다 알았다는 얼굴로 관용을 보이는데!

"후후후. 코스모스 회장이나 히마와리 이외에 제가 있다는 것도 잊지 마시길! **팬지**, 그렇게 쉽사리 당신 뜻대로 되진 않을 테니까요!"

"나도 당신에게는 절대로 지지 않을 생각이야. …**아스나로**."

왜 너희는 우정을 싹틔우고 앉았냐고오오오오!

"죠로, 힘내! 괜찮아! 죠로라면 할 수 있어! 에헤헤!"

어이, 짜샤, 히마와리. 두 손을 불끈 쥐고 내가 다 이긴 것 같은 분위기 내지 좀 마.

이길 수 있을 요소를 지금 거의 다 날려 먹었단 말이다!

…왜지? …왜 이렇게 되는 거지?

압도적으로 유리한 승부를 벌이려고 했는데, 압도적으로 불리한 상황에 빠졌잖아.

"자, 그럼 슬슬 내 솔직한 마음을 죠로에게 전해 보도록 할까."

"나도, 나도! 확실히 말하기로 했어!"

"기다려 주세요! 저도 다시 한번 죠로에게 확실히 말하도록 하겠습니다!"

그런 내 마음 따윈 전혀 신경 쓰지 않고, 코스모스와 히마와리와 아스나로가 나를 보았다.

각오를 한 그 얼굴은 이런 상황임에도 불구하고, 지금까지 본 세 사람의 표정 중에서 가장 아름다워서 무심코 가슴이 뛰었다.

""죠로.""

코스모스가 애용하는 노트를 움켜쥐고 자기 몸을 껴안았다.

히마와리가 활짝 웃으면서 내 옆에 다가와 당장이라도 껴안을 분위기다.

아스나로가 포니테일을 흔들며 부끄러운 듯이 나를 올려다본

다.

그런 상태에서 세 사람은 천천히 입을 열고….

"미칠 정도로 너를 좋아해! 그러니까 나를 네 여자로 삼아 줘!!"

"죠로, 좋아해! 나, 죠로랑 사귀고 싶어!!"

"저를 영원히 당신의 제일 가까운 곳에 있게 해 주세요! 연인
으로서!!"

…진짜냐. …진짜입니까. 그렇게 나오셨습니까.

이 상황을 어떻게 할 수 있는 것은 나뿐이라고 믿고, 하고 싶
은 일을 지금의 내가 해 보았더니 상상 이상으로 일이 커졌다….

지금까지는 아무리 심각한 트러블에 휘말려 들더라도, 이럭저
럭 누군가 도와주는 이가 있었다. 하지만 이번만큼은 그렇지 않
다.

히마와리, 코스모스, 아스나로는 완벽하게 적진. 츠바키도 시
합 당일에는 가게가 있으니 그럴 겨를이 없겠지. 썬이라면 말할
것도 없다.

그리고 팬지도… 당연하지만 내 편을 들 수 없다.

즉, 나는 홀로… 고립무원 상태로 승부에 임해야만 하게 되었
다.

게다가 상대는 바로 저 팬지조차도 패배를 인정하는, 나의 완

전한 상위 호환⋯ 하즈키 야스오.

아무리 생각해도 과거를 통틀어 최대급으로 흉악한 상대고, 내 인생사상 가장 곤란한 문제다.

하아⋯. 내 히로인들은 대체 뭐지? 휘두르라고 했지만, 진짜 너무 휘두르잖아.

호스와의 승부 말고도 썬 문제도 있는데⋯.

⋯알았다. 알았어⋯. 너희들이 그렇게까지 한다 이거지.

나도 각오를 해 주마. 호스와의 승부가 끝나거든, 모든 일의 결판이 나거든 너희 전원에게 가르쳐 주지. ⋯내가 좋아하는 여자의 이름을!

착각하지 마! 여자니까! 썬이 아니니까! 이건 진짜야!

나도 확실히 솔직하게 '그 녀석'에게 내 마음을 털어놓겠다는 의미야!

내가 좋아하는 건⋯.

4권 끝

◆작가 후기◆

드디어 『나를 좋아하는 건 너뿐이냐』도 4권에 돌입하고, 다음은 5권입니다.

이미 읽으신 분은 이해하시리라 생각합니다만, 이번에는 상하권 구성입니다.

이 이야기는 생각하는 바가 많기 때문에 정말로 하고 싶은 말도 많습니다만, 어찌저찌 하다 보면 아무래도 5권의 스포일러가될 테니까 다음 권의 후기에 맡기도록 하겠습니다.

그런고로 이번에는 공지, 아니, 선전을 하나.

2월부터 코미컬라이즈가 시작됩니다.

월간 연재로, 슈에이샤의 『소년 점프+』에서 연재 개시입니다.

여러모로 예상 밖이라서 깜짝 놀랐고, 처음 연락을 받았을 때에는 무심코 메일 화면을 향해 "이게 다 무슨 소리요?"라고 말해 버렸지만, 최종적으로는 아주 기뻤습니다. 진심으로 감사합니다.

또 이쪽의 코미컬라이즈 말인데… 초반부터 원작과 전개가 다릅니다.

그러니 원작을 이미 읽으신 분이라도 '아, 코미컬라이즈면 이렇게 되나'라며 다른 식으로 즐기실 수 있겠지요.

원작과 어떻게 다른가…. 그것은 한 달 후인 2월을 기다려 주세요.

작화 담당인 이지마 유우 선생님도 "썬과 죠로의 그 장면에 전력을 다할 테니까요."라며 자신만만하게 웃으며 말씀해 주신 터라, 의욕 넘치는 그 모습이 든든할 따름입니다.

앞으로도 아무쪼록 잘 부탁드립니다.

그럼 감사 인사를.

일단 이 책을 구입해 주신 모든 여러분. 감사합니다.

후기 처음에도 썼습니다만, 다음 권은 묵히고 묵힌 이야기를 풀어 볼 예정이니까 저도 이지마 유우 선생님과 마찬가지로 전력을 다하겠습니다.

왠지 지금까지는 전력이 아니었던 것 같아서 싫네요. 평소보다도 전력으로 임하겠습니다.

담당 편집자 여러분. 많은 지적, 오랜 시간에 걸친 회의, 여러모로 감사합니다.

이번에도 우왕좌왕했지만, 끝까지 함께해 주셔서 감사할 따름입니다.

브리키 님. 선언한 대로 또 패스를 던지고 말았습니다. 아마다음은 6권일 겁니다.

멋지고 멋진 일러스트에 감사하면서 또 잘 부탁드립니다.

앞으로도 저를 믿는 콘도 씨(담당 편집자)를 믿고, 열심히 하
겠습니다.

다이그렌* 작가 **라쿠다**

※다이그렌 : 애니메이션 〈천원돌파 그렌라간〉에 등장하는 육상 전함형 로봇. 그렌라간에는
'너를 믿는 나를 믿어라' 식의 대사가 있다.

나를 좋아하는 건
너뿐이냐

나를 좋아하는 건 너뿐이냐 [4]

2019년 3월 7일 초판 발행

저자 라쿠다 | **일러스트** 브리키 | **옮긴이** 한신남
발행인 정동훈 | **편집 전무** 여영아
편집 팀장 김태헌 | **편집** 노혜림 임지수
발행처 (주)학산문화사 | 서울특별시 동작구 상도로 282 학산빌딩
편집부 02.828.8838(전화), 02.828.8890(팩스) | **영업부** 02.828.8961~5(전화), 02.828.8989(팩스)
홈페이지 www.haksanpub.co.kr | **등록** 1995년 7월 1일 | **등록번호** 제3-632호

원제·ORE WO SUKINANOHA OMAEDAKEKAYO Vol.4
ⒸRAKUDA 2017
First published in Japan in 2017 by KADOKAWA CORPORATION. Tokyo.
Korean translation rights arranged with KADOKAWA CORPORATION. Tokyo.
through Korea Copyright Center Inc.

ISBN 979-11-348-1447-2 04830
ISBN 979-11-256-9864-7 (세트)
값 7,000원

비오타쿠인 그녀가 내가 가진 에로게임에 엄청 관심을 보이는데…… 2

타키자와 케이 지음 | 무츠타케 일러스트

〈제28회 판타지아 대상〉 '금상' 수상작!
본격 소꿉친구 루트 돌입?!

품행방정하고 성적까지 우수한 우등생 미소녀, 미사키 호노카. 에로게임이 취미인 내게 처음 생긴, 꿈에 그리던 여자친구와의 리얼충 고교 생활은…. "나도 이 히로인처럼, 아, 알몸에 에이프런만 걸치고 아침에 깨우는 게 좋을까?" 이번에도 그녀가 에로게임의 영향으로 대폭주! 그런 가운데, 나의 소꿉친구인 시노미야 루리가 동아리방을 찾아오는데. "내, 내가 '건전하게' 사귀는 법을, 알려 줄 수도 있는데." 루리가 부추기는 바람에 미사키 양과 나는 건전한 데이트를 배우게 되었지만…. 오락실에서는 옷을 걷어 올린 채 스티커 사진을 찍으려 들고, 옷을 사러 가서는 과격한 에로게임 코스프레에 도전하기까지?! 건전한 데이트란 거참 어렵네…. 어, 루리도 같이 코스프레하는 거야?!

(주)학산문화사 발행

크로니클 레기온 2

타케즈키 조 지음 | BUNBUN 일러스트

『캄피오네!』타케즈키 조 신작!
환상과 역사가 교차하는 패도전기, 제2탄!

대영 제국군의 침공을 타치바나 마사츠구가 격퇴한 지 사흘. 여전히 스루가에 갇힌 와중에도 황녀 시오리와 마사츠구는 은밀하게 반격의 기회를 엿보고 있었다. 하츠네가 일족 비전의 명 '쿠로호간 요시츠네'를 계승하는 것에 성공해 마사츠구의 세력은 전력을 보강했지만, 대영 제국군의 흑태자 에드워드에 의해 하코네가 함락당했다는 보고가 들어온다. 게다가 사자심왕이라는 이명을 지닌 전설의 영국 왕, 리처드 1세가 증원으로서 황국 일본의 땅을 밟는다! 진홍색 레기온을 이끄는 전설의 대영웅에 맞서, 아직도 기억을 되찾지 못한 마사츠구와 시오리가 쓸 전략은 과연?! 유구한 시간을 넘어 드디어 부활자끼리의 싸움이 막을 올린다!!

(주)학산문화사 발행